梦语

翀子 著

团结出版社

© 团结出版社，2025 年

图书在版编目（ＣＩＰ）数据

梦语 / 翀子著 . -- 北京：团结出版社，2025. 7.
ISBN 978-7-5234-1747-8

Ⅰ . I267

中国国家版本馆 CIP 数据核字第 2025YK8467 号

责任编辑：宋怀芝
封面设计：康　妞

出　版：团结出版社
　　　　（北京市东城区东皇城根南街 84 号　邮编：100006）
电　话：(010) 65228880　65244790
网　址：http://www.tjpress.com
E-mail：zb65244790@vip.163.com
经　销：武汉市卓源印务有限公司
印　装：武汉市卓源印务有限公司

开　本：170mm×240mm　　　　16 开
印　张：15.25　　　　　　字　数：225 千字
版　次：2025 年 7 月　第 1 版　印　次：2025 年 7 月　第 1 次印刷

书　号：978-7-5234-1747-8
定　价：88.00 元
　　　　（版权所属，盗版必究）

梦，是与自己的对话。它映射心灵的色彩，启迪对生活的感悟，它描绘成长的音律，也激发对生命的创造。与梦为伴，向美好启航。

梦偈

千山万水自然界，春去秋来四季间。
一闭一睁睡梦里，上天入地翅盘旋。
白昼黑夜谁主宰，真实缥缈由谁牵。
一动一静何为边，梦中巧手启慧莲。
花花世界撩人眼，热闹喧哗裹耳前。
金戈铁马人世路，悲欢离合绕尘烟。
天涯何处是我地，梦中忽见生命泉。
泉水汩汩拂蒙昧，日落月升映流年。
大千世界尽变迁，光怪陆离露真颜。
彩霞作画别有意，涟漪折花亦闻鲜。
天地万物皆呈相，何况乘帆梦翩翩。
梦醒留香静回味，案前提笔忆涓涓。
开天一画雷音震，万芳苏醒披春衫。
飞龙腾空丽火耀，御剑正气四方戡。
大地慈悲爱万物，旋舞夏日艳阳天。
以静纳动应天地，忽感原乡枝叶繁。
一轮圆月镶银边，秋收明夜循环圈。
潮起潮落不停歇，四季更替梦醒间。
隆冬寂静扬飞雪，鲸跃深渊一阳箭。
云天之上望星辰，星曜微尘本相连。
你我本为天地生，心感万念念吹幡。
守神归心静空处，见性明心向飞鸢。
念念灌溉入心田，色彩之手绘信笺。
身在无穷变化中，探秘得以掀珠帘。
脚踏鞋履不停歇，漫漫旅途山水间。
谁人解梦化迷津？蓦然回首镜前见。

序

按下启动键

眼前出现一幅画面：

我在石阶上驻足，只见山间雾气渐起，远处传来钟声，一声又一声，像是从远古传来。雾气中，石阶若隐若现，蜿蜒向上，消失在朦胧中。定睛一看，山下出泉，水汽蒸腾，泉水正从石缝中渗出，不急不缓流淌着。我蹲下身，伸手触碰水面，凉意顺着指尖蔓延。这泉水，如同万物初始时的懵懂，是天地间最初的启蒙。

钟声又起，我抬头望去，雾气中似有光影浮动。那是启蒙者的身影吗？他手持竹简，步履从容，仿佛早已看透这迷雾，而山与水的相遇，如同启蒙者和求学者的初时相见。雾气渐浓，石阶愈发模糊，那路径时而清晰，时而隐没。这多像人生啊——在蒙昧中前行，时而困惑，时而领悟。

山风拂过，雾气开始流动。隐约间，山顶轮廓尽显，只见阳光穿透云层，将雾气染成金色。钟声再次响起，这次清晰了许多。回望来路，泉水依旧在石缝间流淌，雾气依旧在山间缭绕，但一切似乎都有了不同的意味。

梦的旅程也是如此。山间、泉水、石径，时而雾气萦绕，令人视线模糊，时而云层散尽，让人恍然大悟。一段段梦境犹如一位位启蒙者，带人领略心灵之海的不同岛屿，旅程中，求知的行者从一段段奇妙的经历中获得了珍贵启发。

你记得自己最早的梦境吗？那是你梦之旅的起点，是你对梦境最初印象

1

的勾勒。它像一幅朦胧的水彩画，虽不清晰，却深深印在记忆的某个角落，偶尔在某个瞬间浮现，带来一丝似曾相识的恍惚。

回想起来，我对梦的最早记忆，大概是在小学时期。模模糊糊的画面里，我站在操场的领操台上，随着广播的节奏做着体操。醒来后，那个画面在脑海中停留了几秒，像一缕青烟，很快散去，无影无踪。直到某一天，当我真正成为课间操的领操员时，站在台上的瞬间，忽然有一种奇异的熟悉感涌上心头——"咦？这个场景好像在哪里见过？"那一刻，梦境与现实交织，仿佛时光倒流，带我回到了那个早已遗忘的梦中。

梦，总是让我充满好奇，它不像是时光的碎片，散落在记忆的河流中，偶尔被现实的光线照亮，闪烁出微弱的光芒。然而，梦的源头究竟在哪里？它从何而来？却又难以追溯。它像一阵风，吹过心田，留下痕迹，却无法捕捉。当下与过去，眼前与天边，现实与梦境，在呼吸之间交织，在梦醒之间交替。一呼一吸，是生命的律动；一梦一醒，是意识的流转。它让我们在现实中偶尔停下脚步，回望那些画面，思考它们背后的意义。

或许，梦是我们潜意识的低语，是心灵在夜晚的独白。它用象征和隐喻，向我们传递那些被日常琐事掩盖的真相。每一次梦醒，都是一次与自我对话的机会；每一次回忆梦境，都是一次探索内心的旅程。

"梦中之情，何必非真，天下岂少梦中之人耶？"——汤显祖《牡丹亭》

2015年3月，我连着三个晚上前往国家大剧院，观看了青春版《牡丹亭》全本。杜丽娘的深闺春梦、柳梦梅的画卷之爱，梦境穿越时空，跨越生死，连接起动人的爱情。"情不知所起，一往而深"，几百年来，世人醉心于杜丽娘和柳梦梅穿越生死的爱，但也不断询问，杜柳之情是爱的神话、还是两支独舞的臆想？《牡丹亭》固然是爱情传奇，但从心理学视角，它象征了每个人的自性圆满之路。那么梦呢？杜丽娘和柳梦梅的梦境，构建起故事的整体轮廓，也让我产生了疑问——人人都做梦，而在现实的逻辑之外，梦的边界在哪里？人的意识边界在哪里？我不知道。

人们对梦总是怀有无尽的好奇。我们翻阅各种解梦大全，试图从字里行间找到梦境背后的答案，期待它能像一把钥匙，解开潜意识的密码。然而，那些字典式的解释虽然看似有理，却往往让人感到隔靴搔痒，不过更可惜的是，我们在追逐答案的过程中，常常忘记了品味梦境本身的乐趣。就像旅行时，许多人只顾着拍照，却忽略了眼前的美景、口中的美食，以及那些悄然流逝的时光。

回顾曾经的梦，你是否发现，那些触动你的情节背后，往往隐藏着某段被遗忘的往事？在梦境拼贴式的碎片之间，你是否还记得某句意味深长的话语，让你在醒来后依然回味无穷，甚至久久不能释怀？梦，像一位神秘的讲述者，用它的语言，将我们内心深处的情感、记忆和渴望编织成一幅幅奇异的画面。

现实中，我们总是马不停蹄地向外探索，像一只不知疲倦的飞鸟，不断攀登生活中的一座座"高山"。而在梦里，我们同样被那些高低起伏的情节牵动着心弦，仿佛在另一个维度中，继续着未完成的旅程。当我们深入那片广阔的意识之海，往往会发现，梦境的世界远比我们想象的更加深邃和奇妙。它常常出乎意料，打破我们对现实的固有认知，甚至让我们不禁怀疑：时间真的是线性的吗？或许，它是螺旋状的，一圈一圈地旋转，编织成生命的年轮。春夏秋冬，寒来暑往，年年岁岁，岁岁年年，时间在梦境中仿佛失去了方向，过去、现在与未来交织在一起，形成一种独特的时空体验。

梦境与现实，就像两面相互映照的镜子。它们彼此映射，却又各自独立。梦境是现实生活的印象派画作，时而用浓烈的色彩描绘出大环境的轮廓，时而以细腻的笔触追溯到祖先的印记，甚至偶尔还会上演一幕幕玄奇的科幻影像。它让我们在清醒与沉睡之间，感受到生命的丰富与多元。

前 奏

从哪里开始呢？你知道的，记住一个梦并不容易，以至于很多人常常说，他们从来不做梦。我想，那或许是因为梦"逃跑"的速度太快了，像清晨的露珠，在阳光洒下的瞬间便悄然蒸发，让人在醒来后根本不记得自己曾做过梦。除了那些为数不多的、实在特别的梦——比如令人惊醒的噩梦、让人笑醒的美梦，或是那些超现实的奇幻梦境，绝大多数的梦都像风一样，轻轻掠过，消失得无影无踪。

梦境，常常由许多碎片拼贴而成，它们似乎前言不搭后语，也不按现实的逻辑"排演"。当我们醒来时，往往只记得其中的某些画面，像一张被撕碎的照片，只剩下几片零星的碎片。这几年不知道为什么，我能记住的梦越来越多，虽然大多数时候，并不明白它们在讲述什么，只是觉得有趣，便随手记录下来，当作消遣。不过慢慢地，记录梦的本子越来越厚，像一本日记，记载着无数个夜晚的奇遇。

人们常说，如果一个人经常做梦，可能是睡眠质量欠佳的表现。虽然不知道别人如何，但从我自己的感受来说，似乎并非如此。从梦里到梦外，我常常觉得自己仿佛被"充电"一般，精力充沛，神采奕奕。或许，这是因为通过梦我发现，梦中的奇妙体验，像一扇通向未知的窗户，让我窥见了生命的更多可能性，也让我在清醒与沉睡之间，感受到一种独特的自由与创造力。或许，梦的真正意义并不在于它的逻辑与连贯，而在于它带给我们的灵感与启示，去重新观察自己的生活，发现那些被忽略的细节，感受那些被压抑的情感。

所以，当你再次从梦中醒来，不妨试着记录下那些零星的碎片，哪怕它们看似毫无意义。梦，不仅是夜晚的幻影，更是心灵的礼物。

在进入正题之前，不妨先播放一段前奏，让你更好地了解我的意思。

2013 年 11 月，我做了一个梦。梦里，那是一个标准赛道长度的游泳池，池水幽深，平静得没有一丝波纹，仿佛一面巨大的镜子，映照着周围的寂静。然而，泳池里空无一人，只有那深邃的水面散发着一种莫名的神秘感。忽然，恍然间，池水消失了，仿佛被某种无形的力量抽干。我低头一看，啊！那不远处的池底地面上，竟然爬行着一条十多米长的巨蜥！它的身躯庞大，鳞片在微弱的光线下泛着冷光，令人不寒而栗。

这突如其来的两栖动物让我浑身汗毛直立，心里涌起一股强烈的不安。周围的环境仿佛被一种无形的危险笼罩，空气中弥漫着紧张的气息。就在这时，我的脑子里忽然响起一个声音："蛇怪马上要来了！这巨蜥的出现就是信号！"可是，蛇怪会从哪里蹿出来？它会如何发动攻击？我环顾四周，发现人们依然在悠闲地聊天，似乎对即将来临的危险毫无察觉，我便急忙大声提醒他们。

就在这时，爸爸出现在我身边，他手持一柄银色宝剑，剑身在昏暗的光线下闪烁着冷冽的光芒。只见他毫不犹豫地挥舞利刃，砍向一条猛然扬起身体、吐着信子的黑色怪物。他先是砍掉了它的尾巴，接着与它周旋搏斗，又斩下它的一小截身体。然而，尽管爸爸英勇无畏，蛇怪依然昂着头，似乎并未被对手吓退，反而显得更加凶猛，仿佛拥有无穷的力量。

我看了看周围，情势如此紧张，竟然还有人趁机制造混乱，仿佛对眼前的危险视而不见。但此刻，我已经无暇顾及他们了，蛇怪的威胁近在咫尺，必须找到办法战胜它。就在我焦急万分时，脑海中忽然响起一个清晰的声音："去拿宝剑，削掉它的脑袋。"

这个声音像一道闪电，瞬间点亮了我的思绪。我意识到，只有彻底斩断蛇怪的头颅，才能终结这场危机。梦中的画面在这一刻定格，仿佛时间也为之停滞，只剩下我与那庞然大物之间的对峙。

梦醒后，那惊心动魄的场景像一部未完成的电影，在脑海中反复播放。转而，我开始思索：提到蛇，你会有什么感觉？它为什么既神秘又令人恐惧？

阴暗潮湿的环境、冰凉光滑的皮肤、绳索般缠绕的身体……仅仅是想到这些，我的汗毛便不由自主地竖起。蛇怪之梦，带着一种黑暗惊悚的气息，而我呢？尽管在梦中知道了取胜的方法，却依然心存胆怯，仿佛那股恐惧源自心底。

人们面对恐惧的事物，往往选择避而不谈，或是将其污名化，却总忘了，事物都有其两面性。而蛇，正是这样一个充满矛盾的存在，它的心灵意象丰富而深邃，那蜿蜒曲折的形态，多么贴合我们内心深处那些难以捉摸的情感与欲望，而蛇的出现，往往意味着某种被压抑的能量正在寻求释放，或某种未被察觉的智慧正在觉醒。但另一面，蛇会蜕皮，仿佛拥有不死之身，每一次蜕皮都是一次新生，象征着生命的循环与延续；它能吞下比自己体积大许多的动物，展现出强大的攻击力与生存能力；它的身体柔软而灵活，能够在狭小的空间中穿梭自如，仿佛是大自然赋予它的独特智慧，暗示着我们在面对困境时，需要学会适应与变通。

好像有些扯远了。为什么跟你说这些？或许因为在另一个和蛇有关的梦里，是截然不同的景象。

让我想想，那是 2018 年 2 月某天。

梦里，我置身一所学校，那里正在进行一场体能测试。我站在一根异常粗壮的平衡木上，那根木头粗得需要两只胳膊紧紧环抱才能抱住。更让人不安的是，它并不安稳，像轮子一样吱吱转动，想要稳稳站在上面几乎是不可能的任务。我只好趴在木头上，双臂紧紧抱住那根灵活的圆木，心里想着，如果能休息一会儿该多好。

就在这时，木头下方突然冒出一颗白蛇的脑袋，大小与我的脑袋相仿。我们脸对脸，距离近得只有那根木头的直径。它那双黑珠子似的小圆眼睛冲我眨了眨，眼神中透着一丝好奇。我愣住了，竟然忘记了害怕，反而被它的神情吸引，仿佛在它的目光中看到了一种无声的交流。

你知道，梦里的场景总是跳来跳去，毫无章法可循。一眨眼，我又发现自己站在一栋老式教学楼里。教室宽敞明亮，四面墙上都是明镜般的窗户。透过窗户，我看见了什么？！那条大白蛇，正以迅疾如风的速度、顺时针的方向绕着教学楼移动。它的运动方式极为特别——不像普通蛇类那样在地上左右摆动前行，而是像上下振动的波浪般，叠动着向前推进。一股白色的旋风卷起四周的空气，教室里的我，能感受到地面的微微颤动，仿佛整个世界都在随着它的运动而震动。

醒来后，那条大白蛇生动的面部表情和它看我的眼神，依然清晰地停留在眼前。它的眼神中没有敌意，反而带着一种温和的好奇，仿佛在与我进行某种无声的对话。我久久不能平静，那条白蛇的形象像一幅画，深深印在我的脑海中。或许，这条白蛇并不仅仅是梦中的幻象，而是某种象征。它的出现，让人联想到蜕变与重生，联想到那些看似危险却充满智慧的存在。它的运动方式，像波浪一样起伏，仿佛在提醒我，生命的节奏并非一成不变，而是充满了变化与流动。

为什么白色的蛇会让人觉得无害，而之前那条深色的蛇却让人感到退缩？是因为颜色吗？或许吧。白色，总是让人联想到正义与光明，而白蛇，在许多文化中都被视为神圣与智慧的象征。比如在中国民间传说《白蛇传》中，白娘子拥有深厚的情义与慈悲之心，她的形象超越了物种之间的界限，成为爱与牺牲的化身。而在西方故事中，白蛇也常常与治愈和重生联系在一起，象征着生命的循环与医疗的力量。白蛇的光明与纯净，象征了希望，提醒我们即使在黑暗中，也总有光明与治愈的可能。

而黑色，却常常与幽暗紧密相连，像深夜的阴影，神秘而隐蔽。黑蛇，常常与神秘、危险和潜意识的力量相关。在许多古老的文化中，黑蛇被视为地下世界的守护者，描绘了我们未被发掘的潜能与深藏的恐惧，映照出内心深处的阴影与未知。它的出现，往往让人感到不安，因为它代表着那些被压抑的情感、未被解决的矛盾，以及我们对未知的天然恐惧。然而，黑蛇并非全然负面，它也是转化与重生的象征，正如蛇蜕去旧皮，获得新生。

这种对颜色的感知，让我想到水墨画。

水墨画中，一滴浓墨落入清水，丝丝缕缕化开，晕染出万千层次。黑与白，在宣纸上演绎着最深邃的哲学，前者不是终结，后者亦非开始，二者如同日夜交替，四季轮回，在自然的规律中相互成就。它们像是一对默契的舞者，在时光的舞台上，彼此追随，彼此映衬，共同编织出生命的韵律。浓墨在宣纸上流淌，留下深邃的痕迹，留白则像是一片宁静的湖面，映照着墨色的起伏。它们如同山与云，海与天，在彼此的衬托中，展现出更丰富的意境。这种微妙的平衡，让水墨画充满了灵动与生机。

黑夜，是宇宙为人间铺展的一方深邃墨池。当暮色悄然降临，白昼的喧嚣如潮水般退去，世界仿佛被轻轻按下了暂停键。心灵在这片静谧的墨色中缓缓舒展，如同宣纸上的墨迹，自由流淌，无拘无束。古人常在夜空下仰望星辰，试图从闪烁的光点中解读天地的奥秘；文人则偏爱在月色中吟诗作赋，借夜的宁静沉淀思绪。黑夜，像一位沉默的智者，以其深邃的底色，赋予人们内省的智慧。李白的"举杯邀明月，对影成三人"，正是黑夜催生的诗意。

黑夜如墨，既遮掩了尘世的浮华，又映衬出心灵的光芒，白天的喧嚣与忙碌，在夜的笼罩下渐渐褪去，留下一片纯净的深邃。在这片墨色中，思绪晕染开来，或浓或淡，或深或浅，勾勒出内心最真实的图景。夜的黑暗，是包容万物的底色，让那些在白日里被忽略的细微情感，得以浮现。黑夜也是一面镜子，映照出我们内心最深处的渴望与恐惧。在夜的静谧中，我们更容易听见自己的心跳，感受到生命的律动。那些在白日里被忙碌掩盖的思绪，在黑夜中如星光般闪烁，而夜的深邃，让我们有机会与自己对话，与心灵相遇。

白昼，宛若一张素净的宣纸，静静地铺展在天际，等待墨色的点染，充满了无限的可能。每一缕阳光，都是一笔新的开始；每一片云影，都是一抹新的色彩。"一日之计在于晨"，白昼是行动的时光，是挥毫泼墨的舞台，它如一支蘸满清水的笔，洗去夜的深沉，却又在万物间投下斑驳的影子。这些影子，是黑夜在白昼中的延续，像一首无声的诗，成为白昼与黑夜的共同心声。那些在黑夜中萌生的思绪，在白昼里得以延续；那些在梦境中闪现的灵感，在阳光下得以实现。

凝视一滴墨在宣纸上晕染，仿佛看见时光的流转。白昼与黑夜，在时光的长河中相生相克，相映成趣。它们不仅是色彩，更是生命的隐喻。而梦境，是黑与白交织的幻境。梦境如墨，将现实晕染得朦胧而深邃，醒时如白，将虚幻照得清晰而明朗。在梦中，黑夜与白昼的藩篱被打破，心灵得以在墨色与留白间自由游走，让我们得以梦为马，驰骋于潜意识的疆域。

两则与蛇有关的梦，用它们独特的方式讲述着某些寓言。

梦的旅程

这些睡梦中的零散片段，是因为"日有所思"吗？或许吧。白天的所见所闻、所思所感，像一面清澈的湖水，将光影折射在梦中，成为那些奇异画面的来源。但，仅仅如此吗？

梦中的画面，有时像一位絮絮叨叨的老友，将日常的琐碎小事娓娓道来；有时又像一位敏锐的侦探，轻轻揭开你心底深藏的秘密；有时，它化身为一位温柔的心理治疗师，用无声的语言抚平你内心的伤痛；有时，它又变成一位充满想象力的艺术家，将平凡的生活渲染成一部跌宕起伏的戏剧；而有时，它还是一位智慧的老师，指引你走向生命成长的下一个阶段。

一花一世界。梦，不仅仅是现实的倒影，更像是一扇通向潜意识的窗户。透过这扇窗，我们得以窥见内心深处的渴望、恐惧与智慧。它用象征与隐喻，向我们传递那些难以用语言表达的情感与启示。梦中的画面，或许是白天未曾留意的细节，或许是内心深处未曾察觉的情感，又或许是生命长河中潜藏的智慧。

所以，当你从梦中醒来，不妨试着去感受那些画面背后的深意，它是黑夜的礼物，也是白昼的延续。它让我们在沉睡中与自己的内心对话，在虚幻中触摸真实的渴望。

在经历了一个又一个或普通或奇异的梦之后，我发现梦境就像一个万花筒，折射出五彩斑斓的世界。很多人喜欢讲述梦、讨论梦，研究梦。在近代心理学的研究中，有两类代表性的观点。其一是，梦主要源于个人的早期经历，是我们潜意识中对过去经验的反映。而另一种更为广阔的观点认为，梦不仅仅是个体经验的产物，它还承载着集体意识，梦境不仅与我们的日常生活和早期经历有关，还与我们的祖先、文化基因紧密相连。并且，由于我们属于宇宙的一部分，我们的身心每时每刻也在跟随宇宙的节奏舞动，所以梦境还能反映大环境的变化。

在梦里，我们很少质疑它的真实性。它像一条静静流淌的河，自然而然地发生，自然而然地流动，一切显得那么理所当然。梦中的世界，没有逻辑的束缚，没有现实的框架，只有无边无际的自由。然而，当我们从梦中醒来，却常常耸肩一笑，轻描淡写地说："不过是个梦而已，不用当真。"人们习惯将梦视为现实生活之外的插曲，仿佛梦里梦外是两个完全割裂的世界。但，梦真的只是无关紧要的幻影吗？或许，更重要的是，这些梦是否在某一个瞬间，给了你启迪，像一朵悄然绽放的花，或一盏突然亮起的灯，让你的生命因此而更加丰富多彩。

这个世界，从不缺少造梦者。在电影院里，你沉浸于别人编织的梦境；在货架上，你挑选着别人将想法变为实物的商品；在工作中，老板勾勒的未来蓝图让你心潮澎湃。而我们每个人，也都是自己梦境的编织者。无论是电影中的故事，还是货架上的商品，抑或是工作中的蓝图，它们都源于某个人的梦想。梦之所以重要，正是因为它释放了热情的力量，打开了想象力的大门。它让我们在柴米油盐的琐碎生活之外，在喜怒哀乐的人间烟火之中，被激发出创造美好的能力。

创造美好，本质上是一个"无中生有"的过程。而做梦的能力，正是让生活充满奇迹的源泉。梦境让我们相信，那些看似不可能的事情，或许就在某个转角等待着我们。

在记录了许多自己的梦境后，我逐渐发现，迈开脚步、向外探索固然是让生命丰满的重要路径，但走向心灵深处找寻，更是一条充满奇遇的路。在这条内在之路上，我们慢慢接近自己，面对内心的困惑、冲突、挣扎、执着，以及那些深深埋藏的爱恨情仇。这条路告诉我，我们自己其实就拥有回答自己的问题、解决生命议题的能力。

并且，梦与现实的界限，或许并没有我们想象的那么清晰。梦境中的画面，常常是现实生活的延伸；而现实中的某些瞬间，也会让我们恍惚觉得置身梦中。梦与现实，像两条交织的河流，彼此渗透，彼此成就。它们共同构成了我们生命的完整图景。所以，当你从梦中醒来，不妨试着去感受那些画面背后的呼吸，它让我们在现实与虚幻的交织中，找到属于自己的平衡与和谐。

梦，是你与内心深处的一场对话。起初，它的语言或许陌生而晦涩，像一本未曾翻阅的书，充满了未知的符号和隐喻。但当你开始留意它，用心倾听，那些曾经模糊的呢喃逐渐变得清晰。你会发现，自己就是最好的解梦人。那些在梦中浮现的快乐、悲伤、纠结、恐惧与兴奋，那些让你醒来后仍久久回味的画面，都是心灵深处发出的声音。它在等待被你听见，被你理解，然后被你赋予新的意义和生命

然而，梦也是一片幻境之海，它既可以是灵感的源泉，也可能成为吞噬你的巨浪。在梦中，你可以翱翔于天际，也可以潜入深渊，但若沉溺其中，便容易迷失自我，坠入虚无的迷雾。梦是指引，但现实才是我们耕耘的土壤。

在梦的旅途中，你会遇见许多风景。有些风景是关于你自己的——那些深藏心底的情感、未曾实现的愿望，或是潜藏在潜意识中的恐惧与勇气。它们像一幅幅画卷，缓缓展开，让你更清晰地看见自己的内心世界。而另一些风景，则是关于我们所处的天地。梦中的山川河流、日月星辰，常常映照出自然界的循环与运转。你会看见春天的萌芽、夏日的繁茂、秋天的丰收与冬日的沉寂，这些自然的韵律与生命的节拍交织在一起，仿佛在向你诉说宇宙的智慧。

在梦的旅程中，你不仅会发现关于内在心灵的秘密，也会触及大自然的深邃智慧。你会发现，自己与自然并非分离，而是紧密相连的一部分，梦中的一棵树、一片海、一阵风，都可能成为你理解生命意义的钥匙。生命的本质如同四季更替，循环往复，生生不息，而你，既是这场循环的参与者，也是它的观察者。

向内寻，向外走，我们常常在物质世界的喧嚣中迷失，身心之间的平衡也因此被打破。外界的风吹草动，像一场突如其来的风雨，让我们如同飘摇的树叶，变得脆弱而不安。这时，寻找内心的支点，便成了我们在危机与震荡中站稳脚跟的关键。每个人的内心都是一片独特的风景，面对同样的事情，我们的体验可能截然不同。欣赏自己的风景，找寻属于自己的答案，我们会一步步走近自己，逐渐看清内心的真实模样。

我们看着四季交替，也感受着自身变化。气韵流转，如永不停歇的齿轮，重复着萌芽、生长、成熟、衰败的生命周期。我们在生活里起伏，在居住的城市体味时间的厚度，也迈开旅行的脚步，向着远方丈量空间的广度。你发现，生命似乎有自己的节奏和旋律，有时你融入大合唱，但有时你也需要奏出自己的华彩乐章，而意识就像海洋，有平静也有漩涡，你有时慵懒放松，有时紧绷神经，在狂风巨浪与和煦微风间前行。作为掌舵的船长，你不断学习与意识之海合作，在旅程中不断探险，只为找到生命的节奏，发现你的心灵宝藏。而梦，有时是你手中的罗盘，有时是眼前的地图，上面圈圈点点，标注了各种景致，你在不同的岛屿上偶尔歇脚、短暂停留，补充给养，然后慢慢驶向你的大陆。

天地四季，生生不息，生命之轮，循环不灭。春生，夏长，秋收，冬藏，是自然界的轮回，也是生命起伏的描绘。

在梦中，我领略了四季，也遇见了很多奇奇怪怪的人和事，很想分享给你，算是旅途见闻吧。

梦游四季，天地合欢。

目录

春 语

2022年立春的那一夜，我梦见自己漫步在一条开阔的马路上。路上行人寥寥，车辆稀少，唯有道路两旁郁郁葱葱的大树，一棵连着一棵，枝叶交织成一片翠绿的长廊。抬头望去，阳光透过层层枝叶洒落下来，斑驳的光影如同温柔的拥抱，轻轻落在我的肩头。这是哪里呢？我一边走，一边思索。远处，一条灰色蜿蜒的长龙盘踞在山体之上，沉稳而舒展。

我继续前行，终于走到了它的脚下——那是长城，古老而雄伟的长城。

清晨醒来，翻开日历，再细细回味梦境，心中不禁泛起一丝暖意。啊，春天的气息，已经悄然降临。当太阳运行至黄道315°，二十四节气中的立春如约而至。尽管寒意尚未完全退去，但仅凭一个"春"字，心里的冬天便已消融了大半。那些被收藏与尘封了几个月的热量，仿佛被唤醒了一般，跃跃欲试，蓄势待发。

变化，往往就在朝夕之间。就像那梦中的翠绿长廊，仿佛一夜之间便从冬日的沉寂中苏醒，焕发出勃勃生机。立春的到来，不仅是大自然的更迭，也是心灵的复苏。

说到春天，你想到什么？

万物复苏，嫩芽初绽，那初生的力量如同春潮般势不可挡。雷声隆隆，仿佛是大自然的号角，唤醒了沉睡的生灵。冬眠的动物缓缓睁开惺忪的双眼，虫儿们在泥土中蠢蠢欲动，为破土而出做着最后的准备。深埋地下的种子，也在雷声的震动中悄然苏醒，积蓄力量，准备冲破黑暗的束缚，迎接阳光的洗礼。生命在黑暗中诞生，犹如手中点燃的火把，起初火苗微弱，摇曳不定，但很快便燃成熊熊烈焰，向世间宣告它的存在与力量。

　　而我的梦，也从这天地震动的时刻开始。雷声如同梦的序曲，唤醒了内心深处沉睡的渴望与憧憬。梦的种子在心灵的土壤中悄然萌芽，带着初生的力量，冲破层层迷雾，向着光明的方向生长。它像那破土而出的嫩芽，脆弱却坚韧；像那点燃的火把，微弱却炽热。在这天地震动的瞬间，我的梦与自然的韵律融为一体，开始了它的旅程。

龙

迷蒙初开，天地玄黄。

春雷震动，日出东方。

梦中飞龙，腾云驾雾。

在环山之间，在石雕之上。

梦中，我曾多次与中华龙相遇。在那里，我仿佛窥见了古老图腾与春天的神秘对话，那是梦境与自然的交织，是时光与生命的共鸣。

记得是 2021 年 3 月初的一个夜晚，梦中的我来到一片高耸的山地。那里平坦而空旷，只有野草与岩石相伴，寂静中透着一种原始的苍凉。我漫无目的地漫步，直到走到山地的边缘。眼前豁然开朗，连绵起伏的环形山群映入眼帘。它们一座接着一座，首尾相连，仿佛大自然的鬼斧神工，将它们雕琢成一个完美的圆圈。深灰色的山体线条硬朗而冷峻，巍峨中透着一种凛然的力量。

低头一看，我才惊觉自己竟悬在空中，正以俯视的角度凝视着山群的圆心。视线缓缓聚焦，我的心也随之震颤——一条七彩东方龙赫然出现在群山中心的半空中。它昂首向天，身躯自然弯曲成优雅的"S"形，如同螺旋般在原地缓缓旋转。它的姿态稳健而平和，仿佛八音盒中随着悠扬旋律翩翩起舞的芭蕾舞者，优雅而从容。它就这样旋转着，旋转着，我目不转睛地注视着，心中满是惊叹与敬畏。

"轰隆隆、轰隆隆……"突然，滚滚雷声将我从梦境中拉回现实。耳畔传来大雨冲刷大地的声音，急促而有力。我望向窗外，夜色依旧深沉，天地间一片昏暗。拿起手机，屏幕上显示的时间提醒我：惊蛰到了。

这一刻，梦境与现实交织，古老图腾与自然节律共鸣。那条七彩东方龙的旋转，仿佛在诉说着春天的苏醒与生命的律动。而窗外的雷声与大雨，正是惊蛰的号角，宣告着寒冬的终结与生机的勃发。梦中的龙，窗外的雨，都在提醒我：变化，正在悄然发生；春天，已然叩响门扉。

古人对惊蛰有生动的描述，据说此时，被称为地龙的蚯蚓开始运动，它们慢慢钻土，身躯柔软却坚韧，像是大地伸出的触角，试探着春天的温度，与此同时，新鲜的空气流入土壤，大地萌发生机。

惊醒蚯蚓的，是春天的雷声。那雷声，起初只是一声低吟，像是从地底深处涌出，渐渐地，低吟变成了轰鸣，它从远方滚滚而来，像是无数匹骏马在天际奔腾。它们的蹄声震动着大地，也震动着等待春天的心。雷声越来越近，越来越响。它成为天空与大地的对话，成为冬天与春天的对话。那雷声浑厚有力，带着威严，雨水倾泻而下，它们打在泥土上，溅起一朵朵水花，那，是大地的笑容，是生命最初的欢愉。

春雷，它用声音宣告冬天的结束，雷声过后，世界焕然一新，万物新生。

一声惊雷，神龙乍现。梦中的古老图腾，如此生动。

2022年3月初，那天恰好是农历二月初二，梦里是一个陌生的城市。

我走在马路上，雨水滴滴答答，它们落在脚边的路面，溅起小小调皮的水花。这样的天气，很容易让人心生阴郁。我打着伞，看着街上的人们来来去去，但新奇的是，他们似乎很喜欢雨水，脸上满是欢喜的神情，丝毫不被暗灰的天色影响。聆听自己的脚步，发出"吧嗒吧嗒"的声响，它们和雨声交织在一起，奏成轻快的雨中曲。我看看细线似的雨水，把雨伞举得高高的，那雨伞罩出一个大大的圆，似乎能带着我旋转飞舞。

二月二，龙抬头，而"龙抬头"的来历，传说与一条给干旱人间降雨的青龙有关。古时候的人们认为，农历二月初二起，天地间的雨水会越来越多，万物从冬日的僵硬里苏醒，慢慢恢复身心的灵活运作，而雨水的丰沛，正是天地气息顺畅交换的表征，是生命力启动的信号。

人们将生命觉醒的力量赋予龙，它将万物从睡梦中唤醒，引来雨水，唤醒沉睡的众生。

巧合的是，在拥有如此说法的日子里，我的梦境也充满了淅淅沥沥的雨水，它呼应着节气的转变，在心灵深处奏出一首气韵交换的乐曲。被白天生活包裹的我们，很少在清醒时分感受自己和大自然的连接，但潜意识提醒了我，我们与大自然无法分割。

想起某次梦里，我坐着马车缓缓颠簸于狂野的夜晚，远处天空层层闪电，那是雷神的杰作。风雨中，马车路过那独自立在荒野的古朴中世纪教堂式建筑，我推开门，里面是满壁的古老书籍。雷雨交加的黑夜里，有一条通往智慧的路。

梦境，如同一位神秘的画家，以其独特的笔触在心灵的画布上勾勒出现实的轮廓。那些在特殊日子——如惊蛰日，万物复苏的时节，或是二月二龙抬头，春意盎然的时刻——悄然降临的梦境，它们仿佛携带着古老的谜语，等待着我们去解读。谜语里，或许包含是自然现象与古老故事之间的关联，也有心灵意象从祖先处一代代延续的证明，抑或我们与自然界之间有趣的互动。然而，梦的奥秘远不止于此，它如同一片深邃的海洋，每一次潜入都带来新的发现与疑惑。

2020 年 9 月底，一个奇异的梦境再次在我沉睡的夜晚上演，它如同一场精心编排的戏剧，每一个细节都似乎在向我揭示某种深层的意义。

那是一个关于中学母校毕业生聚会的梦。同学们从四面八方赶来，广场上熙熙攘攘，人来人往。大家聚集在广场一侧，缓缓从入口进入礼堂。欢聚的时刻充满了温馨与感动，老同学们彼此相拥，沉浸在共同的回忆里。我抬头看向侧墙的大屏幕，那里正播放着曾经的校园画面：一群少年，青春洋溢，满脸的稚嫩与青涩，勾起了浓浓的怀旧情怀。然而，欢聚的时刻总是短暂的，转眼间就到了分别的时刻。人们纷纷站起身来，但奇怪的是，大家并没有沿着原路返回，而是走向了通往地下的出口。

人群缓慢行进，边走边聊，气氛轻松愉快，倒也不觉得无聊。穿过黑黢黢的通道，拐了几个弯，似乎越走越深了。没过多久，前行的人群突然停了下来——眼前是一个宽敞的地下空间。

昏暗的光线，反常的氛围，所有人的目光都被吸引住了。

啊，我看见了！十几条龙被粗大的锁链拴住身体，它们使劲摆动着，猛烈撞击房顶，似乎要从这地底的受困之地腾跃出去。其中最威猛的一条龙，猛然从远处"呼"地一下飞到我面前，它的脸离我的脸只有二三十厘米。它看着我，我看着它，从它的眼神里，我读到了一种似曾相识的感觉，仿佛它在说："原来是你。"

面对这样一个庞然大物，我虽然并不感到害怕，但还是愣住了。清晰的龙角、龙眼、龙须，以及它眼中透出的探究的光芒，都让我有充足的时间把它与神话中的龙作对比——简直一模一样，甚至因为它是"活"的，更添了几分生动与神气。在对视的瞬间，我用余光瞥见其他的龙依然在奋力摆脱绳索的束缚。然而，我不能一直停留在这里，因为人群正慢慢疏散。我跟随大家继续前行，穿过一条满是乱飞黑鸟的通道，最终到达了出口。

梦境，就此止步。

第二天吃早饭的时候，妈妈问我："昨天半夜的闪电和雷声太吓人了，你被吵醒了吗？""打雷？闪电？这么大动静吗？我怎么一点儿没听见……"

现实里的雷鸣电闪，让我想到梦里要冲破雨夜的龙。它仿佛在向我揭示某种隐秘的真相，或是某种潜意识的映射。龙，作为中华文化中的神圣象征，常常被视为力量、变化与智慧的化身。在梦中，它们被束缚在地下，奋力挣扎，似乎象征着某种被压抑的力量或未被实现的潜能。而那条最威猛的龙飞到我面前，与我对视，仿佛在提醒我，某些重要的东西正等待被唤醒。

龙，这一在中华文化中翱翔千年的神兽，自古以来便被赋予了祥瑞的象征，它的形象在历史的画卷中熠熠生辉。然而，龙的形象并非单一，它同样携带着复杂而深邃的特质。在那些流传于民间的古老故事里，龙不仅是带来雨水、滋养大地的恩赐者，有时也化身为不可控的自然力量的化身。当它因愤怒或不满而咆哮时，天地为之变色，洪水滔天，村庄化为泽国。这种难以捉摸的天性，既让人心生敬畏，也让人深刻体会到自然界的伟大与神秘。

龙的存在，仿佛是大自然力量的缩影，它与雷电雨水共同出现在我的睡梦内外。

回想过往，我在梦中遇见的龙，几乎全是中华龙，只有一次，我见到了西方龙。

那是2021年3月下旬。梦中，我置身于一座现代化的摩天都市，高楼林立，直插云霄。街道上车水马龙，行人步履匆匆，城市的节奏快得让人喘不过气。天空被灰暗的云层笼罩，压抑而沉闷。我抬头望向远处的高空，目光被高楼缝隙间的一个小黑点吸引。那黑点缓缓移动，逐渐清晰——原来是一条拍动着翅膀、缓慢飞翔的龙。它的样子显得有些疲惫，仿佛体力不支，却仍在努力维持着飞行姿态。

然而，情况并不乐观。它的飞行越来越吃力，高度也在不断下降。它似乎在寻找一条安全的降落路线，但显然，它的力气已经所剩无几。每一次翅膀的拍动都显得格外艰难，仿佛每一次挥动都在消耗它最后的体能。它的身躯在空中摇摇欲坠，仿佛一片即将飘落的枯叶，带着一种无力的悲壮。

终于，它支撑不住了。伴随着一声低沉的喘息，它坠落在地，庞大的身躯伏在地上，像是被抽空了所有的气力。它的胸膛微微起伏，呼吸沉重而缓慢。它看见了我，那双如铜铃般的黄色眼睛眨了眨，随后，它慢慢阖上双眼，仿佛陷入了沉睡。

醒来后，那双龙的眼睛始终在我脑海中闪现——那条从天而落的西方龙，究竟想对我说什么？它的坠落，是力量的耗尽，还是某种隐喻的象征？梦的语言，像一场猜谜游戏，又像散落的拼图碎片。我将它们一一拾起，拼贴，摆弄，时而凑近，时而拉远，试图从中解读出隐藏的讯息。

谈及龙这一神秘生物时，东西方文化对其的认知却呈现出截然不同的面貌，这种差异也深深影响了人们对梦中龙形象的解读。在西方文化的画卷中，龙往往被勾勒成一种强大而危险的生物，其心理象征意义复杂而深邃。它既是毁灭与混乱的化身，又象征着力量与守护的并存。在西方人的心灵深处，龙常被视为那些被压抑的恐惧、欲望和原始冲动的具象化表现。而人与龙之间的对抗，则被赋予了更深层的寓意——它象征着个体与内心黑暗面的激烈斗争。想象一下，那巨大的身躯、锋利的爪牙、喷吐火焰的能力……无一不彰显着西方龙的威严与力量。它们身形庞大、肌肉发达，宛如巨蜥般的身躯上覆盖着蝙蝠状的翅膀，尾巴粗壮且充满攻击性，仿佛随时准备发动致命一击。

在东方文化的瑰丽画卷中，龙的形象宛如一首流动的诗篇，展现出与西方截然不同的神韵与风采。它们身形修长而优雅，仿佛一条蜿蜒的河流，虽无羽翼却能轻盈地翱翔于天际，穿梭于云海与江河之间，展现出一种超越物质束缚的自由与灵动。东方龙的尾巴细长如鱼尾，与水有着天然的亲缘，仿佛是大江大河的化身，象征着与水相关的神秘力量与生生不息的活力。这种典型的龙形象，不仅是东方文化独特审美的体现，更是人们对自然力量的深刻理解与敬畏。它们既是天地的使者，也是人与自然和谐共生的象征，承载着东方文明对宇宙奥秘的探索与对生命力量的无限崇敬。

尽管不同文化中都有龙的意象，但它们却各具特色、迥然不同。要消除这些文化差异并非易事，或许我们所能做到的最好，就是努力去了解彼此的文化背景和象征意义，以减少因误解差异而引发的冲突与碰撞。通过增进相互理解，或许能够更好地欣赏并尊重彼此文化中的独特之处，共同创造更和谐与多元的世界。

为什么在梦里，我会与龙相遇？

中华文化中，它的身躯蜿蜒如江河，鳞片闪耀如星辰，呼吸之间，风云变幻。它在春日的云端出现，带来甘霖，滋润了大地。龙，是我们对美好生活的向往、对自然的敬畏，也是对生命的隐喻。

想象一条还未崭露锋芒的龙，身躯沉静如水、鳞片微微闪烁，它的力量深藏不露，如同冬日的种子，静待春雷召唤。接着，它的力量开始显现，如同破土而出的春日嫩芽。看啊！它正翱翔于天际，目光穿透云层，寻求自我超越。徘徊在天空与深渊之间，它的身影如闪电般迅捷，在变化中寻找方向，奏响天地间最灵动的韵律。终于，它翱翔于九天之上，光芒照耀四方，这壮丽的景象炽烈而辉煌。然而，此时的它也知晓巅峰过后的反思极为重要，生命与自然的完整循环在龙的飞腾中，也成为我们自己的精神映照。

龙，不仅是神话中的生灵，更是千年智慧的化身，它的身影早已深深镌刻在我们的文化血脉中，成为灵魂深处的一部分。

在梦中，我曾见过一根雕刻着龙的石柱。那龙盘踞其上，鳞片细腻，神态威严，仿佛随时会从石柱中腾空而起。果然，不知怎的，它竟真的从石柱上飞了下来，目光炯炯，仿佛能穿透时空，直抵人心。那一刻，我感受到一种古老的力量在苏醒，仿佛千年的传说正从沉睡中归来，带着无尽的智慧与威严。

还有一次，我梦见自己走进一间空旷的石室。四周的石壁厚重而古朴，上面雕刻着一条中华龙。那龙的形态栩栩如生，线条流畅而富有张力。它仿佛不是被雕刻在石壁上，而是被封印其中，等待着某个时刻的苏醒。果然，就在我凝视它的瞬间，它从石壁中"游"了出来，身躯蜿蜒，气势磅礴，它的出现，仿佛让整个石室都充满了生机。

这些梦境中的龙，似乎在说：那些被时间尘封的智慧与力量，从未消失，只是等待着被唤醒。

是时候回应它的召唤了。

记得某天，我找到一处静地，以舒服的坐姿，戴上耳机，闭上双眼，聆听一段音乐。那宇宙之音，"om"－"om"－"om"回响在意识与潜意识的缝隙中，低沉，带着混沌中的创生之力，如同东方龙的雷电之火，掀起我们大地和宇宙之间的神秘面纱。听着，听着，我的后背脊椎开始有麻酥的感觉。随着驼铃从左至右环绕，层层缥缈女声叠叠渐入，震雷之声，吟唱之声，如同映照天空的金色，如同灌入大地的绿色，充满整个空间。低沉在地，舞动在天，振动，振动，万物始生。静动地天，变化生矣。

雷暴风雨，彩虹天界，一线之隔，一念之差，一动之异。万物初生，需要各方面条件的配合，种子要破土而出、长成大树，也并不是容易的事。云未成雨的时候，小心呵护，稳根基、勿冒进。种子入地，不会着急向上生长，而是画下基地，扎下根来。将根向下延伸、吸取养分，巩固自身，慢慢生长。破土的道路并不一帆风顺，雨林慢慢长成，也非一朝一夕之功。生小枝，而后枝叶绿，再后枝叶茂；绿树成荫，花开遍地。事物创生的过程，就像女性十月怀胎，精心呵护。待一声啼哭，绿芽破土，方成气候。万物初生，创始有道。循着规律，必有所成。

· 梦　语

震龙入梦，启动生命的循环，雷雨醒春，唤醒沉睡的心。

龙抬头，落雨珠。

伞高高，旋转舞。

日升日落，海潮升伏。

万物萌动，潜龙征途。

梦里的你啊，要告诉我什么？

那腾飞的龙，七彩的弧，

是时候了，雷响初。

上学了

你的梦里是否曾出现过与上学有关的画面？比如梦见上课、考试，或是校园生活的片段？这些梦境或许不仅仅是记忆的碎片，它们可能承载着更深层的意义。让我想想，学校对我来说，究竟意味着什么？

课堂，就像是一个新鲜事物的展示柜，满足了我对世界的好奇心。每一节课都是一扇通向未知世界的窗口，老师的话语如同钥匙，打开了知识的大门。写作业，则是磨炼技能的过程，帮助我更好地理解和消化这些新鲜事物。而考试，毫无疑问，是用来验证自己是否真正掌握了某个知识或某项技能的时刻。它既是对学习的检验，也是对自我能力的挑战。

上学，不仅仅是知识的获取，更是心灵的启蒙、社会的融入、梦想的孕育。它是探索知识的旅程，是成长、探索和蜕变的过程。在学校里，我们不仅学会了如何思考，还学会了如何与他人相处，如何在集体中找到自己的位置。学校，是人生旅程中一个重要的隐喻，它象征着我们在生命中所经历的每一个阶段——从懵懂无知到逐渐成熟，从依赖他人到独立自主。

如果把学校当作学习与成长的象征符号，再合适不过了。而梦，同样也是一座学校。在梦里，我们既能看到往事的重现，也能看到当下生活的琐碎。有的梦境虽然让人摸不着头绪，但后来却忽然发现，它恰恰反映了我们正在经历的生活转折。梦境像是一位无声的老师，用象征和隐喻的方式，向我们传递着生活的智慧。而每一次梦醒，都是一次新的学习机会，让我们在生命的学校中，继续前行，不断成长。

2019 年 3 月初，我梦见自己骑着自行车，在拥挤的马路上行行停停。车水马龙的城市，充满了让人欣喜的烟火气，但挤成一团的路况也着实让人心烦意乱。开车的人、骑车的人、走路的人，全都朝着同一个方向，像蜗牛般缓慢前行。忽然，我的视线转移，发现自己竟身处城市上空，俯视着地面——

没错，我所行的那条路拥挤得几乎停滞不前。这时，一个念头闪过：如果现在掉头，选择相反的方向行进，或许就能按时到达目的地了。

梦境，常常如同一则寓言，用隐晦的方式向我们传递生活的智慧。

当所有人都依着惯性、沿着既定的方向前行时，即便马路再宽阔，也免不了拥挤不堪。陷在车流与人海中，我们很难不被裹挟着随波逐流，哪怕速度缓慢得令人心焦，但一看周围，大家都是如此，便也只好作罢。这种惯性不仅存在于交通中，也深深植根于我们的生活。每个人，都有自己的惯性，它与从小生活的环境、家庭氛围息息相关，长大后，这些惯性成为我们在世界中生活的模板。如果没有重大事件发生，我们或许很少会主动去打破它，甚至因为害怕走出舒适区，而一直停留在惯性的车轮里。毕竟，冒险虽然刺激，但也充满风险；而按照原样生活，至少能维持现状，不至于颠覆当前的生活。

掉头回转或寻找其他路径，不仅需要转变视角，更需要拥有跳出滚滚人海的勇气。这实属不易，因为，生活中的规律性重复或者随大流并没有什么不好，至少能让我们在风浪中保持相对的稳定。可是，在陷入惯性的同时，我们也失去了突破自我的机会，惯性固然能带来安全感，但它也可能成为一堵无形的墙，将我们困在熟悉的领域，限制了视野与其他的可能性。

然而，梦中独特的俯视视角，仿佛在说，跳出局限吧！或许，正是那些看似不合常理的选择——比如掉头、转向、另辟蹊径——才能让我们找到新的方向，抵达心中的目的地。而这一切，始于打破惯性的勇气，始于对未知的探索与尝试。

从梦里穿回现实，问自己，"你可以做哪些'尝试'呢"？念头飘过，我正好骑着自行车到达十字马路的路口。看看平日的惯行路线，对自己说：今天，走另外一条路探索探索吧！

2021年12月的一个夜晚，梦境以一种奇特的方式向我展现了一幅意味深长的画面——我发现自己置身于一座古朴的四合院中，青砖灰瓦，院落幽静，仿佛时光在这里停滞。身边站着一位老者，他身穿灰色布衣，头上挽着发髻，虽年岁已高，却精神矍铄，目光炯炯有神。老者注视着我，语气平和却坚定地说道："我跟你很有缘分。"这句话如同一把钥匙，轻轻打开了梦境的门扉。

然而，接下来的情景却出乎意料，甚至有些"别出心裁"——老者竟开始监督我练习蹲起，像一位严格的体育老师，一刻也不放松。他的目光如炬，动作规范，仿佛在传授某种技艺。那一晚的梦，俨然变成了一堂超长的体能训练课，我在梦中反复练习，直到筋疲力尽。

梦虽然结束了，但它的余韵却久久未散。最有戏剧性的部分，在三个月后才悄然展开。2022 年春天，因缘际会之下，我开始跟着视频学习一套传统健身功法，每天坚持练习。起初只是出于好奇，但随着时间推移，我逐渐感受到身体的变化，仿佛有一种内在的力量被唤醒。某天清晨，当我完成一套动作后，忽然回想起那个梦境，心中顿时涌起一种奇妙的感觉——原来，梦中的老者并非偶然出现，他的严格监督与当下的练习之间，似乎有着某种隐秘的联系。

这让我不禁感叹，或许，梦不仅仅是我们潜意识的投射，它还可能是一种指引，一种来自内心深处的提醒。那位老者，或许正是我内心的某个声音，而梦中的"体能训练课"，则是对现实生活的一种隐喻。梦境与现实的巧合般交织，仿佛在说，生命的某些转折，早已在梦中埋下伏笔，只待我们在现实中揭开谜底。

说到上学，我不禁想起一段奇妙的经历——2022 年 4 月底到 5 月初的短短 10 天内，我接连做了三个梦，每一个都围绕着上学的故事展开，细腻而生动。它们就像一部连续剧，每隔几天就上演一集，虽然情节并不连贯，却以相同的主题高频出现，仿佛在向我传递某种信息。

第一个梦里，天色是黎明前的短暂光影，城市还未完全苏醒。我脚踏滑板，穿行在凉爽的晨风中，享受着难得的静谧时光。机动车尚未出动，早起的人们也还未从睡梦中醒来。"开学的日子可不能迟到"，我对自己说，于是加快了滑板的速度。风，似乎更凉了一些，带着清晨特有的清新与活力。走进教学楼，同学们熙熙攘攘，脸上洋溢着对新学期的期待与兴奋。我坐进一个奇特的球形教室，层层阶梯竟然能自动旋转，仿佛置身于未来的科技世界。

开学第一课，老师提问了一个问题，啊哈！她在考察我们是否还记得之前所学的内容。随后，她公布了我们最不情愿听到的考试日期，梦中的紧张感瞬间弥漫开来。

没过几天，梦又来了。梦中的自己急匆匆赶去机场，脚上还穿着轮滑鞋，在候机大厅里飞快穿梭。我看着周围拖着行李箱的人们，他们像忙碌的蜜蜂一样，四散飞向不同的登机口。终于，我及时坐上了飞机，等待它的起飞。梦中的匆忙与紧迫，仿佛在提醒我，时间不等人，必须抓紧每一刻。

第三个梦则更加诗意——我漫步在异国的大学校园，心里感叹：今天的阳光真好啊！金灿灿的光芒洒在每一个角落，温暖而明亮。不远处，一座白色大理石的欧式喷泉中，晶莹剔透的水如流动的宝石般丝丝流下，闪烁着迷人的光泽。休息片刻后，我前往游泳馆参加训练。在标准的赛道池里，我来回游动，仿佛不知疲倦。梦中的我清晰地意识到，水有自己的秉性，要想游得快，不能靠蛮力，而要学会借力使力，减少阻力。训练结束后，我回到宿舍，那里有几间房、几张床，最里面的隔间正在维修水管。水已经漏了好几天，工人们正忙碌地处理着。梦中的细节如此清晰，仿佛在暗示着什么。

几段密集呈现的梦境，似乎描绘着，我正身处一段新的学习旅程。学校、教室、训练、维修……这些我们日常极为熟悉的场景，被梦境巧妙地用来映射生命中的学习常态。温故知新，是学习的要义；而梦境用漏水的宿舍卫生间，贴心地提醒——修修补补的事情在日常生活中很常见，那些看似不起眼的暗疾，虽然表面无碍，却可能藏着隐患。发现漏洞并及时修补，根据不同的状况调整，才能防患于未然并开启新的征程。

梦中的画面，虽然看似与现实生活风马牛不相及，但其实呈现了许多互相关联的话语。

2022年4月上旬的一个夜晚，梦境将我带回了熟悉的环境——那里有我熟悉的同学们，还有那栋充满回忆的宿舍楼。走进楼道，长长的走廊两侧，房门一扇挨着一扇。我一步步走过，忽然发现这里有了变化：那些老旧的、生锈的门锁全被卸下了，取而代之的是一把把崭新的门锁。它们闪着微光，仿佛在向我发出邀请：来吧，试试怎么打开它们！

　　我手中握着一根像火柴般的小圆棒，它圆润的顶端似乎蕴藏着某种魔力。我将它顶在门上的特质凹槽里，轻轻向下按压，门锁应声而开。接着，我掏出门卡，将它放在电子识别器上，门缓缓打开，仿佛为我敞开了一个全新的世界。

　　梦醒后的当天下午，我在公园里散步，任由思绪放空。忽然，梦中的种种细节浮现在脑海中，让我不禁陷入沉思。宿舍，就像卧室一样，是休息与放松的地方，也象征着内在的宁静所在，而梦中那些换了新锁的门，似乎在提醒我：进入内心的舒适之地，需要一把独特的"钥匙"，一种与自我深度连接的"魔法棒"。只有找到与门锁的专属契合点，才能被允许进入那片宁静的领域。

　　我不禁问自己：你要打开的是哪扇门？是向外探索的门，还是回归内在的门？梦中出现的卧室，仿佛在轻声对我说：是时候把注意力放回自己身上了。只有内心足够踏实、安稳、充盈，才能补充在外"征战"时的损耗。多给自己一些休息的时间吧！用新的视角之钥打开心门，走进去看看。

　　2022年11月中旬，梦，来了。

　　我与同伴驱车前往一片风景如画的地方。那里的山峦起伏，水流清澈，一切都显得纯净而温柔，仿佛置身于一幅水墨画中。然而，几天的行程却被同伴的不辞而别打断了。他留下一封信，解释说因临时有事必须先行离开，并贴心地为我安排了一位司机，送我去下一个目的地——一座山庄，那里是我可以寻找灵感、闭关写作的地方。

　　车子沿着山间小路弯弯绕绕，驶向那片偏远的世外之地。我不禁感叹："真是与世隔绝的桃源啊！"抵达后，我发现这里比想象中热闹许多。一栋栋民宿小楼错落有致，聚集成一个小小的村落，充满了生活的气息。来到预定好的民宿，房间简单而朴素，却有一种返璞归真的宁静。

　　一转身，我发现自己已然置身于一间集体宿舍。这里聚集了许多学生，他们被家人从四面八方送来，参加集训，为通过大学的入学考试而努力。宿舍的氛围让我有些意外——一间宽敞的房间里，密密麻麻地摆放着许多张单人床。我环顾四周，那张空着的窄木板床显然是留给我的。"睡这儿吗？条件有点儿艰苦啊。"我低声自语，但周围似乎没有人注意到我的牢骚。

身旁的女孩子坐在自己略显局促的床上，旁边立着她的大行李箱。我一边观察，一边沮丧地自言自语："我研究生都毕业了，来这里干吗？"忍不住，我问她："你们每天的时间怎么安排？"她回答道："每天早上 5 点起床，6 点吃饭。""那 5 点到 6 点之间，就自由活动是吗？""嗯。"她的回答简短而平静。

我在心里盘算着："生活条件太艰苦了，要不然离开？"然而，想到回程的路途遥远，我打消了这个念头。"算了，先暂时待在这里吧。"我对自己说，仿佛在妥协。这里的一切都让我懊恼。

怀揣着些许沮丧的情绪，我从梦中缓缓醒来。望向窗外，清晨的光辉已悄然洒满大地，仿佛为世界披上了一层柔和的薄纱。依照每天的习惯，我来到小区里那片静谧的小树林中锻炼身体。东升的太阳温柔地照在我的身上，仿佛为我披上了一层金色的外衣，温暖而宁静。深呼吸几次后，我的脑海忽然一亮：地球，不正是一所巨大的学校吗？这里人口众多，资源有限，人们像上了发条般不敢有丝毫松懈。穷人有穷人的匮乏，富人有富人的焦虑，每个人都希望自己能够"功成身退"，但每个人也都有自己的困境与挣扎。

我不禁接着想：在这所"地球学校"里，毕业的条件是什么？是名利的获取，还是那些令人羡慕的社会标签？是学会掌控自然，还是学会与万物和谐共处？是追求外在的成功，还是探索内在的成长？在这所无边的学校里，每个人都在寻找属于自己的答案，而答案或许就藏在那些细微的日常中。

此外，在紧凑的集体课程之外，我们又该如何度过那些自由安排的时间？上课与下课、紧张与放松、被安排与自主选择……这些看似矛盾的状态，实际上在张弛之间循环转换，构成了生活的韵律。

梦里的山庄，有多栋民宿，而我们所在的宇宙中也有众多星系。浩瀚星空，数不清的行星里，地球是其中一员。

白天时，回想梦中的旅程，常有"灵光乍现""恍然大悟""拍案叫绝"的心境，它是一扇门，推开它，是另一个与我们紧密相连的世界。梦世界，时而是现实世界的镜子，时而是它的倒影，它照出被忽略的细节，呈现被掩盖的角落。还有一些时刻，它是现实世界的缩影，也是放大的显微镜，更变身为哈哈镜，在不同的镜面色彩里，我看到不同的光影，也从折射的彩色纹路中，透视虚实间的距离，看见不同的自己。在梦中旅行、探索，在梦的谜语中学习、摸索。

春天，是新生命的交响曲，年轻的生命们好奇地触碰世界、了解世界、熟悉世界，并学着融入这个世界，开发自己的潜能。

　　春天的生命啊，勇往直前，
　　它急着发芽，急着生长，
　　努力学习周围的一切。
　　它要长大，长高，长壮，
　　成为自己的脊梁。

火

春风起，旭日升，你从沉睡中醒来，发现自己置身于美丽的星球。

这颗陌生星球对你来说，有太多新奇的事物，它们在你的眼中五彩缤纷，你自顾不暇，忙着融入它们的世界。你有时小心翼翼迈出试探的脚步，有时用力奔跑直到大汗淋漓，你听见外界的声响，也寻找内心的声音，在层层叠叠互相交织碰撞的声响中，你辨别自己的独特振动。你有时迷茫，也容易把分贝最高的声音当作自己追寻的灯塔，但总有一刻，或在独处时，或在凌晨的睡梦中，你听到属于你的频率。

你的生命火焰在燃烧，它在等你举起火把，照亮自己的天空。

对火的使用，是人类漫长发展进程中的重要时刻。人类掌握了捍卫生存的力量，开始主动出击获取食物，建立温暖的家园，告别野蛮的原始时代。祖先们使用火、崇拜火，火作为光明与力量的象征，成为人类意识中最重要的符号之一。地球上所有的古老文明中，都留有火的印记，而这个印记，也刻在世世代代的人的意识中。提到火，你想到什么？光明、温暖、力量、食物、战争、焚烧后的废墟……

你的梦里，是否出现过火的影子？

现在，让我带你进入火的梦境。2020 年 4 月下旬的一个夜晚，梦中，我坐在电影院里，银幕上正播放一部纪录片。画面中，一座宏伟的体育场被一颗从天而降的炸弹击中，瞬间崩塌。坚固的建筑在爆炸中化为碎片，灰色的烟雾如愤怒的火焰般喷涌而出，席卷四周。整个过程发生得太快，快得让人来不及看清细节。

然而，影片似乎读懂了我的心思，它自动倒带，重新开始播放。这一次，放映速度变慢了，还增添了许多细节画面。我惊讶地发现，自己竟然就是影片中的人——我在空中飞行，没有借助任何飞行器，仿佛飞翔是我与生俱来的能力。紧接着，我摊开手掌，一团小火苗从掌心蹿出。它像旋转的火轮，螺旋般飞速从手心钻出，越飞越快，越转越大。我眼睁睁地看着它离开我的身体，却无法控制它的去向。顺着火焰的方向，我看见它冲向体育场，浓烟四起，建筑轰然倒塌。

梦，在跟我对话。它向我重复剧情，那慢速的"未剪辑版"，揭秘了关键细节，让我在虚实之间感受到一种难以言喻的力量与失控的交织。

火，拥有巨大的威力，既能带来光明与温暖，也能制造毁灭与灾难。肆意的火焰，若不加控制，便会成为灾难的源头。熊熊燃烧的火，有时像一位无所畏惧的开路先锋，勇往直前；但有时，它也会变成冲动莽撞的"麻烦制造者"，带来无法预料的后果。梦中，我看着从自己掌心钻出的火轮，以不可阻挡之势摧毁了坚硬的建筑，那种力量既令人震撼，又让人感到无力。而"体育场"也与运动、竞争、进击息息相关，梦境不仅讲述了一个关于"失控之火"的故事，更从不同角度呈现了火的复杂特性——它既是创造者，也是毁灭者。

我不太记得当时的生活状态，是否有一些"失控之火"的现实佐证。或许，在记录梦境的时候，最好也把白天发生的事情一并写下来，这样至少能多一条线索，帮助理解梦的寓意。不过，无论这个梦是否直接描绘了现实中的心境，它都在用自己独特的方式，展现了失控之火的破坏力。

看啊，这位无情的吞噬者，悄然降临于大地。它没有眼睛，却能敏锐地嗅到一切可燃之物；它没有双手，却能用炽热的指尖轻易撕裂森林。它的脚步轻盈，却带着毁灭的重量，每一步都留下焦黑的痕迹，仿佛大地在它的践踏下痛苦呻吟。它的呼吸炙热而急促，带着浓烟与火星，它的咆哮是噼啪的爆裂声，它的低语是火焰的嘶嘶声，它不会停歇，直到它的饥饿被满足。

火，如同年轻的战士，带着无尽热情与鲁莽降临人间。它的血液里流淌着炽热的能量，胸膛中燃烧着无法抑制的斗志。它带着一股原始的冲动，蔓延向一切它能触及的地方。它的脚步迅捷而狂野，像一阵旋风般席卷大地。这位年轻的战士没有恐惧，也没有怜悯，眼中只有征服的欲望、破坏的快感。它不顾一切地向前冲，哪怕前方是悬崖，是深渊，它也毫不犹豫地跃入，只为在最后一刻绽放出最耀眼的光芒。然而，它的力量虽然强大，却短暂而不可控。它的冲动让它无法停下，直到耗尽自己的生命，直到最后一丝火焰在风中熄灭。火，这位年轻的战士，用它的狂热与无畏，留下了焦黑的战场和无尽的叹息。

在每个人的内心深处，都住着一位火战士，他并非总是可见，却时刻潜伏在灵魂暗处，等待着被唤醒。他是激情的化身、冲动的影子，是内心深处那股无法被完全驯服的原始力量。他的双眼闪烁着炽热的光芒，他的每一次心跳都带着燃烧的渴望。那无形的火炬照亮了内心的角落，也点燃那些被压抑的欲望与梦想。

这位火战士是矛盾的结合体。他既是创造者，也是毁灭者。他在瞬间点燃灵感的火花，让人迸发出前所未有的力量与勇气；但也能在失控瞬间，将一切化为灰烬。在平静的日子里，他如一团火苗温暖着心灵深处；而当风暴来临，他化作熊熊烈焰，试图冲破一切束缚，哪怕代价是自我毁灭。

或许，真正的智慧在于倾听这位火战士的低语，与他共处，并用理性之手为他划定界限。他的火焰，既是我们的力量，也是我们的考验。

在火轮之梦发生后的第三个月，我又梦见了火。

2020年7月的一个夜晚，我梦见自己置身于一个昏暗的室内空间，那里像是一座废弃的工厂车间。空气中弥漫着紧张的气息，仿佛连光线都变得若有若无，凝固在寂静中。两股力量正在对峙，气氛剑拔弩张。虽然我看不清对手的模样，但即便相隔七八米，我也能感受到他们的强大，提醒自己绝不能掉以轻心。

我转头看了看身边的同伴，示意他们站到我身后，以免被对方的力量波及。来吧，别退缩！我深吸一口气，稳住心神，缓缓向前伸展双臂，十根手指轻柔地舞动，仿佛在空气中描绘无形的图案。我以体内的气息为引导，让双手在身前自如地开合，像是操控着某种神秘的力量。两只手，各自掌控着一股火焰，随着我的动作，火焰如同两条柔软的火之绳索，缓缓向对面蔓延。梦中的我，对这股力量得心应手，仿佛火的舞动早已融入我的本能。

早上醒来，我对梦里的经历反复玩味，不知它从何而起，又为何而来。思索中忽然想起，我在头天中午的某堂课上，进行了20分钟的呼吸练习。隐约中，我感觉梦中的火与呼吸练习之间有所关联。

呼吸与体内之火，仿佛是生命最原始的诗篇，两者交织在一起，构成了微妙平衡。呼吸如风的低语，是生命的节奏；而体内之火则是能量的源泉，是灵魂的炽热。它们一静一动，一柔一刚，维系着生命的脉动。

呼吸如无形之风在体内的流动，轻柔而绵长。每一次吸气，仿佛是大地的气息涌入体内，带来清凉与滋养；每一次呼气，将体内浊气释放，如同将疲惫与杂念抛向远方。呼吸是静谧的，却蕴含无穷力量，它是我们与宇宙对话的方式，带着自然的节拍，像潮汐般起伏。

当呼吸遇见体内之火，如同风与火焰的共舞。当呼吸深沉而平稳时，体内的火焰也会随之稳定，燃烧得温和而持久；而当呼吸急促或紊乱时，火焰则会失控，变得狂躁而危险。呼吸是火焰的调节者，也是它的引导者。

不如，试着关注自己的呼吸。一次，两次，三次，再做几次深呼吸，慢慢地，不要着急。感受到了什么？一股平静、安稳、充盈的力量灌入身体。渐渐放松下来，身体不再僵硬和紧绷，呼，吸，呼，吸，感到体内的生命之火，它跟随呼吸的频率稳定燃烧着。此时此刻，周围的一切似乎消失，或者说，自己与外界融为一体，打破了边界，彼此紧密相连，在同一种韵律下呼吸。呼，吸，呼，吸，感受气息的流转，那是你的生命之火，正等着你与它起舞。你不是鲁莽的战士，也不是冲动的逃兵，你是自己火焰的主人。

记得曾与你分享，梦有时如同一部连续剧，它"集中精力"、用不同的情节反复传达同一个信息。而这两个与火有关的梦，则让我发现了梦的另一种"连续"方式——在不同时间的相同主题里，悄然呈现梦者自身的变化。与之前那个充满不安与失控的"炸弹梦"相比，这一次，我竟能熟练地驾驭火，它不再是那个令人畏惧的"麻烦制造者"，而是化身为一位默契的伙伴，与我共同编织梦境的篇章。

这种转变，仿佛是一场内心成长。火，从曾经的破坏者，变成了如今的助力者。或许梦的"连续"方式，正是为了让我们在一次次的重逢中，看清自己如何一步步走向更完整的自我。

2022 年 10 月上旬，我梦见在一栋密闭的建筑里，有许多大小不一、排列密密麻麻的房间，它们被一条昏暗的楼道连接起来，就像被串起的颗颗珠子。我奋力奔跑着，身边还有几位同伴，大家组成小方队，以最快速度穿过一个个房间，穿过迷雾般的黑暗。我手里拿着喷雾罐，边跑边向四周喷射杀毒剂，浓烈的气味弥漫在空气中，随即进入了我的鼻腔。

这是我第一次在梦里闻到气味，异常真切。梦境，不仅勾勒现实生活的轮廓，还将它进行了艺术化的处理。反映了内在世界的心灵渴望。面对封闭危险的空间，你可以畏缩在一角、浑浑噩噩，也可以小心谨慎地躲避危险、试探出路，坚定奔跑。安静下来，进入你的心灵深处，听它说话。这位年轻的战士，不仅带你远离生命的危险之地，也引领你达成目标。

2020年2月中旬的某个梦里，我刚上完一节课，正准备前往另一间教室，可不知怎的，楼层间的楼梯不见了，整个建筑变成高低错落的"跑酷"式下降通道，中途有不少高低错落的遮挡和障碍。我从一个落脚处跳到另一个落脚处，连续跳跃，就这样一路速降，终于赶在最后一刻冲出教学楼大门，只听见身后的大玻璃门"哐当"一声，关闭了，回头望望，很多同学被挡在门内，无法出来。

我气喘吁吁，看看身边一同出来的人，万分庆幸。

可这并不是终点。

远处有一座桥，上面有道把守森严的关卡——必须从那里通过才行。可还没来得及想出对策，考验又来了：不远处，海浪如贝壳的形状般，一层层涌来，我们必须利用海浪间的间隙前行，直至目的地。

第一个浪打来，海水从左边的沟渠激涌上岸，是时候向前奔跑了！疾行一段，眼看着前方又过来一波大浪，我马上停下、靠右站，躲开危险地带。这时，身边同伴一脚踏空、落入沟渠，水快速淹没了她的头顶，我赶忙伸手浸入水中，一把拉住她的手，把她拽上岸。真是有惊无险。

大家散坐在一起，身上被海水打得湿漉漉的。这时，我们身旁出现一位如精灵般的少年，他伸出手掌，安抚大家，帮我们逼出体内湿寒。我静下心来想："怎么才能出去呢？请求外援帮忙？不，我可以。"精灵少年来到我身后，把双手放在脖子下方的大椎穴附近，我感觉一股热气流入身体，自己安静了下来。怎么通过桥上的守卫？"再想想办法。"我心里默念。

随着这声默念，我从梦中醒来。速降式跳跃、关上的大门、涌来的巨浪、被水淹没的同伴、精灵少年……危急时刻逼出潜能，爆发出难以想象的灵活度和奔跑速度。在梦里，面对突然而至的考验，我几乎是用直觉做指引，没时间左思右想。时间不等人，必须信任自己的判断，从一个台阶跳到另一个台阶，而生存的动力，带我离开危险之地。

奔涌而来的海浪，就像人类无法预期和扭转的力量，面对面的对抗根本无法取胜，反而会被它淹没吞噬。这时候，寻找它的规律，找到喘息的气口，抓住瞬间的空档，穿越它的威胁。而一路同行的人们，此时此刻更需互相照看，每个人的力量都会给所有人增加信心，帮助我们跨越困难、通过考验。

看那竞技场上，运动员们如风般向前奔跑，如鹰般向上跳跃，沉着地瞄准靶心，专注地顶起重担。在他们与自己的较量中，生命的界限被一次次突破，推动着人类进入新的领域。而火，这一古老的元素，正如钻石般立体多面，每一个剖面都闪烁着独特的光彩，当我们将火视为意象符号时，它不仅是光与热的源泉，更是生命本能的核心象征。它捍卫你的生存，助你辨别危险，一旦威胁逼近，体内的逃生机制便会被瞬间激活。

感到累了吗？如果觉得筋疲力尽，不妨先停下来，给自己一个喘息的机会。只有让身体重新充满能量，才能以更好的状态迎接后面的挑战。沉下心来，让呼吸回归自然的节奏，进入内在的宁静与平稳，你会对危机有更细腻的觉察，对现状有更清晰的判断。

虽然我并未在梦中看到故事的结局，但我深知，即便浪潮汹涌、形势险急，我依然对自己和同伴充满信心，这种信心，并非盲目乐观，而是源于对自己和同伴们的信任，无论前方有多少未知，我们都能携手共渡。

生命之旅上，除了与自己的竞赛、和同伴的前行，还常常和眼中的"敌人"对抗。

竞争、对抗、冲突，它们意味着什么？它们存在的目的又是为了什么？因为即便安然自处，依然避免不了对手的出现。生命中形形色色的"对手"，他们教会我们什么？生命之火，如何取得胜利？

记得之前跟你提到，在我早期的蛇怪之梦里，我希望它被爸爸"解决"，但剧情发展到后来我明白了，必须是我自己刺出最终一剑。对手、挑战、冲突，它们既是敌人，也是让自己"技能升级"的催化剂。

2020 年 10 月上旬，梦境降临，考验上演。

梦中的我，正在跟一位男性友人通电话，说着说着，他的嗓音忽然成另一个人，低沉又威严。他说，"你需要用自己的力量打败巨龙。"话音刚落，我还没来得及询问这句没来由的话，一抬头，天上不知什么时候出现一群飞龙，个头有大有小，其中一条体形硕大。"记住，你有能力调动全部的力量。"耳边响起友人的话。

如飞出的箭般，我腾空而起。

战场上还有四位同伴，他们正各自运用法术牵制巨龙，从他们的一招一式中，我照着葫芦画瓢。四位伙伴是截然不同的"作战风格"，似乎在引导我汲取他们每个人的特点，将四股力量合而为一。这四个人是谁？直觉告诉我，他们是地、水、火、风的化身。我不知道这个答案是从哪里来的，但非常清晰。

我有打败巨龙吗？梦境并没有显示结果，因为我和同伴们又进入另一个场景。一间坐着很多人的大教室里，有种奇怪的安静，每个人都浑浑噩噩，眼神呆滞且没有精神——他们被催眠了。四位同伴拿出魔杖，挥舞着它们，让人们从催眠中醒来。

然而，故事依旧没有结束。我们走进一间已经停业的酒吧，它的外围有一座又大又深的水池，池中积满了水。我们和敌人在深水里打斗，神奇的是我不仅视线清晰，竟然还可以在水里自由呼吸，只需偶尔浮上水面换口气就好。我拿着魔杖，它在深水中，朝着对方发射不同颜色的火焰。

梦，就此画上句号。

天空之火、人间之雾、地界之水，一梦一醒间，游历三界。完美的三段式结构。

地、水、火、风，这四位伙伴各有性格，各有力量，他们是自然的化身，也是生命的守护者。

地，是战场上的中流砥柱，无论敌人如何猛烈，他都屹立不倒："只要我站立，世界便不会崩塌。"他的眼神深邃而坚定，像大地一样沉默，蕴含无尽力量。水，是一位灵动的剑客，身形如流水般柔美，动作如波浪般流畅，她的步伐轻盈而变幻莫测，仿佛在舞蹈中战斗，在流动中寻找破绽。火的攻击迅猛而狂暴，像野火般席卷一切，不留余地，他的步伐迅捷而狂野，仿佛每一步都在点燃战场，是毁灭与创造的双刃剑。风似游侠，他的身形如空气般无形，却又无处不在，他的存在让战场充满变数，也让对方难以捉摸。

这四位战士，他们的力量相互交织，彼此补充，共同编织了奇妙的梦境。然而，这也让人浮想联翩——哪怕你是芸芸众生里最平凡的那个，你也拥有火的行动力、风的流动性、土的稳定性、水的直觉力，并不缺少什么。你或许有一技之长，或许喜欢剑走偏锋，但当面对强大的对手，你必须收回分散的能量，整合它们、共同出击，因为缺失任何一角，都会降低胜算。

然而，对手是谁？

或许是一个真实存在的敌人，也或许是假想敌，又或许，还有另一种可能——是你自己的某个侧面。与敌人的博弈，其实是与自己的赛跑，外界的一切，是呼应内心戏剧的演员。所以，我面对的巨龙是什么？浑浑噩噩的人又是什么？水下的战斗在比喻什么？模模糊糊的，我想去触摸着梦境背后的意涵，它时而浮现，时而又隐去。

摸不着头绪，便放下它吧，你总会在某个时刻，找到答案。

2022 年 7 月下旬，我梦见一个封闭的园区，它如同由钢筋水泥建造的复杂迷宫，很多人被围困在其中，兜兜转转，觅不得出路。夜色深了，而人们没有放弃希望，每人手里举着小小的火把，照亮前方。我在队伍里，随着人群左穿右行，寻找通向出口的路。只见支支火把映着夜空，我们不停尝试新的路径，往来又往返，最终走出迷宫。紧接着，我又被拽进另一个时空——

一个女人被谋杀了。我带着她刚出生不久的孩子，躲避凶手的追杀。我与追杀之人在夜里的街头巷尾来回周旋，最后，凶手被赶到的警察一枪毙命，倒在血泊中。

生命之火，这位藏于我们灵魂深处的守护者，智慧而警觉，他并非总是显山露水，却时刻在暗处注视着我们的一举一动。他照亮前路的阴影，驱散逼近的寒意，当危险临近，他亮起警示的灯，他的光芒会变得急促而闪烁，仿佛在低语："小心，前方有危险。"他让我们心跳加速，手心冒汗，身体不由自主地紧绷。有时，危险隐藏在平静的表象之下。这时，生命之火的光芒柔和而深邃，像智者般引导我们观察细节，察觉异常。他让我们在冷静中保持清醒，在理性中做出判断。当我们陷入困境，生命之火会燃烧炽烈，他的光芒照亮我们内心的勇气，驱散恐惧与犹豫，他的热量给予我们力量与决心。他像一位坚定的战友，低声鼓励："不要退缩，你可以做到。"正如远古的人类在火光的庇护下逃离猛兽的追捕，今天的我们也在生命的火焰中，学会直面挑战，化险为夷。火的本能，早已深植于我们的血脉之中，成为我们与生俱来的生存智慧。而当火把聚拢，汇集成巨大的火焰，我们便融入了集体脉搏。

在一个早年发生的梦里，是一片战争景象——敌人在外面围攻，我方在阵地坚守。那是一个封闭的工厂，战争已经持续了很久，敌人刚进行完一轮攻势，战士们正在清理现场。一趟趟的，他们将牺牲的战友整齐摆在一旁，再一次次地搬运大麻袋，重新建造防御工事。外面已经是深夜，四处扬起的火光把夜空照亮，我们不知道敌人的下轮进攻什么时候开始，虽然身体疲累，但也必须强打精神做好准备。稍微休息一下吧！可是大家没有太多时间，每个人必须上紧发条。

看着牺牲的战友们，我甚至来不及悲伤，或者更确切地说，我已经失去了感受情绪的能力，进入麻木的状态。

从梦中回来，心里有些沉重。在梦中亲临战场的体验，与作为影视作品的观众时完全不一样。战争里的个体，很渺小，渺小到连悲伤、愤怒、恐惧、疲惫都不值一提。你需要把自己的敏感先封闭起来，才能鼓起勇气面对一切。

战争的火焰，是冷酷而无情的暴君，被人类的野心与仇恨点燃。他的身躯庞大而狰狞，像一头饥饿的巨兽，双眼血红，闪烁着毁灭的光芒；浓烟与灰烬是他的呼吸，遮蔽了天空，窒息了大地。他的脚步沉重而迅猛，伴随着爆炸的轰鸣与建筑的崩塌。他的手指是炽热的弹片与燃烧的箭矢，无情撕裂着生命与希望，他的咆哮是炮火的轰鸣与士兵的呐喊，撕裂着每一颗心灵。他的存在让世界陷入混乱，让和平化为灰烬。他的身边围绕着无数追随者——恐惧、痛苦、绝望与死亡。恐惧用冰冷的双手扼住人们的喉咙，痛苦用尖锐的刀刃割裂每一寸肌肤，绝望以低沉的声音摧毁每一丝希望，死亡踏着沉默的脚步带走无数的生命。

战争的火焰终将熄灭，但他的伤痕却会永远留在大地与心灵上。他提醒着我们，火焰不仅是温暖与光明的象征。

2021 年 8 月中旬，我又进入这样一个梦境——

学校里，我正在宿舍睡觉，睡着睡着，忽然感觉地动山摇。地震了！房间猛烈的晃动把我摇醒，我定定神，确定不是自己的幻觉，连忙把旁边的同学推醒。一看手表，凌晨三点。大家用最快的速度从床上爬起来，走出宿舍，小跑着下楼。

操场上已经集合了很多学生，有人正在跟大家说着什么。不远处，传来连续的炮火的声音，"原来是要打仗了"，我心里想，学生们要作为先行军，即刻出发。

我调转方向，离开人山人海的操场，走向一条远离人群的教学楼楼道。这里很安静，安静得有点不正常。没有一盏灯是亮的，我随手推开一扇教室的门，走了进去。黑暗中，我发现自己并不是这里唯一的存在。教室里躲着一些人，他们明显不想卷入战争，有人带着一家老小，有人带着新婚宴尔的妻子，有的一脸恐慌、被刚刚发生的一切吓坏了。他们生怕被发现，不敢大声说话，悄悄地蹲在教室一侧的阴影下，这样，即便有人闯进来，也很难发现他们。我蹲坐在对面，看着每个人的脸。

这时，楼道里传来脚步声，那落脚的声音十分有力量，并且带着一丝不苟的利索，散发着巨大的压迫感。教室里的人们紧张起来。过了一会儿，只听见脚步声消失了，周围又恢复了安静，但随着"吱呀"一声，门被推开，我看见一双冷峻中带着搜寻意味的眼睛，锐利地扫进教室。

"啊，原来是您在这里。"这双眼睛看着被月光照出轮廓的人影。

"嗯，是我。"声音沉稳、有威严，听上去是位年纪不小的女性。

"好的，那我就去别的地方了。"如鹰般的眼睛收起它的锋芒，带着一些尊敬，离开教室。

人们松了一口气。这时教室的一侧窄墙上，忽然出现一扇门，有人从门里走出来，看上去就像一位管家。他对大家说，"这里空间不够的话，可以去另一个房间。"我跟着慢慢起身的人，穿过凭空出现的门，走进另一处空间。啊，这里是一个充满阳光的植物房！繁茂的植物生机勃勃，还有小动物在其中跑来跑去，这截然不同的景象，让人放松下来。

你看，梦的视角太丰富了。

梦里，有天生好战的人，也有偏爱安静的人，有为集体舍弃小我的人，也有为了小家远离危险的人。有的人走上战场不是因为勇敢，有的人离开战场也不是因为胆怯。当战争发生，所有人都在经历一场身心地震。

集体的火焰，汇集了众人的火把，火光转眼间连成一片，呼啸着席卷整片草原。火借风势，风助火威，所到之处，寸草不生。它燃烧着，生长着，每个人的火把都成了它的养料，让它愈发壮大。只听见火焰中传来整齐的呐喊，它吞噬了所有的个体，将千万个"我"熔铸成一个巨大的"我们"。突然，一阵狂风卷过。火焰猛地蹿高，火星四溅，火焰中有什么正在扭曲、变形，仿佛要挣脱束缚，扑向更远的地方。

战争一次次在历史的长河里上演，虽然我们每次都对它进行反思，但依然阻止不了历史的重演。人们不断重复过去，一次次点燃战火，一次次在火焰中毁灭，一次次又站起来重新厮杀。这火焰，如同充满血丝的恶魔之眼，熊熊火光中，是坍塌、是哀号、是愤怒，火焰燃烧时，群体比个人更容易陷入情绪的激流，造成更惨痛的后果。

然而，战争的火焰并非不可战胜，阴影之下，仍有微弱的火光在闪烁——那是勇气、希望与爱的火焰。勇气是盾牌，希望是灯塔，爱是力量，它们像星星般点缀在天幕上，告诉人们，即使在最深的黑夜，光明也从未消失。那光明，在眼前闪烁，那光明，将人带回火焰的最初。

山洞深处，第一簇火苗跳动起来。它那么小，那么脆弱，像风中摇曳的蒲公英。但正是这微弱的火光，驱散了蒙昧的黑暗。只见先民们围坐在火堆旁，他们的影子在岩壁上摇曳，像一群跳舞的精灵。火光照亮了他们的脸，他们，出现了思考的神情。

文明在火光中孕育。

我们建起城池，点燃烽火；铸造钱币，冶炼青铜；我们在篝火旁讲述故事，在烛光下书写文字。但火也是暴烈的，它曾吞噬森林，焚毁城池，将繁华化为灰烬。我们学着驾驭火，就像驯服一匹野马。

站在城市高处，看万家灯火，每盏灯都是一粒火种，它延续着最初的火光。火种们连成一片，像银河落入凡间。如果没有那第一簇火苗，人类是否还在黑暗中摸索？是否还在生食血肉？是否还在恐惧每一个漫长的夜晚？火种仍在传递。从火炬到电灯，从蒸汽到核能，我们掌控了更大的能量，却也面临着更大的考验。火光中，我们的影子愈发高大，而智慧能否跟上脚步？

山洞里的那簇火苗，依然在跳动。它在我们每个人的心里，既是光明，也是警醒。

找一个舒适的姿势坐下，闭上眼睛。想象你面前有一团温暖的火焰，它跳动着，散发出柔和的光芒。感受它的温度，让这份温暖慢慢渗透你的全身。那团火缓缓地燃烧，你慢慢感觉到了它的温度。现在，将注意力集中在呼吸上。吸气时，想象你吸入了火焰的光芒；呼气时，想象你将体内的浊气排出。让呼吸与火焰的节奏同步，一呼一吸间，你与火焰融为一体。

现在，你可以观察火焰的形态了。它是什么样子？你的火焰又是什么颜色？它时而高涨，时而低伏，像在跳一支古老的舞蹈。试着感受火焰的能量，它是如此强大，照亮黑夜，带来温暖；它又是如此脆弱，一阵风就能将它熄灭。看啊，力量与脆弱往往并存。

让火焰引导你回顾过往。那些快乐的时刻，像明亮的火焰；那些痛苦的经历，如跳动的火星。它们，共同塑造了现在的你。紧接着，你眼前的火焰勾勒出一只大鸟的轮廓，它羽翼舒展，浑身闪烁着火焰的光芒。只见它的羽毛燃烧着，优雅而从容，火焰之中，它的身影渐渐与火光融为一体。啊！清亮的鸣叫划破夜空，它在火焰之中迸发出耀眼的光芒。大鸟冲天而起、羽毛绚丽、眼神锐利，它的周身环绕着七彩光晕。

　　当你准备好，慢慢睁开眼睛，带着火焰给予你的温暖、力量和希望，回到当下。

　　　掌心的火焰，喷射飞旋。

　　　年轻的战士，炸起浓烟。

　　　体内的原始之力，惊动天地。

　　　火焰燃烧，舞蹈生命。

　　　野蛮的巨兽，耀眼的大鸟，

　　　是恐惧，还是勇气。

　　　是黑夜，还是晨曦。

剑

剑，常常出现在我的梦里。

2020 年 12 月下旬的一个夜晚，我梦见自己置身于一个悬在半空中的奇异空间。这个房间仿佛拥有自己的生命，缓缓旋转，带着一种超现实的魔幻感。我的对面，坐着一位老婆婆，她头挽发髻，身着朴素的布衣，面容僵硬如石，眼神空洞如深渊。房间的旋转似乎触发了某种神秘的变化，老婆婆的身形开始扭曲、变形，最终化作一条蓝灰色的蛇，蛇身上布满了菱形的花纹，闪烁着诡异的光芒。

我毫不犹豫地抽出剑，剑尖直指那条蛇，随着我的动作，那昂起的蛇头渐渐低垂，仿佛被某种力量压制。这个梦充满了魔幻的色彩，梦中的老太太似乎被夺去了魂魄，身体被借用来行恶。然而，我在梦中并未感到恐惧。回想起来，在我能记得的梦境中，面对黑暗与未知，除了早期的几次闪躲，到了后期的梦境，我更多是谨慎试探，甚至直接出手。这一次，面对对手，我挥出了剑。剑光如电，划破了梦境的迷雾，也划破了我内心的犹豫与迟疑。

那剑刃的明晰之光，劈开混沌，揭示真相，它像一位无情的审判者，将层层表象锋利剥开，这刃剑锋所过之处，迷雾消散，幻象无处遁形。

2022 年 5 月初，我做了这样一个梦。

梦里我登上一座城堡，它矗立在离大海不远的地方，从高台眺望，是天色骤变、风雨欲摧的模样。紧接着，我进入城堡内的大房间，里面摆了一排排如课桌般的桌子，每个桌子上都摆放了一台精密仪器。这里有很多年轻的技师，每个人聚精会神地面对面前的机器，忙碌地工作着。"有谁追踪到黑魔头的线索了？"我问。没人回答，与此同时，他们每个人的双手似乎是在头顶上摆出某个手印的姿势——两手的中指指尖合在一起，就像信号的搜索器。

等待片刻，有个人对我点点头——"找到了"。

此时，眼前景象瞬间变化为一片海滩。看呐！海中央有一个黑色影子，他引动海水形成滔天巨浪，那巨浪就像他的军团，被指挥着向岸边咆哮而来。我让人们向后方退去，自己迎向黑影，我知道他夺走了一件东西——那是一把在剑柄上镶了宝石的剑。我从他那里拿回宝剑，转身将它交给自己阵营的人保管，又接着和对手周旋。在交手间隙，我瞥见有个不起眼、身材矮小的士兵，他鬼鬼祟祟把剑藏到自己的衣服里，准备逃跑。我瞬间抽出身来，打掉他刚刚藏匿的宝贝。

梦里的所有过程，让我产生异常真实的体验。黑魔头掀起的大浪、夺走的剑、那个不起眼的抢剑士兵，还有房间里搜索黑魔头线索的年轻技师们……梦境在描述什么？

还没来得及细想，我被另一个疑问转移了注意力：如何判断梦境是与自己有关的个体体验，还是"反射"大环境的镜子？

动物们能预知自然界的反常现象，很多人认为这很神奇，但究其根源，特殊的自然现象或灾难在发生前，会放出"信号"——特殊的振动频率，这频率使得动物们表现出人们眼中的反常行为。如果动物拥有预知环境变化的能力，人类有吗？我想，一定有的，只不过这种"捕捉细微振动"的能力，被忙碌的生活、麻木的觉知、对物质世界的过多关注掩盖了，即使它们一再发出信号，人们也可能因为各种原因而错过它、否定它。

在梦里，我是一个参与者，目睹一切的发生，但它并没有让我产生任何情绪上变化，比如兴奋、紧张、害怕、愤怒、疲惫等等，但是，它却留下了特殊的心灵感受。我不知道该如何形容，但就是觉得它"很不一样"。梦里的剑，是被争夺的宝贝，似乎谁拥有它，谁就能取得胜利。

我静静地感受那把梦中宝剑，它好像被赋予了生命，在眼前延伸着它的故事——

无边夜色中，宝剑悄然苏醒，它的剑身由无数星辰的微光凝结而成，剑锋如秋水般清冽，却又似火焰般炽烈，仿佛能斩断一切混沌与迷茫。那剑柄上，缠绕着时间的藤蔓，上面开满了记忆的花朵，每一朵花，都承载着一个未解的谜题。这把剑的剑刃并非用来杀戮，而是用来劈开迷雾，当混乱的局面让人不知所措时，双刃之剑如同一束光。它一面锋利，一面柔和，照亮迷雾，让模糊的变得清晰，让固执的变得灵活，在刚强与柔软之间找到最适合的应对方式。

剑光之下，蒙昧如冰雪般消融，欲望如尘埃般散去，它不仅是武器，更像一面镜子，那是光与暗的交汇，它静静地等待着那些敢于使用它们的人。

双刃之剑，如同一场无声的对话，既是冲突双方的博弈，也是矛盾中的平衡。它的两面性，既彼此独立，又融为一体。这剑，不仅是武器，更是一种象征，它如同那清晰的头脑与理性的判断，帮助我们在矛盾中做出选择，在天平之间找到平衡与节制之法。这剑，既是侠客手中的利器，也是文人案头的风雅之物。它承载着侠义精神，象征着正义与勇气，同时也蕴含着"以柔克刚"的智慧。侠客用它行侠仗义，文人用它寄托情怀。它果断地斩断烦恼与忧虑，净化纷扰的心境和负面杂念。当我们被琐事困扰时，它就像一位智者，帮助我们理清思绪，放下执念。

2020 年 1 月下旬，我潜入梦的水中。

那是一片很深的洞穴之水，我缓缓吐气，将身体沉入水底。适应了环境和温度，慢慢睁开双眼，模糊的水流有些昏暗。吐完所有气息，本打算屏息前行，我忽然发现，在水底竟也能自由呼吸，比想象得更容易些。身边还有几个身影，除了一位指导者，其他人皆同行的伙伴。被安静无声的水下世界包裹，感官的敏锐度迅速被打开，指导者用手指向前方，那是执行任务的方向。我低头看看，手里握着一把银色的剑。

生活的跌宕起伏，有时让人感到被巨浪吞噬，你被压入水下，感到无法呼吸，也挣扎无望，它卸掉你身上的力，仿佛所做的一切都打在棉花上。浸在水中，努力睁开眼，面前一片模糊。适应需要过程，慢慢地，你不再慌张，安静了下来，开始学着与海洋相处，你用手感受水的温度与流动，忽然看见，一条小小的鱼从身边游过。

你对水下世界很陌生，想着快点回到水面上，但你也知道，有些事情需要完成。你有伙伴，有指引，有同伴，你手握宝剑，并不是孤立无援。锋利的剑被包裹在水中，还能发挥威力吗？那要看如何使用它，最起码，能成为支撑你的支点。剑的双刃在中心交汇，形成完美的平衡。

顺着水性，依着水势，去往前方吧。你的宝剑将帮助你在理性与感性的交织中，穿过暗涌的威胁。

声

梦，是潜意识的语言，

那些压抑、渴望、恐惧与愤怒，

通过梦境，诉说内在话语。

选一段让你记忆深刻的梦，

重新回到梦境之中，

和梦中的人物对话，延伸剧情。

你有什么感受？

没关系，慢慢来，和内在自我对话。

龙行天地，雷火并行，火光与雷声交织，仿佛为世界带来了新的生机与秩序。

婴儿落地时，一声啼哭宣告新生命的降临，如同火把被点燃，释放出生命的力量。那啼哭，不仅是生命的呐喊，更是向宇宙发出的声波，传递着存在的信号。

有很多声音，当从嘴里念出它时，能感受到从喉咙到头顶的共鸣。语言、音律、环境中的声响，不同的频率会对身心产生微妙的影响。我曾亲身体验过，在聆听一些唱诵时，从头顶到全身，仿佛有"过电"般的感觉。尽管我并不完全理解那些声音背后的意涵，但当声波阵阵传来，那些独特的频率振动，仿佛释放出一种无形的力量，直击心灵。

同样，在梦里，我也深刻体验过声音的力量。

那是 2020 年 1 月下旬的一个梦。梦中，我漫步在某个城市的街头。与朋友们共进晚餐后，因为聊得太久，时间已晚，马路上行人稀少，只剩下零星的路灯点缀着夜色。朋友意犹未尽，提议带我去另一个地方看看。凉爽的夜风拂过，街道静谧而安详，心情愉悦的我以为要去某个情调酒吧。然而，走着走着，朋友却带我来到一座建筑的门口。

深夜的建筑物，漆黑得有些神秘。我们绕过正门，直接走进旁边的栅栏，来到它的后院。那里是一片废弃的荒芜花园，摆放着许多木质条凳，它们整齐地排列着，仿佛将建筑里规规矩矩的座椅全都搬到了室外。在条凳的最前方，有一张长条形的桌子，上面摆放着一些精心布置的物品，还有几根未点燃的蜡烛。就在我观察周围环境时，陆续有人走进来，他们安静地坐在凳子上，似乎在等待着什么。而我，走向左前方第二排的条凳，选了一个靠边的位置坐下。没有左顾右盼，也不想与人交谈，直觉告诉我，这里的一切有些不同寻常。

我闭上眼睛，将双手的五指指尖轻轻相触，开始念出一段充满力量的文字。

瞬间，我感觉周围的空气开始凝聚并流动，它们以我为中心，速度越来越快，力量越来越强，仿佛形成了一股旋风。而我，静静地坐在旋风的中心，持续念着，全然不知外面发生了什么。过了一会儿，风渐渐停了下来，我睁开双眼，发现天已大亮。

阳光灿烂，坐在凳子上的人们依旧闲聊着，仿佛什么都没有发生过。

在梦中念出声音，这个动作让我自己都感到惊讶。我念得很清晰，仿佛那是一种自然而直接的反应。声音在梦中制造了旋风，将我与外界隔开。闭上眼睛后，人的觉察力似乎变得更加敏锐。在念诵中，我听见自己的声音，感受到声波在空气中的有力振动。这种力量，并不取决于音量的大小，而是源于内心的平静与专注。

梦似乎在说，声音不仅是交流的工具，更是一种能够触动心灵、改变环境的力量。它像一把钥匙，能够打开潜意识的深处，释放出内在的能量。无论是梦中的念诵，还是现实中的聆听，声音都在以它独特的方式，影响着我们的身心，连接着内在与外在的世界。

几个月后，我再一次在梦中，将声音当作一种可以被使用的无形力量。

那是 2020 年 10 月的一个梦里，依旧是深夜时分，我发现自己走在一栋高层建筑的静谧楼道中。昏暗的灯光笼罩下，我看见沿着楼道一侧，三三两两地站着一些人。当我从他们身边经过时，一种怪异的感觉爬上了身。我一边走，一边轻声念出一些能让我安心的语句，同时努力保持心境的平稳，让自己的视线不偏不斜。忽然，我的余光瞥见旁边的人变了形，他们不再是人的样子，五官渐渐扭曲，就像正在融化的蜡烛，显现出歪歪扭扭的样子。

从梦中醒来后，我反观自己在梦里的动作，恍然发现，原来某些声音可以让人获得心安。当在梦里遇到怪异情景时，"开口"便成为我的直接反应。面对黑暗里的未知、忐忑的心境，或许自己需要一些力量来做支撑。与此同时，我发觉强装勇敢对平复情绪似乎没有多大帮助，因为这会让人进入自我麻痹的盲目自信，从而失去敏锐的感知和快速的行动力。

选择一种让自己安静下来的方式，或许是闭上眼睛深呼吸，或许是静静地凝视远方，又或许是轻轻哼唱一首熟悉的旋律。无论哪种方式，都是为了打开那根捕捉周围细微信息的"天线"，让心灵从喧嚣中抽离，去感知那些被忽略的细节，去看见眼前所见的背后真相。

为什么如此渴望看到真相？惶恐的来源，往往是表象引发的心理震荡。我们被眼前的光怪陆离所迷惑，被纷繁复杂的假象所扰乱，心神不宁，心慌意乱，仿佛被自己内心的恐惧所吞噬。然而，真相并非遥不可及，它往往隐藏在表象之下，等待我们去发现。

就像在梦里，那些被念出的语句，并不是用来发动攻击的武器，而是为了稳定心神，扫去表象的尘埃。幻象总是让人迷惑，它们像一层薄雾，遮住了双眼，让人看不清前路。而那些有力量的语句，却像一阵清风，轻轻吹散迷雾，除去障眼法，同时也清扫了内心的杂念。

当迷雾散去，一切如梦如烟般消散，迷乱也随之而去，天地间只剩下清静与明朗。

到底是外乱还是内迷？心有不安时，念出给你力量的语句。

我曾深深疑惑，声音的力量究竟源自何处。在人类早期的社会里，语言远比现今复杂而深邃。在中华文化的长河中，曾有九调合九窍、五音合五行的玄妙之说，还有如"读《诗经》，思无邪"的箴言。这些古老的智慧告诉我们，每一种声音都携带着独特的振动频率，而特定的语音语调，它们的频率能够校准身心的振动状态，使身心达到和谐之境。

古人深信，音乐的"乐"，亦是治病的"药"。在那个自然环境纯净无染、人们生活作息顺应自然的时代，心理压力远不及现代人这般沉重。即便身体偶有不适，通过调整生活习惯、锻炼身体、针灸调理和服用草药，便可恢复健康。古人通过观察自然，发现声音与身体的密切关系，更认为音乐不仅是娱乐，同样也是一种疗愈的力量，他们创造出各种音律，用以调节身心状态。

我们的身体，70% 由水构成，整体而言，是一个精妙的共振系统，能够对不同频率的声音产生灵敏的反应。五脏六腑各有其频率，小至细胞、硬如牙齿骨骼、微细至脑电波，都有各自的振动。当外界的频率与之相应，便能引发共振，带来身心变化。

声音的振动，如同涟漪般在身体中扩散，触及每一个细胞。当我们在宁静的夜晚，聆听一曲悠扬的古琴，那清越的音符仿佛穿透了时空，直达心灵深处。琴弦的振动，与我们的心跳共鸣，带来一种难以言喻的平静与安宁。当我们用心去聆听，去感受，便能发现，声音是连接我们与自然的桥梁，调节我们与宇宙的共鸣。

虽然远古的语言与音律虽已渐渐消逝，但我们仍能在民歌和传统音乐中窥见其影子。有些语句，被不同的文化体系记录并流传下来。许多人喜欢探讨不同语音背后的意义，而我，更愿意将它们视为频率不同的振动。偶尔打开播放器，随意选择一些音律播放，若听着舒心，便多听几遍；若无甚感觉，跳过便是。你的内心知道你在当下喜欢什么、需要什么、适合什么。合意即合宜，无需过于复杂。不如闭上眼睛，进入放松的身心状态，随着音律，进入安静的独处时光。在平和的气息中，它会自然地进入你的身体，去旧更新。

力量之声，从心底悄然升起，如同清泉涤荡，祛除繁杂，清理糟乱，让表象世界的另一面逐渐显现。如果你以为，只有那些流传千年的经典文字才拥有力量，那或许是一种局限。声音的力量，远比我们想象的要深远。它不仅在耳边回响，更在心灵深处激起涟漪，提醒我们关注自己所说的话、所写的字、所想的词。

每一句话，每一个字，甚至每一个念头，都不只是简单的表达工具，它们像种子一样，播撒在我们的心田，悄然影响着我们的情绪、思维，乃至整个生命的状态。一句温暖的话语，可以点亮他人的一天；一段真诚的文字，可以抚慰一颗受伤的心；而一个积极的念头，则可能改变我们看待世界的方式。

声音的力量，不仅在于它的传递，更在于它的回响。当我们用心去倾听自己的声音，会发现它不仅是外在的表达，更是内在的对话。通过它，我们可以更清晰地认识自己，觉察那些潜藏在深处的情绪与需求。

声音，在寂静中绘制出指引的路径。

在2022年11月中旬的一个梦境里，我与几位同伴踏入了深邃的洞穴，我们分成小组，每组都是一位男生和一位女生。洞穴广阔无垠，岔路如迷宫般错综复杂，几乎没有任何光线穿透这片黑暗。我的搭档担忧地问我，如果在这样的黑暗中走失了怎么办？我回答说："顺着我的歌声，就能在黑暗中找到我。"

梦醒之后，这句话在我心中反复回荡，如同山谷中的回声，久久不散。

在黑暗中，声音成了唯一的指引，这让我想起了夜莺，那在夜色中吟唱的小鸟。它的歌声如同温柔的抚慰，它在黑暗中歌唱，却不为黑暗所惧。它知道，无论夜多么深沉，黎明终将到来，太阳必将升起。生命的旅途，有时就像这梦中的洞穴，方向难辨，光明难寻，只有心跳在寂静中回响。

找一处安静的空间，用你感到舒服的姿势坐下来，躺下来也可以。

闭上眼睛，轻轻呼吸，让身体慢慢沉入这片宁静之中。进行几次深呼吸，吸气时，想象清新的空气流入你的身体，滋养每一个细胞；呼气时，想象所有的疲惫和杂念都被轻轻带走。慢慢地，你会发现，外界的声音渐渐远去，只剩下你自己，和这片属于你的宁静。

现在，感受自己的心跳，咚，咚，咚，像一首轻柔的鼓点，稳定而有力。感受它的振动，听见它的声音，那是生命最原始的节奏，是你存在的证明。除了心跳的声音，你还听见了什么？是风吹过树叶的沙沙声，还是雨滴敲打窗棂的轻响？是远处城市的喧嚣，还是近处钟表的嘀嗒？是某首熟悉的旋律在脑海中回响，还是某个人曾经对你说过的一句话，依然萦绕在耳边？

顺着你听见的声音，让它带你进入内在的世界。这个声音对你来说，意味着什么？它是否唤起了某段重要的回忆，像是童年时母亲哼唱的摇篮曲，或是与挚友的某次深入畅谈？它是否指向你向往的某种生活，比如一片宁静的森林，或是海浪轻拍沙滩的远方？它是否与最近烦扰你的事情有关，比如未完成的任务，或是难以释怀的情绪？又或者，它是一句曾经给你带来力量的话语，像一盏明灯，照亮你前行的路？

顺着你的耳朵，顺着听见的声音，循着心跳的节奏，继续前往下一个画面。不要刻意思考，也不要怀疑，相信你的直觉，让它告诉你，这些声音在提示你什么。关注心里冒出的第一个答案，哪怕它看似简单或模糊，那也是你内心最真实的回应。

如果在梦里，你也曾听见过令你至今印象深刻的声音或话语，不妨重新回到那个梦中画面。闭上眼睛，让梦境在脑海中重现，问问自己，那个声音在诉说什么？它是否在提醒你某个被忽略的真相，或是为你指引某个方向？梦境中的声音，往往是潜意识的语言，它用象征和隐喻，向你传递重要的信息。

在这个安静的时刻，让声音成为你与内在自我对话的桥梁。它或许是一把钥匙，帮你打开尘封的记忆；或许是一面镜子，映照出你内心深处的渴望与恐惧；又或许是一束光，照亮你前行的路。无论它是什么，倾听它，感受它，让它带你更接近真实的自己。

　　冰融了，溪水流动起来。
　　鸟醒了，与树木合唱起来。
　　伸展紧缩了一冬的筋骨吧！
　　像林间生灵那般，
　　调动体内活力。
　　看呐！又是一个春天。

春天，是自由奔放的季节。脱掉厚衣，万物生发。释放积存了一整个冬季的能量，歌唱吧！不要条条框框，直奔内心所望。流动起来，流动起来，如海浪般，在韵律中，生机勃勃。流动、轻盈、自由、奔放，那是春天的气息。

你看，那卖力从土壤伸出绿芽的植物，就知道，这是一股激发生机、鼓励前行的能量。动起来！不要如冬天那般蜷缩静止。让生命舞动起来吧！只听天空一阵惊雷，震动响彻天地。这是开天辟地之雷，是启动生命之火，那一盏盏灯，亮了起来。

春之火，是生发的力量，它原始、粗鲁，但它有本能的嗅觉与反应力，带你逃离危险，避开灾难，但同时，它的冲动与不可控，酿造大患。在地球这所学校，每个人都要学习与自己的生命之火共处，用智慧去运用它，而不是本能地跟随它。在每一场竞赛、每一次考试、每一次人生的"升级"中，这生命之火，帮助你勇敢地突破自己、战胜自我。

在这个多元的世界里，"对手"常常成为主题，但梦告诉我，再强大的对手，都有他存在的意义——那就是让你更清晰地看见自己，找回内在的力量，既不恐惧，也不冒进，带着勇气与智慧前行。每个人都是独一无二的，拥有属于自己的火焰，你要用那火焰去创造生活，完成使命。

雷声震动，声音是那无形无色的火焰。我在梦中念出的语句，融化了表象的迷雾。这个世界虽然五彩斑斓，却也充满了幻象，有的让你沉迷，有的让你害怕，有的让你愤怒，有的令你沮丧。找到属于你的心灵语句，安静下来，智慧便会显现。

雷火相碰，生机迸发。

关于春天初生力量的梦，当然不止这些，而且我相信，你也有很特别的"火之梦"。

夏 语

　　夏天是舞动的，热烈的，柔情的。嫩芽进入飞速生长期，它尽情展示自己、与周围互动，丰富的情感河流奔腾不息。悠悠夏日，水汽蒸腾，它晕出一幅印象派的画作：朦胧中，仿佛回到最初与妈妈对视的瞬间，我们被回忆的气息拥抱，那里有生活的涓涓细流，也有属于大地母亲的珍贵图景。看啊，那枝叶繁茂的大树，它的树干粗壮有力、根茎深入土层，而它的枝叶因而不惧风雨，繁茂参天。

　　2019 年某个夏夜，梦中的我听到一个声音说——"地球上有很多珍贵的原始能源，你们还需要试着寻找它们并好好地运用啊！"清晰的语句悠悠传入耳朵，

　　春生，夏感，在被奔腾溪流、热情湖泊滋润的季节里，在炽热的阳光下，我在大地母亲的温柔怀抱中，静静地睡去。

水 晶

梦的到来，有时候飘如羽翼，让人在不知不觉中踏入它的世界。2021 年 12 月初，我便遇见这样一个梦——

我发现自己正处在一个巨大洞口之处，身体不由自主地朝着洞口深处缓缓滑落。那是一条天然形成的洞穴隧道，它的尽头隐匿在无尽的幽暗中，仿佛垂直地向着地球的核心探去，似要接近那神秘的地心。这隧道，它晶莹剔透得如同被最纯净的冰雪雕琢而成，泛着一抹纯净的蓝冰色泽，那色泽，如梦如幻。小小的我，靠着隧道右边，时而如同失去了重力一般，如羽毛般轻盈地漂浮着，时而又像是乘坐着奇妙的滑梯，贴着隧道缓缓下降。

隧道的左边，是一片水晶世界，一簇簇形态各异的水晶矿石，它们的颜色如同天空一般蔚蓝，像是把整片蓝天都裁剪下来，镶嵌在这地下世界。它们闪烁着迷人的光泽，与这冰蓝的隧道交相辉映。

那纯净剔透的颜色溢满了我的眼，啊，好看极了！

我如同一根轻盈的羽毛，滑呀，滑呀，触到了隧道底端，之后又穿过一扇如大门般的天然石帘，眼前豁然开朗！这里竟然有一座处于地球内部的城市！那建筑、马路交通、城市设施，和地表上的人类居住地没什么不同。

梦，飘然而去，纯净之蓝停留在眼前。我不禁思索，洞穴里的簇簇晶体，究竟是从现实何处留下的痕迹。

忽然想到，一个月前在跟朋友见面时，收到一份礼物，那是支小小的水晶饰物，而在此之前，我很少接触水晶，但在把玩了它几天后，梦，飘然而至。

不知道这个梦是否与朋友送的水晶有关，但当我把它放在阳光下、从各个角度端详时，发现水晶的轻盈与纯净，似乎穿过了光阴的摩挲，喃喃传递着久远地球的话语。摸着它，把它放在掌心，回想梦中的画面——那如蓝冰般的隧道，是轻盈的，清澈的，带着净化的力量。顺着隧道降落，就像滑入地球母亲的子宫，那带着愉悦的轻松，让心变得平静下来。

小小的水晶，也有自己的能量和色彩，它不仅呈现在眼前，也流动在梦里。

据说很久以前，人们在治病时会使用水晶，他们会把水晶围绕在身体四周摆放，利用天然矿石的不同频率来校正身心状态。我感受着手心里的水晶，它似乎正慢慢褪去坚硬有形的外壳，如水般盈动。闭上双眼，感受周围的一切，渐渐地，我的脑海里浮现出悠长的钵声、清脆的风铃声、温柔的流水声，它们，好像在跳舞。那是纯净的、具有生命力的净化之水，在它的舞动中，我听见地球精灵在唱歌。

令人欣喜的是，没过几天，精灵再次入梦，被它的翅膀轻轻拍抚。

那是在异国的土地之上，朋友开着车，带着我开启了一场赏景之旅。我的视线悠悠飘向远方，一片广阔无垠的无人高地闯入眼帘。

那高地宛如横卧在悬崖之上的天然草场，咸湿的海风宛如温柔的手，一遍又一遍地轻轻抚摸着它。那片草地啊，恰似孔雀展开的丝绒绿尾，在风中如海浪一般，起起伏伏，荡漾出一片灵动的美，偶尔有不知名的野花在风中轻轻摇曳，像是在诉说着这片土地的故事。我静静地看着，沉浸在这美妙的景色之中。那一瞬间，时间仿佛静止，唯有眼前的美景和心中的宁静。

随着车子慢慢前行，我看见更完整的样貌：

一条宝蓝色的河流，宛如宽宽的丝带，从远方高地蜿蜒而来。它像是一位灵动的舞者，开始时身姿纤细，水流湍急，随着舞步的展开，渐渐变得宽阔而舒缓，而后优雅地向高地的另一侧滑去，一倾而下，那流淌的姿态，柔软、从容又充满力量，恰似一条水晶之河闪耀着光芒。而在那河水的背后，草场之上，一轮暖日正缓缓升起。金色的阳光洒在草场上，给每一株小草都镶上了金边，微风轻拂，草儿摇曳。

车子轻轻一转，方向变了，车窗外宛如一幅崭新的画卷徐徐展开。在我的右手边，那是一个冰雪铸就的梦幻之境，白茫茫的世界，似是大自然用冰雪颜料肆意挥洒而成，而在那如梦如幻的银白深处，一座高大的冰雕作品静静矗立着，宛如一位沉默的巨人，它是这个冰雪王国里最独特的存在，散发着一种冷峻而迷人的美。

让我仔细看看——

一座螺旋攀升的冰梯，安然静卧于雪地之上，它仿佛怀揣着登天的梦想，向着高远的天空伸展。沿着那节节上升的阶梯抬眼望去，一尊尊希腊神话人物的冰雕跃入眼帘，他们被雕刻得活灵活现，恰似从古老故事中走来，各自站在不同的台阶上。他们一边沿着阶梯向上，一边将目光投向远方，像是在探寻着什么。在那巨大冰雕的脚下，游人或结伴，或独行，散落在各个角落。他们脸上洋溢着喜悦，摆着各种有趣的拍照姿势，想要把这冰雪世界的奇景永远留存。

梦中的旅行是多么奇妙啊！它超越了时间与空间，变幻无穷又引人入胜。

两个晶莹剔透的梦，似乎拉近了我和地球母亲的距离。

在这颗蓝色的星球上，万物以各种各样的状态安然存在。它们如同繁星点点，各自散发着独特的光芒，彼此的呼吸相互交织、相互影响，构成了一幅奇妙的画卷。那纯净如蓝宝石般的蓝冰隧道，如丝带般的蜿蜒大河，还有那纯白的冰雕……它们都是大自然最原始、最纯净的杰作啊，没有丝毫污染的痕迹，它们带着净化心灵的力量，携带着地球母亲的心跳和脉搏，静静述说着地球的古老故事。

它们恰似水中的精灵在欢快跳跃，所到之处，杂尘尽洗。这股纯净，源于广袤的大地，这份灵动，来自奔腾的河流。而那股宁静与玲珑，就像隐藏在我们身体里的小秘密，它存在于我们体内的水分中，只要我们静下心来，就能感受到这份来自大地的这份馈赠。

我爱水，爱那每一条潺潺的溪流，爱每一条奔腾的江河，还有那每一片波光粼粼、起伏荡漾的湖海，它们宛如水晶般纯净的精灵。我常常沉醉于自己的一种奇妙想象，在思绪里，地球上的某些江河湖海就像是神奇的交换器，是地球与宇宙间的能量门户。看啊，那来自宇宙的至纯之力，如同璀璨的星河流淌，源源不断地从那浩渺宇宙空间涌入这些水域之中。它们就像一双温柔而有力的大手，轻轻调整着星球的平衡，让我们的家园在宇宙的怀抱里安然稳定地存在着。

　　我喜爱在水边静静发呆。瞧着那水，仿若世间一切污垢都能被它涤净。它悄然流淌，恰似在洗去人间满溢的杂质与欲念。当我蹲下身子，竭力贴近它时，那缓缓起伏的水面，就像一只手，自然地引领我融入它的节奏，把我的思绪带回儿时的家园。水在流动，它欢快地跳动着，充满生机，携着生命的气息与新鲜的养分，如同活力满满的精灵。

　　你可以让自己融入想象的世界，进行一场奇妙的洗礼。让那潺潺水流，轻轻淌过你酸痛且疲惫不堪的身躯吧，它宛如温柔的使者，悄悄地带走身心沾染的污浊，就像拂去蒙在明珠上的灰尘。那些积压在身体里多余的重量，也被水流缓缓卸去，如同卸下沉重的铠甲，而身体里淤积的卡堵之处，也被水流细致地冲刷着，仿佛疏通了堵塞的河道。

　　现在，想象自己静静坐在水边，手中捧着一块水晶。那水晶啊，是你心底最钟爱的颜色，是你梦中最向往的形状，它在你的手掌心里，微微闪烁着光芒并散发着一种宁静而祥和的气息。在这样舒服的氛围里，就那么静静地待一会儿吧。

　　听，那水流发出清脆的声响，像是在演奏一曲舒缓的乐章，它那柔和的光芒，拂过你的身体。从头顶开始，那感觉像是轻柔的微风掠过发梢；它拂过面庞，如同母亲的手轻轻抚摸；它的光芒照过脖颈，似一条温暖的丝巾缠绕；再到胸背，仿佛给心灵穿上了一件宁静的衣裳；最后，那乐曲到达了四肢，让每一个指尖都充满了惬意。你只觉得浑身舒服极了，内心被一种深深的安静填满。

　　如果此时你还有心力，就把心中的光与爱释放出去吧。让它们如同涓涓细流，缓缓地、静静地流向世界上任何一个不平静的角落。那里或许有躁动，有不安。让这光与爱，慢慢抚平人们内心的波澜。渐渐地，你发现自己的身体仿佛重归洁净，就像那剔透的水晶一般，散发着光芒，这光芒里，有宁静，有希望，有对世界无尽的温柔。

　　你，进入了梦乡。

家园记忆

在鸟鸣中醒来，

阳光已洒在身上。

太阳东升西落，鹰飞鱼跃，

在城市待久了，

好像忘了自己是大地一员。

在漫漫地球的悠长岁月里，人类宛如短暂的惊鸿一瞥，那上万年的进化历程，与地球的年龄相比，不过是沧海一粟，而人生短短百年，更是如流星划过夜空般转瞬即逝。百年之前，这世界还未迎来你的诞生；百年之后，你又将消失于无形。那么，究竟如何才能证明自己曾经存在过呢？

当我们把视野无限地拉长、拓宽，会发现，喜怒哀乐成了当下一瞬间的事。想到这里，心中难免泛起一丝沮丧，仿佛"我"变得无比渺小，就像浩瀚星空中一颗几乎看不见的微尘。不过同时，这也让人心胸开阔起来，因为再大的困难在面对地球的漫长岁月时，都会很快消逝不见。

我们的家，我们的族群，还有地球上的所有生灵同伴，都被这颗有着数十亿年历史的星球默默守护着。它的每一次变迁，都在诉说着生命的无常与永恒。我常常想，如果要把地球的所有过往都看一遍，那得用多快的速度去播放它的影片呢？地球就像一本厚重的史书，每一页都写满了故事，而我们，虽然渺小，却也是这故事中的一部分。

2020 年 3 月的末尾，我在梦中遨游，闯入了浩瀚无垠的宇宙。那是一个怎样的世界啊，眼前尽是星星点点，仿若无尽的璀璨宝石镶嵌在天幕之上，那是无穷无尽的星际。

渐渐地，天幕上的星星们像是一群被唤醒的精灵，朝着我的所在之处飞奔而来，它们大小不一，明暗交错，只见它们迅速变大，如同一颗颗燃烧的流星，向着我两侧的身后呼啸飞去。当它们擦身而过时，我恍然发现，每颗星球的球面上，都闪烁着流动鲜活的影像。

在高速滑过的一张张画面里，我偶然瞥见恐龙在丛林中悠然走动的场景。那一刻，我仿佛恍然大悟，原来我正在穿越时空，飞过的是一颗颗承载着地球记忆的"记忆球"啊！然而，那些星球闪过的速度实在太快了，我根本来不及清晰地记下每一段光影。

我沉浸在这奇妙的梦境之中，那星星的奔袭，那恐龙的身影，都如同珍贵的照片，被我小心翼翼地收藏在心底。

奇怪，3个月后，我又一次在梦里遇见恐龙。

那是一座被分为左、右两个室内空间的展览中心，我正参加右边展厅的活动，而前方大屏幕里，正播放一位女歌手的演出视频，观众坐在台下欣赏，同时现场还有两位女主持人在不同的视频段落间做解说。待了一会儿，我从房间出来，随即进入左边房间——一位年轻男歌手拿着麦克风，准备上台演唱，而忙碌的工作人员正在调试音响设备。

好无聊啊！我沿着两个展厅之间的走廊，向室外走去。

视野渐渐开阔，新鲜的空气替换了被室内空调循环多次的气息，深深地呼吸，浑身气血都流动得更有力量了。面前，是目无遮挡、坡度舒缓的开阔之地，满眼薄荷绿、朵朵现蝶黄、层层甸子蓝。

右前方大概几百米的地方，静卧着一块圆滚滚的大石头，远远地，我看见石头上有一幅年代久远的彩绘图——那是一位女性的身体曲线轮廓，宛如岁月镌刻下的神秘符号。我左闪右避，像一只在惊涛骇浪中穿梭的小鱼，好不容易才小跑到一处安全的、无人惊扰的角落。我忍不住探寻，究竟是什么引发了这般混乱？啊！那景象令我惊愕不已。只见几只高大的恐龙骨架，正气势汹汹地奔跑着，那脚步虽无目的，却充满了一种原始的威慑力。人们惊恐地尖叫着、奔跑着，整个世界仿佛陷入了一场史前的恐慌之中。

忽然，我顺着内心的直觉向后转头。一只恐龙骨架正朝着我冲来，可奇怪的是，它的速度渐渐减慢，那空洞的眼眶里似乎没有丝毫敌意，就那样静静地停在了我的面前。这奇异的遭遇，像是一场跨越时空的对话，将梦境画面定格。

视线慢慢拉开，从特写到全景，我看见在更远的地方，有一座不高也不矮的山上正发生泥石流，滚滚泥浪汹涌漫下，一座小岛瞬间覆没。

海面恢复平静，仿佛什么都没有发生过。

穿梭亿年，梦醒人间。

梦啊，宛如那神秘的象征，恰似那难解的谜语，它像一双拥有神奇魔力的手，擅于变幻出无尽的奇妙，又似一道奇妙的任意门，开启着未知的世界。

轻轻推开那扇门，我仿若踏入了一个奇特的"男左女右"的空间。这个空间如同人大脑的结构一般，是独特的展厅。这里，理性与感性犹如两位性格迥异的伙伴，逻辑与直觉像是两条不同方向的溪流，而它们，都被那中道走廊温柔地连接起来，如同那昼夜的交替、刚柔的相济、黑白的相汇，虽然彼此分隔，却又有着美妙的流动。

看似无厘头的梦境画面，充满了让人对其谜底一探究竟的渴望。

穿过走廊，奔赴旷野，
远古回声阵阵，石上轮廓跳舞。
骨架复活，岛屿湮没，
你遇见我，咚，咚，咚，
我，遇见梦。

唱吧，舞吧！跟着自然的韵脚，随着心灵的节奏。唱吧，舞吧！在旷野中奔跑，在草甸上旋转，寻找久远时光的心跳。在奇妙的梦中世界，人们和恐龙相遇，这跨越时间距离的会面透着令人会心一笑的幽默。曾经的地球是什么样子呢？或许，可以问问这里曾经的主人。

几个月后，恐龙又来了。

2020年7月上旬，我梦见自己站在一片荒野之上，它光秃秃、硬邦邦的，没有任何遮挡阳光的树荫。应该很久没下雨了吧？我被燥热的空气迷了眼。

少顷，土地不知怎的开始有了动静，低头一看，只见面前出现一道干裂缝隙，缝隙越来越宽，越来越深。

霎时，一头健壮的不明生物"嗖"地从裂缝深层猛劲蹿了上来。我没有看清它的具体长相，只知道无法将这位"不明现身者"归类为我熟悉的任何一种动物。它的出现太过突然，如同从隐蔽的森林里乍然冲出的凶残野兽，我举起手中的箭，瞄准它，拉开弓弦。

说时迟那时快，一只中等体型的恐龙如疾风般从我的身旁奔袭而来，扬起一片尘土，仿若一片土黄色的云雾。它向着那野兽猛然张开血盆大口，利齿森然，似寒光闪烁的利刃。每一次撕咬都充满了力量，那野兽也不甘示弱，发出阵阵怒吼。

我手中的箭缓缓滑落，眼睛被眼前这突如其来的生死搏斗深深吸引。恐龙的肌肉在阳光下紧绷，每一个动作都充满了原始的力量，它的尾巴有力地甩动着，像是在挥舞着战斗的旗帜。而那野兽也在奋力抵抗，双爪不停地挥舞，试图抵挡恐龙的攻击。

我静静地站在那里，仿佛置身于远古的战场，心中满是对这原始力量的敬畏。

帷幕落下，我再次回到梦醒现实。

在那遥远的恐龙时期，地球或许是一个神秘而充满野性的世界。彼时，恐龙称霸着大地，而在它们身旁，定然还有许多不为我们所知的生物。那些生物与恐龙一道，尽情地沐浴着大自然的恩泽，同时又在激烈的竞争里抢夺着生存的资源。那是一幅充满蓬勃生机的画面，万物野蛮生长，原始且生猛，宛如一场宏大而又狂放的梦境。

时光流转，如今的地球已换了模样。人类用钢筋和水泥筑起一座座高耸的城市，我们生活在由精密仪器所构建的世界里，被精细的时间之轮，推动着前行。科学技术不断发展，它像一把双刃剑，在给我们带来便利的同时，也对地球的环境产生了诸多影响，我们似乎逐渐成为地球的主宰者，掌握着话语权。我们在改变地球的同时，是否也该回首往昔，从那原始的蓬勃中汲取一些敬畏自然的力量？在享受现代文明的成果时，也不忘呵护地球母亲，让她能在人类的影响下依然保有那生机与活力。

如果把地球形容成人，她现在或许有些疲累吧，身体里有不少浊气和淤堵。臃肿替代了轻盈，眼神暗淡而少了清澈，她或许很想清理身体里的杂污、尽快恢复往日的生机与灵气。而那些原始又巨大的能量，在哪里呢？或许它们在某些角落默默存在着，隐藏在人类探索的边界之外。又或者，人类其实已经发现了其中一部分，但忽略并低估了它们，因而，它们依然安全地被保存在这天地间。

在自然界的守恒定律中，一种能源的消失，总伴随着另一种能源的出现，升降轮替，此消彼长。放宽视角，跳出思维的限制，或许，广阔天地便展现在眼前——地球是丰饶之地。梦里的小岛在漫长的星球历史中，从海面升起，又从海面消失。地球呢？也有自己的呼吸节奏。曾经的绿洲变沙漠，过往的荒山披绿衣，草木生灵，山川河流，都有自己的生与灭。

十年河东，十年河西，既说人事，也说自然界的变迁起伏。

2019 年 11 月初始，我坠入了一场奇幻的梦境。在那朦胧的梦境里，我正与几人闲谈。其中有个女孩子，她的眼眸中透着神秘的光芒，她说自己能瞧见旁人无法看见之物。我心中满是好奇，不禁问道：“那你看我是什么呢？”她轻轻吐出两个字：“恶魔。”这两个字如同冰冷的石块，投入平静的湖面，惊起层层涟漪。旁边的人听闻，顿时笑了起来，他们的笑声在空气中回荡，似是风中的铃铛。而后，他们指着我对那女孩说：“你可知，她的年岁比这座城市的历史还要悠长。她呀，曾经是一只大海龟呢。你瞧，她的左脸有一道深深的疤痕，那是被人类所伤。”

真是一段匪夷所思的梦中对话！醒来后，我不禁摸摸自己的左脸。

我？海龟？脸上还有一道很深的疤？

你在成为你之前，是什么？会是某种动物吗？

梦啊，好似那神秘的魔术师，总爱抛出一个个谜语，让人猜不透它的心思。就像提及海龟时，思绪会飘向何方呢？

于我而言，海龟宛如来自岁月深处的智者。它们的生命悠长，仿若时间长河里的悠悠扁舟。那些体型庞大的海龟，脸上和四肢布满褶皱，每一道褶皱似乎都镌刻着岁月的痕迹。它们就那样静静地在海洋里游弋，平和而安详。它们目睹了海洋从平静到汹涌的变幻，见证了山峰从高耸到低伏的更迭。它们深谙自然的规律，当生命的浪潮涌来，只是从容地顺应着变化。它们就像一部活着的史书，无声地诉说着时光的故事。每一次海龟划动四肢在海中前行，都像是在翻阅着时间的书页。

人类啊，总是充满着骄傲的气息，目光在周围的世界里肆意游走，口中滔滔不绝地诉说着自己的见解。然而，在这颗蓝色的星球之上，有许多像海龟这样的生灵，它们是真正的岁月见证者。

所以，人类会忌惮比自己更适应地球变迁的生物吗？那在久远时光中不急不躁、慢慢前行和进化的动物，会让人类心生担忧以至于将之视为拥有力量的"异己恶魔"吗？人间百年匆匆，在这些静静看着时光流过的生灵眼里，是什么样子呢？或者换个视角，当把聚焦点从个人寿命的局限转开，又看见什么？

超越意识局限，跨越城市文明的长度，来到更久远的过去，触碰到人类的早期经验——在那意识之海，存留了祖先们的心灵体验。我甚至在想，不只人类祖先，意识"频道"的扭转没准还能共鸣其他生物的地球经历。毕竟，万物同源。

说到这里，忽然想起另一个梦，那是很久以前、我还没养成记录梦的习惯的时候——

梦里，我发现自己的大牙有些松动，就准备去看牙医。一路上，我摸着快要掉下来的牙齿，越走越快，想快点赶到诊所去。可是时间不等人！牙齿越来越松，马上就要脱落下来了！我赶忙伸出手，捂住嘴，立即接住掉出来的小小骨头。

我静静地端详着手掌中的牙齿，那是一种多么奇特的景象啊。瞧，它像是被施了魔法一般，缓缓地开始变形，一点点地膨胀变大。刹那间，它竟变成了手掌般大小的鱼头。

我满心好奇，左右仔细地打量着这个鱼头。它宛如来自远古岁月的鱼的头颅，那嘴里完整的牙齿骨骼清晰可见，我似乎能想象到它曾经有着强悍无比的咬合力。我就这么捧着这个鱼头骨，时间仿佛静止了，脑海里一片茫然，一时间真的不知道该如何是好了。

难道不是我的牙掉了吗？它怎么变成这么大的鱼头骨？

怀揣着满脑子的疑惑，我走进诊所，小心翼翼把鱼头骨递给医生。医生接过它便转身离开，我便在房间里坐了下来。

我的目光，不由自主地投向窗外，那里有一座户外游乐场。游乐场的中央，矗立着一座高大的旋转木马，那木马洁白似雪，宛如用最纯净的白色大理石雕琢而成。它透着一种古典的韵味，又不失高雅的气质。看呐，那上面的每一匹白色骏马，身姿矫健，它们昂首向着天空，仿佛下一刻就要挣脱束缚，自由地奔跑在广阔天地间。

我静静地看着，思绪也随着那些骏马飘向远方。我在想，这鱼头骨里到底藏着什么秘密呢？医生又会有怎样的发现呢？不过，眼前的景象让我暂时忘却了心中疑问，沉浸在旋转飞马中。

梦里这些海洋生物的现身，似乎在提醒什么。脸上刻着时间痕迹的海龟、长着强有力牙骨的鱼头，从海洋而来的生灵们，我与它们在梦中奇妙地合为一体。

你我本来自海洋。

地球之海，孕育生命。曾经的地球，大概是一个水球吧。在去湖北恩施旅行的时候，我曾去梭布垭石林游玩，资料上说，梭布垭形成于奥陶纪，那是历史中海侵最广泛的时期之一。当我轻轻地用手指触摸那些暗黑色、被海底水流冲刷出均匀纹路的石头时，感觉自己正在亲近远古的海世界。走在狭窄又高耸的石壁缝隙之间，渺小的人影就像穿越了时空之门，我，到了那曾经的深海之渊，用双脚，而不是海洋生物的游动，穿梭在几亿年前的地球上。

在梦里变成海洋古生物，正如在现实中触碰几亿年的石头，倏然，我回到地球初始的样貌。时间被挤压，我穿越到生命源起的地方。我看见几亿年的石头上，依然长出鲜艳活力的花朵，我们虽然生活在21世纪，却仍旧与曾经的地球共呼吸。

想来真是不可思议。我们从来都没有远离源头，每个人的始点，都是那片深深的海水啊!

瞧呀,那洁白如雪的旋转木马,宛如时间悄然刻画下的印记。它悠悠地旋转着,一圈,又一圈,似永不停歇,仿佛在不知不觉间,已历经了四季的无数次更迭,岁月的长河悠悠流过万年。它从起点开启旋转的舞步,轻盈地转着,而后又静静回归起点。

看哪,形形色色的人们坐在木马之上,他们的脸上洋溢着灿烂的笑容,口中哼唱着欢快的歌谣,彼此诉说着心底的喜悦。木马带着他们转了一圈又一圈,不知不觉间,便到了要离开的时候。于是,他们带着满满的回忆离开,又有新的一群人怀着期待坐上木马。木马沿着那既定的路线,再次开始旋转,周而复始,人们不断地上马,又下马。这旋转木马就像一个无声的讲述者,诉说着来来去去的故事,见证着时光里的悲欢离合。

在地球这个浩渺的舞台之上,恰似一场永不落幕的大戏,你方唱罢我登场。恐龙曾是那威武的主角,它们的身影在时光的长河中留下深深的印记,而后人类登上了这舞台。地球就好似一座巨大的旋转木马,所有的物种都在随着它的节奏旋转,永不停歇。

那旋转木马转动着,转动着,每一个登上木马的生命,或许都曾有过瑰丽的梦想。想象自己身骑白马,蹄下生风,向着天际飞驰而去,那是多么自由而壮阔的景象啊!然而,木马始终按照它既定的轨迹运行,从不懈怠。于是,不同的骑马之人便有了不同的心境。有人在旋转中看到单调与乏味,有人却在这不变的轨迹中发现别样风景。

有人觉得地球像一座游乐场,可以选择体验不同的游乐项目。这当然是一种人生态度,抱持敞开和体验的心态,生命充满无限可能。每座游乐场都有自己的气质,有的极具浪漫童心,有的布满惊险刺激,而你所在的地球,是怎样的游乐场呢?

幸运的是,在夜晚,梦境宛如一位亲切的引路人,带着我游历了诸多地方,踏入了许多风格迥异的游乐场。那是2021年1月上旬的一个梦啊,十几个地球散发着圣洁的白光,闯入了我的梦境,它们如同灵动的舞者,急速地旋转着,每一个都充满了生机与活力。它们不但自转,还相互组合,摆出了各种各样奇妙的阵型。那阵型变幻无穷，好似魔法师手中充满魔力的光球，闪烁着神秘的光芒。

而我呢，在一个古老的石洞里，手中握着一把水瓢。石洞里静谧而又有些许神秘，我静静地舀着水，眼睛面前那闪动的白光深深吸引。那散发光芒的十几个球体，在眼前欢快地舞动。我满心惊奇，沉浸在这如梦如幻的景象之中，仿佛自己也成了这梦境中的一部分，随着那白光，一同旋转。

梦里发光的地球，数量不止一个，如果你认为地球是温暖的，梦里的场景无疑在说，这个星球不只美丽温柔，不仅能滋养万物生命，它还拥有相当锐利的"战斗力"。它甚至是智能的，可以变身，也能分身，它是纯净的"白光战士"，拥有自己的同伴与联盟。从一颗星球变为十几颗，如同宇宙大爆炸生成的一个个星系、一颗颗行星。

如光，如昼。

祖先气脉，遥遥星辰，
远古气息，鼓击晨昏。
跳舞，跳舞，
随之起伏，酣畅欢饮。
呼吸，呼吸，
随之吐纳，绵延传韵。

春生，夏长。

夏三月，你享受大地丰盛，接收八方讯息，你开始感受情感的流动、孕育纯真的生命。由此，我想到了家。那里宛如一片肥沃的土地，源源不断地给予我们滋养，它是内心深处那个小小的自己无比向往之处，是连接着母亲、族群以及文化根脉的纤细而坚韧的纽带。在这里，我们被悉心保护着、被紧紧拥抱着、被稳稳支持着，家人之间，一个眼神的交汇，一个细微的动作，就能知晓彼此心意。那心里的家啊，我们可以毫无顾忌地卸下所有伪装，变回那个天真无邪的孩童，就像一只在外漂泊许久的小船，终于驶进宁静的港湾，满心都是欢喜与安心。

生命，宛如一棵葱郁的树，若要向着高远的天空生长，它的根须就必须深深扎入大地。家园与族群，恰似那滋养根茎的水和肥料，源源不断地给予生命所需的养分，它们是我们出发的原点，就像树根起始于土地的怀抱，它们更是在我们的生理与意识深处，涂抹上了一层独特的底色。家园里的一草一木、一砖一瓦，如同血液中的因子，深深铭刻在我们的生命里，永远无法被抹去。这一切的一切，支撑着我们成长，向着成为最好的自己不断迈进，如同生命之树向着阳光，努力伸展它的枝丫。

看到来时的路，方能更清晰地看见远方的灯。

地球是人类的物质家园，提供了丰饶的滋养，而精神家园的溯源，离不开口口相传的故事、鲜活的神话形象、伸手可触的历史古迹与文化习俗，以及家族模式的代际复制……它们无一不在对你耳语，告诉你，你从哪里来。

知晓来处，方知去处，如同各种博物馆，便是我们探索来处的宝盒，打开它，那些不同时代的老物件记录了曾经的生活痕迹和先人的创造力。梦，不仅带我回到大地母亲的过去，也引我打开集体记忆的宝盒。

2022年4月上旬的时光，梦牵着我的手，将我带到了一座充满故事的老式欧洲古堡前。那古堡像是一位垂暮的老者，虽已不再有往昔的活力，却依旧散发着曾经荣耀与光芒的气息。

我轻轻推开那扇厚重的楼门，踏上那一级级台阶，来到第四层，我缓缓走进一间教室。教室里寂静无声，仿佛在静静等待着即将到来的学子们。我怀着敬畏之心摸摸那古老的课桌，然后缓缓地环顾四周。只见讲台旁边，静静伫立着两排木架，它们宛如忠诚的卫士，守护着岁月的宝藏。

木架有好几层，每层都满满当当。那些看上去颇有年头的物件，像是一群沉睡多年的精灵。众多的杯子、银制的剑，还有其他古董摆件，它们精致得恰到好处，茁实得让人安心，它们彼此紧挨着，看似漫不经心地摆放着，却又构成了一幅琳琅满目的画卷。它们就那样静静地待在木架上，久到仿佛已经成为教室墙壁的一部分。器物的表面虽已有些黯淡，却干净得没有一丝灰尘。

　　然而，同伴的一个不小心，打破了这份宁静。她伸手时，一个杯子从木架上掉落，清脆的破碎声在安静的教室里回荡，那一瞬间，我的心中满是惋惜。这杯子像是一段历史的碎片，就那样碎在了地上。

　　梦，就此醒来。

　　特定的场所，在梦里梦外通常代表相似的含义，梦里的学校、教室，与现实生活一样，都意味着你需要在其中学习些什么。浓郁的欧洲气质，是西方文明的轮廓，它发端于海洋之畔，而与之对应的东方文明，以土地农耕为根基，海洋文化与农耕文明，它们一动一静，一刚一柔，一开一阖，呼吸流转，相契成圆。

　　特定的场所啊，于梦间或梦外，往往蕴含相似的意涵。那梦里的学校、教室，恰似现实中的它们，都在无声地诉说着，你得在这儿汲取知识的养分。浓郁的欧洲气质，宛如西方文明的侧影，从那浩渺海洋之畔萌芽生长。而东方文明呢，深深扎根于广袤的土地，农耕是它坚实的根基。两种文明刚柔相济，气息交融，完美契合，绘就一幅和谐的画卷。

　　布满古董的教室，是人类过往痕迹的陈列馆，那杯子、那银剑，曾经属于谁？它们的主人经历了怎样的人生？在精致的造型、花纹、制作工艺下，又浓缩了多少情感？老物件的背后，一定有许多故事，它们不只是器物本身，还雕刻着历任拥有者的春夏秋冬。越是有故事的古董，它们不只简单地记录了时光，更是个体生命的承载器。触碰老物件时，你摸到的，除了造型和工艺，还有被封印在其中的前人意识与生活体验，它们和那些古董一样，存放在世间某个地方，它们有的融入可见可读的物品与文字中，有的则存在于不可见的意识之海和整个族群的记忆里。

　　那间布满古董的教室，仿若一座人类过往的陈列馆，目光所及之处，杯子静静安放，银剑散发着古朴的光泽。它们就像一个个神秘的使者，从遥远的过去穿越而来。那杯子，它曾在谁的手中温热过？那银剑，又曾被哪位勇士紧握？老物件背后的故事啊，就像一首首无声的歌。它们不仅仅是器物，更像是一部部生命的史书。在这间小小的教室中，古董们就像一扇扇通往过去的大门，只要我们用心聆听，就能听到岁月深处传来的悠悠往事。

触摸它们的时候，请记得，轻拿轻放。

2021年4月下旬，我遇见一具奇特的雕像。

在幽谧的梦中，我的手里紧握着一件木质器具。细细端详那器具的构造，它像是被赋予了多种用途，既能摇身一变，成为最简易的火药发射器，又能温顺地成为耕地务农的锄头，深入大地的怀抱。周围的人们，手中也都握着这样的器具，他们把它当作锄头，一下又一下地挖掘着脚下的泥土。那"噗噗"的挖土声，像是大地沉稳的心跳。人们专注地劳作着，像是在探寻土地深处的秘密。忽然，人群中传来一阵低低的惊呼，"嚯！"这声音里满是惊讶。

我的目光随着众人的视线望去，只见泥土中，掩埋着一尊巨大的雕塑。那是一尊人面狮身像，可它又与埃及那闻名遐迩的人面狮身像有所不同。它更像是一头卧着的狮子，庞大的身躯歪躺在土里，像是一位疲惫的巨人在休憩。岁月在它的身上留下了深深的痕迹，很多地方已经脆弱腐朽，仿佛在诉说着往昔的故事。

然而，惊变并未停止。不远处，一座古代建筑如不堪重负的老者，在发出沉闷叹息后轰然倒塌。那倒塌的声响，震得人心头一颤。人们惊惶失措，脚步慌乱地跑开，远离那危险的事发地。我站在那里，心中满是震撼，这个梦像是一幅充满寓意的画卷，在我的脑海中缓缓展开又缓缓合上，留下无尽回味。

梦的手，似乎把我带到了考古现场。

在动物的世界里，狮子宛如一颗最为耀眼的星辰。它，是尊严的化身，是光芒的使者，更是自信的标杆。它就像那至高无上的荣耀，似璀璨夺目的皇冠，若尊贵无比的宝座，是一位无比慷慨的统治者。瞧啊，它那舍我其谁的王者风范，如同燃烧的火焰，张扬着生命的热度。它给予世间的是无尽的温暖，是无畏的勇敢，是雄浑的力量。金黄色的鬃毛，在风中轻轻飘动，恰似太阳洒下的光辉，源源不断地散发着永不枯竭的力量。"我就是王者"。你看着它，如同看着希望。

唯我独尊，是狮子的自信与骄傲，有生有灭，也是自然界的恒常规律。

肉体归处是大地，荣耀落幕，也是大地。梦中的一切，虽然没有过于戏剧化的情节，但它用自己的方式，述说着过往荣光。在考古现场，我们见证人类在地球上留下的遗迹，它们或平凡或伟大，但无一不是曾经的交响。那象征荣耀的雄狮，曾是某时某刻的最强光芒，它振奋人心、凝聚人力，它沿着前人的脚印，构筑自己的殿堂。

曾经的高光，是结束也是开始，对后来者而言，大地之上又是新的生命。

晨光升起。

曾经的辉煌，未来的荣耀。

都在这一刻，这一刻，

筑成勋章之墙。

2021 年 4 月初，梦里，我登上了泰山。

如果你问我，我是怎么知道自己在泰山的？没有前情提要，也没有文字说明，但好像就是清晰知道答案，没有丝毫犹豫。

话说回来，平日游览时，登泰山有固定的路线，如果将游客路线形容为磁带的 A 面，那我在梦里的路线就是 B 面。身在泰山的另一侧，自山脚而上，哇！浑身轻盈，怎么就像脚下装了弹簧、一点不费力？我跳跃着，每次蹦上七八级台阶，没跳几步就到达了山顶。

2021 年 4 月的初始，我于梦中踏上了泰山之旅。

你若问我，何以知晓身处泰山？没有丝毫的铺垫，亦无文字的明示，可那答案就那样清晰地在心底浮现，毫不犹豫。

平日游览泰山，有着既定的路线，恰似磁带的 A 面。而我梦中的路线，那是磁带的 B 面，独属于我的奇妙之旅。在泰山的另一侧，我从山脚出发，向上攀登。啊，那一刻的我浑身仿若被轻盈的风托起，双脚似是装上了灵动的弹簧，毫不费力。我欢快地跳跃着，每一次都能跃过七八级台阶，那台阶在我脚下就如同一个个跳跃的音符。我似一只灵动的小鹿，在山的怀抱中尽情欢跃，没跳几下，那山顶便已在眼前。

我定住身形，缓缓抬起头，望向那并排而立的三座威严山门，它们高耸入云，我不得不将脖子仰到极致，才得以瞧见那门梁。中间的山门之上，牌匾里的字古老而繁杂，那弯弯绕绕的模样，恰似一幅幅神秘的图画。"南天门"，我在心中默默念着，仿佛与这三个字本就相识。

"三个门，究竟该走哪儿呢？"我站在那里，心中满是犹疑。

"哪个都可以，最后的出口都一样"一个声音悠悠传来。于是，我毫不犹豫地朝着其中一扇门大步走去。

门后的路途格外平坦，我惬意地走着，不时与途中遇见的路人闲聊几句，顺着那游客上山的方向缓缓下行。然而，走着走着，我突然惊觉："呀，登山前寄存的东西要怎么取呢？我并没有原路返回呀。"

"有传送通道，会把它们直接放到进山口的寄存处。"那不知从何处传来的声音再次响起。

刹那间，我便回到了山下，也从那奇妙的情境中被拉回了现实。

上中学时，学校组织去泰山游览，大家一路玩耍奔跑，泰山是我们可劲儿撒欢的背景，要说印象么，并不深刻。而时隔多年，我实在是摸不透，它为何在梦里重现。泰山上，确实有"南天门"，它和梦里的山巅之门确有几分相似，却又不太相同。

梦中，古老字体宛如图腾印章，庄重地刻于门头，透着威严与神气。文字啊，那是我们瞭望世界、认知世界的窗。中国文字妙不可言，以天地万物为蓝本绘就图画，把世间所见精炼成流畅线条。它们似神奇的纽带，把眼前景象与背后宇宙的韵律、世间的哲理紧紧相连，化为见象明理的神秘密码，静静诉说着岁月的故事。

"泰"的象形意象，是"太"与"水"的融汇。水是生命之源，它滋养万物、柔韧无碍，它遇山绕山，遇石穿石，顺应自然、无阻无碍，通达且和谐。而那"太"，正如一个人张开双臂，拥抱至高至远的广阔与无限。泰山的"泰"，象征了天地交融、万物生辉，我眼前浮现出这样的画面：

天，不再是高不可攀的苍穹，它缓缓下沉如轻柔的云，贴近大地的胸膛，而地，也不再沉重，它升腾而起，带着温暖的气息，与天相拥。天地之间，仿佛有一道无形的桥梁，传递着生命的律动。春风过，万物醒。草木舒展枝叶，花朵相继绽放，河流潺潺，流淌着无尽生机，山峦起伏，撑起一片安稳。天地二气如同两条温柔的溪流，融为和谐的海洋。在这里，时间仿佛放缓了脚步，四季更替也变得柔和，春华秋实，夏长冬藏，一切都遵循着自然的韵律，生生不息。

种子在适宜的温度和湿度下才能发芽，当外在时机与内在根基达到平衡，方能成长。刚强易折，柔弱易失，不急躁、不懈怠，刚柔并济才能游刃有余。然而，生命的成长并不是一段孤立的旅程，与他人的和谐合作，方能创造共同的美好。

"泰"的通达，是双向奔赴，是内外交汇，是无阻碍的流动。从山脚到山顶，从起点到终点，从山的这头到那头，皆能贯通。文字背后是深意，梦境将我拽进中国文化的精髓，它在不经意间出现并提醒我，自己的根脉源自何处。

家，是什么？想到家，除了熟悉的饭菜、热情的乡音、亲人的身影，血液里还流淌着什么？我们的生命，宛如一条奔腾不息的河流，不仅仅流淌着自我的轨迹，更延续着族群的生命力。在这个世界上，"个体"与"独立"仿佛是雾里看花，那意识的根源之处，究竟隐藏着怎样的底色呢？

当我们审视自己的想法、观念以及个人好恶时，会发现背后似乎有无数双无形的手，那里是族群的意识心理结构，如同一张巨大而无形的网，将我们紧紧包裹。我们真的能够挣脱这张网、自由融入其他文化，成为一个无拘无束的"异乡人"吗？而那些漂泊在外的"异乡人"，又该如何在陌生的土地上寻得归属？我们常常觉得自己与祖先相距甚远，那些几百年、几千年前的先辈们，就像被尘封在博物馆和历史书页里的老古董。我们天真以为，他们对我们的影响微乎其微。于是，我们急切地望向远方，渴望探索未知的世界，却不经意间忽略了背后那道注视的目光，就像远行的孩子，满心都是前方的风景，却看不见母亲在身后的默默注视。

从梦里，我知道，我们的每一个举动、每一个想法，都烙印着族群的痕迹。我们就像大树上的一片片叶子，看似独立，却与树干、树根紧密相连。族群的生命力，通过我们每一个个体，得以延续和传承，而我们也在族群的怀抱中，找到生命的方向和归属。

如果说，家园对人的影响来自小时候的成长经历，那么，过早离开出生地，还会和它产生连接吗？

我想到自己的经历。我在汉中出生后很快就来到北京，在生命的前三十年，我回出生地的次数用一只手都数得过来，每次行色匆匆，也对它十分陌生。2020 年 12 月，我在汉中待了半个月，这期间，我发现自己跟这个城市的互动有一些和以往不同的东西浮现出来。站在汉江之畔看着夕阳余晖，我感受到这里的灵气，江在流，气在动，天上的云彩就像一只巨大的火凤凰，我看着它，心里升起莫名的亲切感。而它，不仅在我的眼前散发魅力，也出现在梦里。

梦，悄然而至。

我正在给一位年长的外国友人介绍中国，我说，汉中是一个历史悠久的美丽城市。但我又觉得用语言形容有些词穷，就打开手机、翻找照片给友人看。有趣的是，每当我点开一张照片，它就变成沉浸式的视频场景，切换不同的照片，就进入了不同的空间。

我的手指，在屏幕上滑动。

在那一方充满纯净丛林气息之地，古老的树木如慈祥的长者，静静伫立，新生的矮树丛则似一群朝气蓬勃的孩童，挨挨挤挤。在树丛旁的那片空地，一位少年宛如灵动的精灵。他开始舞动，身姿随着自身的韵律起伏。他像是与天地之气交融在了一起，每一个动作都仿若在与清风对话，和阳光低语。他的神情缥缈，仿佛置身于一个只属于他的世界。周围静谧极了，只有他的身影在灵动地跳跃、旋转。他安静得如同一片轻轻飘落的树叶，却又在舞动间释放出无尽的活力，那画面，宛如一幅诗意的画卷，在丛林中徐徐展开。

接着，我的手指又点开一张照片。

那是一个天然的半球形洞穴，宛如大地母亲温柔怀抱中的神秘角落。在洞穴里仰头遥望，头顶之上有一个洞口，恰似天眼一般，一束束阳光便从这天眼中倾泻而入，欢快地洒进洞内，洒落在洞穴里那一汪深邃的清水之中。

我的目光，仿若被无形的丝线牵引着，缓缓移向水面之下。清澈的水波轻缓地晃动着，恰似母亲温柔摇晃的摇篮，充满了宁静与慈爱。阳光浸在水里，那荡漾着的水波被染得暖融融的，仿佛是阳光用自己的温度为水波披上了一层金色的纱衣。啊，瞧呀！水下中央有几枝荷花，它们像是亲密无间的伙伴，相互缠绕着，缓缓地旋转。那原本包合着的粉色花苞，像是听到了阳光的召唤，随着转动慢慢绽放开来。花瓣的周围，遍布着晶莹剔透的水珠，宛如珍珠般闪耀，花朵就像被水晶雕琢而成，折射出迷人的光芒。

太美了。我在梦里又点开了好几张照片，而水下荷花的场景被我多次划出，可能潜意识里的我，格外想记住这幅画面。

这是 2022 年 10 月下旬的梦境，而梦里的场景，显然与现实里的出生地截然不同，但我却把它称作家乡。

每个人，都有自己地理上的家乡，它或许是心里的"原乡"，又或许不是。而我的"来处"是什么样子？梦中，那里无比的纯净和谐，万物有灵，起舞翩翩，自如流动。而洞穴，好似孕育新生的子宫，一汪深潭之水滋养着生命，它温柔、灵动，踩着有节奏的舞步，轻轻摇晃，小心保护着如水晶般的生命之花。

当生命说，"要有光"，光便从洞穴之口洒进源头之水。

生命本该起舞，它旋转着，旋转着，绽放开来。圣洁的粉色荷花，纯美的粉色荷花，释放出水晶光芒的粉色荷花，是充满希望的天地之灵。荷花雌雄蕊同花，自性圆满，每个人生来也都如这荷花般，拥有完整的生命能量。我们被自己的原乡滋养着、呵护着，我们从源头之水获得智慧，从宇宙之光获得力量，生命珍贵，你亦珍贵。携带着家园的给养，无论那是什么，都是生命里不可分割的部分，那里的一切，让人安静下来，松弛下来。

你知道它会一直在那里，给你支撑，供你歇息。

生命之花，自然是要绽放的，它看向高空，看向云朵，向往不同世界的精彩，它探索这个世界，完成生命的召唤。而当满身疲惫，你知道，有一个被称为"家"的地方可以安放身心。你准备出发时，家说，去吧，注意安全，你回来时，它又张开最温柔的拥抱。它永远在那里，为你的远行送上祝福，也为你的归来端上你最喜欢的饭菜。

在家的摇篮里，静静睡去吧，没有一丝烦扰，回到心灵的港湾。

那里，就是你的原乡。

我想，一定有某个地方、某个人、某件事，让你回想起来的时候，心中充满柔软。又或许，你与家园的故事并不太美好，想起它，总有复杂情绪涌上心头。不如让自己回到五味杂陈的情绪里，静静地看着它，看着它，用心去感受。你感觉到什么？你的眼前又浮现出怎样的画面？如果让你描绘心里那个"家"的样子，你如何勾勒它？无论语言、图画、音乐，还是梦境，释放想象，让它慢慢显现在你的眼前。

现在，我看见你嘴角浮现出微笑，看见你松弛下来的眉眼与身体，看见你宁静的样子，看见你慢慢地睡去、进入梦乡。你的家园一定很美丽吧，记得哦，把梦中之家带到现实的生活里。

它一直在那里，等着你伸出双臂，奔向它，拥抱它。

女人国

混沌开，天地现，

百灵丛生，星辰漫天。

昼夜始，四时通，

母亲的怀抱，记忆犹新。

我的梦里，总是有很多神奇的女性出现，她是具象化的大地母亲，散发出女性的不同色彩。

她，宛如身体里静静流淌着的一道温柔的光。那是一束充满魔力的光，她慷慨地给予接纳，如同广袤的大地接纳每一粒种子；她坚定地提供保护，仿若古老的城墙抵御着世间的风雨；她细腻地滋养情感，恰似涓涓细流润泽着干涸的心田；她悉心地照顾生命，就像暖阳呵护着每一朵含苞待放的花朵。

她是书中走出的神女，衣袂飘飘，带着无尽的智慧与慈悲；她是部落里的迷雾指引者，在朦胧的雾霭中，用神秘的力量为族人点明方向；她是家族里的老祖母，岁月虽在她脸上留下痕迹，可她的爱却从未因时光而褪色。然而，她又与年龄无关，她可能是年轻女孩眼中的一抹柔情，也可能是中年女性身上的坚韧力量。

如今，我要把那些在梦中留下深刻印记的女性讲述出来。她们的身影在我的体内穿梭，在你的体内舞动，在每个人的心灵深处闪耀。那一个个鲜活的形象，如同夜空中最亮的星，虽看似遥远，却实实在在地影响着我们的内在，成为我们生命中不可或缺的一部分。

那是 2021 年 1 月末的某个梦中，我参加了一个热闹的聚会，参与的人很多，大家看上去都是非常有活力和个性的年轻人。聊天中，我认识了不少新朋友，其中有位年轻女孩梳着齐耳短发，她站在我的对面，说想试试我们两个人的力量。

"好啊。"我欣然接受。

我们相对而立，仿若两棵静立的树。缓缓地，我们各自伸出双手，掌心相对。刹那间，似有一场无声的仪式即将开启。就在准备好的那一刻，"呼"，一股气流从她的掌心传来，瞬间贯通我的全身。我微微一怔，只见那女孩冲我眨眨眼，那模样像是怀揣着绝世的秘密，又像是在说："看，我是不是很厉害？"

清晨醒来，我不禁喟叹：真是一位了不起的练家子啊！世人往往觉得，体格魁梧、肌肉偾张、步伐雄健、行事果决才是力量的表征。然而，梦中的那位女子，仅仅与我手掌相贴，刹那间，一股深不可测的醇厚功力便如涓涓细流般涌来。那感觉，似幽林深处的静谧深潭，不见波澜，却蕴含无尽的能量。

女性是柔弱的吗？不是的，因为在一个半月后，我于在梦中遇险，幸运的是，受到她的保护。

梦中，那广漠无垠的草原宛如一片银白的世界，似是刚被雪温柔地轻抚过，入眼尽是茫茫的白。不知为何，有位异族少年在身后追逐堵截。他那长长的头发在风中肆意地披散着，如同狂舞的墨色丝带。慌乱闪避间，一位中年异族女子出现在我面前。她的装束与少年迥异，仿若来自不同的族群。她静静地凝视着我，目光仿若能穿透灵魂，那其中蕴含的力量，让我狂跳的心瞬间平和下来。

"你吃下了一颗球。"她对我说。

"啊？"我不明白她在说什么。

"是的，你已经吃下去了。"她冲我点点头。

镜头悄然切换，我静坐在匀速前行的列车之中。十几米开外，那少年正急切地辨认着车厢里的乘客，脚步匆匆，眼看就要逼近我所在之处。就在这千钧一发之际，身旁的异族女子，镇定自若，身姿轻盈地往前挪了挪。她那宽大厚实的衣袖，宛如一道屏障，迅速且悄无声息地将我遮蔽。少年毫无察觉，径直走向下一节车厢，他寻觅的目标，就这么被隐匿于那衣袖之后。

化险为夷。

这是一场和异族人的相遇之梦，其中有追堵之人，也有保护之人。身陷险境，那位掩护我的女人是坚强有力且让我安全的存在。

在梦中，我究竟吞食了何物？是如精灵般的果子吗？梦中的画面，如同一幅朦胧的画卷在脑海中缓缓展开。我努力回溯，去感受那女人的眼神，那似乎是"你终于拿到了"的嘉许。而那所谓"果实"，仿若一团无形之物，悄然潜入我的身躯，它究竟象征着什么，宛如一个无解的谜题。

空气和食物，是生命的源泉，如同大地的馈赠，母亲的养育。母亲啊，她是我们最初的守护者，像一座坚固的堡垒，护佑我们安然降临这世间，给予我们无尽的爱与所需的一切。她的爱，如同涓涓细流，滋润着我们成长的心田。而梦里的女人，有的与我"切磋"，有的护我周全，她们带着我踏入女人的国度，去见识魅力多彩的她们。

如果提起年纪较长的女性，你会想到谁呢？或许，很多人会想到祖母。那是一张写满慈祥的面容，宛如冬日里的暖阳，静静洒下无尽的温暖。她对孩子们有着大海般宽广的包容，任孩子们像欢快的鱼儿在她的爱里游弋。祖母的拿手好菜，是舌尖上的魔法，那一道道美味，让人难以忘怀。若有人身体抱恙，祖母会拿出神奇的"厨房药方"，驱散小小不适。

小孩子们喜欢赖在祖母身旁，听她讲述迷人的故事，孩子们也会把心底的小秘密悄悄吐露，因为知道祖母的笑会将秘密轻轻包裹。祖母能洞悉孩子们的小小心思，满眼含笑，她知晓生活的诸多奥秘，却从不严厉说教，她是默默的支持者，那是一个能得到庇护的温柔港湾。

梦里，我曾见过这样一位祖母式的慈祥长者。2022 年 11 月初，她乘梦而来。

眼前，是一位年轻女孩，她看上去就像其他在大城市里奔波的人一样，早出晚归，忙忙碌碌。这天，工作结束时已然是深夜，她拖着有些疲惫僵硬的身体，从园区的办公楼出来，茫然四顾。"这么晚了，看来只能打车回家了"，她自言自语。

这时，楼宇的管家婆婆正好从旁边走过。这位婆婆，头发已经全白，如银丝般垂落在肩头，发间点缀着几根羽毛，而她的脸庞，布满深深的皱纹，每一条纹路都像岁月的刻痕，记录着她的故事。婆婆的眼睛，深邃而明亮，仿佛能看透世间一切，透出一种宁静与智慧。

"咦？怎么换了一个人？不管了，随便什么人都行。"聊聊天就好，女孩心想，朝婆婆走去。

她似乎有很多要倾诉，面对婆婆，她不停地说着，好像要把生活中所有的压力和烦恼一股脑倾泻出来，我站在不远的地方，也听不清女孩具体说了什么，只感受到哭腔中的情绪。大概因为有语言障碍，婆婆听不懂女孩说什么，但她没有表现出丝毫不耐烦的样子，一直静静看着她，专注又关心。女孩拉着婆婆的衣角，继续说着，说着，然后不知道为什么，她走到一片有积水的地面，蹲下来，接着躺在了积水中。

等等！那片浅浅如镜的积水，有神奇的魔力！眼前的场景瞬间发生了变化——女孩似乎在躺下来的瞬间，进入到一座华丽的宫殿，她身上的装扮就像童话里的公主，眼神生动，轻盈热情，裙摆随着她的旋转舞成一朵花。

"啊，这个女孩真美"，我在心里拍手赞叹。

女孩低头看看自己，满眼的不可思议，她惊奇四望，开心地召唤殿内的小精灵。精灵们悬浮在半空中，身形不过巴掌大小，扇动着翅膀、朝向女孩飞过去，落在她的肩上。那薄如蝉翼的精灵翅膀边缘，泛着一圈淡淡的银光，随着动作轻轻颤动，仿佛每次扇动都能带起一阵微弱的星光，虽然那翅膀并不大，却足够支撑小精灵在空中轻盈地飞舞，优雅而自由。

我依依不舍，与梦境告别。

压力之下，人们容易浮现出焦虑和丧气，我们埋怨他人或批评自己，面色暗淡无光。然而很多时候，我们忘了，其实自己并不缺少走过泥泞的勇气，那遮风挡雨的伞其实就在自己手中。那位无法用语言沟通的婆婆，她安静地陪伴在侧，她看着你，接纳你，给予无限的包容与耐心，听你全然的吐露自己，然后，引着你来到洗净浮尘的水边。那清晰的反射之镜子，照出你的另一面——看啊，那破茧成蝶的精灵，正停在身边。

梦中的婆婆，让我想起辽阔大地上的古老居民，她双脚赤裸，踩在柔软的草地上，仿佛与大地直接相连，她的声音低沉而温和，像是风吹过山谷的回响，带着让人安心的力量。当她开口，话语中总是充满了对自然的敬畏与对生命的深刻理解。她的存在仿佛是一座桥梁，连接着过去与现在，传递着自然的教诲。

"你是珍宝。"她说。

她不急于对话、劝说，她静静地待在那里，像块海绵，吸纳你所有的喜怒哀乐，在她的注视中，你舒缓下来，看见自己的另一面。或许，她就是你内心深处的一部分。

以静，内观。

2022 年 6 月初，我梦见另一位"她"。

那是一家高档酒店，我与朋友在宴会厅外，正谈论着即将在此举办活动的执行细节。工作的思绪在空气中穿梭，突然，脚下的地面轻轻晃动起来，仿佛大地在不经意间打了个盹。

"是地震了吗？"我心中一惊，周围的人也都迅速停下手中之事，警惕的目光在彼此间传递。

震感愈发强烈，那建筑里原本规规矩矩的空间开始扭曲，像是被一只无形的大手肆意揉捏。地板上，裂缝如蜘蛛网般蔓延开来，一条又一条，它们相互挤压着，好似在进行一场奇特的表演，就像儿时玩的折纸游戏，不断叠出各种怪异的几何形状。恐惧在人群中悄悄蔓延，大家紧紧靠在一起，眼睛盯着那些不断变化的裂缝和变形的空间，谁也不知道下一刻会发生什么，唯有那强烈的震感，不断冲击着我们的神经。

变故突如其来，众人刹那间呆立，茫然不知如何应对。就在此时，一位女子映入眼帘。她身形中等且略显消瘦，岁月并未在她身上留下明显的痕迹，让人难以判断其年纪。

只见她静静地站在那仿若跷跷板的地板折缝之处，宛如立于惊涛骇浪中的礁石。她的声音沉稳而冷静，清晰地告知他人保持平衡之法，她就像一颗定心丸，在这动荡不安的环境里散发着安定的力量。周围的人们望着她不慌不忙的模样，慌乱的心像是被一双温柔的手轻轻抚平，很快便镇定下来，仿

佛她的冷静有着难以言说的感染力，让大家在这突如其来的状况中找到了
依靠。

一会儿，震感渐止。

危险已然消逝，地板不再痛苦地挤压、折叠，酒店重归宁静。我缓缓走
向室外的花园，入眼是一座石门的残垣。那石门啊，曾经是多么厚重，它的
身上刻满复杂的花纹图案，似在诉说着往昔的故事。可地震来临之时，它却
轰然坍塌碎裂，如今只余下一片破碎的沧桑，散落在这花园之中，成为那场
危险的无声见证。

清晨梦回，眼前浮现出女子的样貌。

梦中的她，单薄但灵活；她不需要使用蛮劲，便找到平衡四方之力的角度；
她不急不躁，稳稳站在震荡之中，四两拨千斤。她在危险中泰然自处，行动
胜于言语——她示范着，我们如何在地震、巨响、扭曲错位面前保持平衡，
安然度过险境。

那些让我记忆深刻的梦中女性，似乎都有一种特质，就是她们在"突如
其来"面前，好似静谧湖面上的青莲，沉着而安然。她们深知，这世界仿若
一条奔腾不息的长河，时刻处于变化的漩涡之中，那变化的洪流，无法冲乱
她们的心湖，她们坦然地迎接一切的发生。那不是逆来顺受的被动，而是一
种对生命的豁达与包容。

她们在画卷上描绘着美好的轮廓，那展现出的温柔不是弱者的胆怯，而
是勇者的从容。她们的细腻如同涓涓细流，流淌着智慧与勇气，每一个眼神，
每一个动作，都蕴含着对生活的深刻洞察。在安静之中，仿佛有一种无形的
力量在凝聚、在生长，那是一种源于内心深处的笃定。她们带着优雅与智慧，
在我的梦中留下永恒的亮色。

她们教会我，面对生活的波澜，要像她们一样，沉着、温柔且充满力量。

空镜，空灵，她振动双臂，

五色，五感，她游经莲池。

心灵的向导牵起身体，

来吧，打开想象，创造奇迹。

2020 年 4 月上旬，梦，又来了。

眼前，矗立着一栋华丽且复古的欧洲宫廷式建筑，它那宽阔的内在空间被巧妙地分割成不同的区域，有充满活力的学生活动场地，也有弥漫着紧张氛围的考场。我的目光，从室内缓缓移向室外，刹那间，一幅绝美的画卷在眼前徐徐展开。哇！那是怎样丰富而迷人的景致啊。

轻轻走到一扇窗边，眺望远方。那是一片壮阔的海，波涛汹涌地拍打着岸边，像是不知疲倦的鼓手在奏响激昂的乐章。礁石静静地伫立在那里，如同忠诚的卫士，守护着绵长的海滩。

转头看向另一侧，窗棂如同一个天然的相框，框住了一幅灵动的画面。高高低低的谷黄色沙丘，被风轻柔地抚摸着，变成了一条条薄薄的丝带，仿佛是大自然为拍照的人们精心披上的天然彩衣。啊！竟然有小小雪花在空中飞舞，恰似从雪花机里喷出的舞台美景，如梦如幻。

我又好奇地转到第三个方向，那里有一片独特的户外艺术空间，在场地中央，有一棵树，它宛如一位孤独而又充满魅力的舞者，树枝上则挂满了水晶似的装饰果，在阳光的照耀下，闪烁着光芒。

哇，这里还有一扇毫不起眼的侧门，走出去，是一个长方形的无边泳池。泳池里，很多人欢快地玩水，他们的笑声如同银铃般在空气中回荡，为这美好的景致增添了一抹生动的色彩。

接着，我来到整座建筑的中心。

在大厅的中央，一座黑色的旋转楼梯静静伫立。梦中，我喃喃呼出一个号码，是 1943，抑或是 1493？一位着深色套装的年轻女子悄然现身。她伸出手，那是一种邀请的姿态，随后带着我沿着旋转楼梯疾驰而上。那楼梯之上，仿佛是一片黑暗的空间，梦中的我心生怯意，竟似有了一种抗拒之感。于是，我像是拥有神奇的力量，轻轻按下了梦的暂停键，梦的画面就在那一刻戛然而止。

我从梦中醒来。

你想去哪里？

或许，这是"地球贵族"的缩影。地球之家是迷人的，地球上的家人们也在融入这颗星球，一边熟悉彼此，一边将对方和风景放进自己的相机取景器，留下难忘的画面。人与自然融为一体，地球承载了小小的人类，人的思想之花也成为星球的点缀。艺术空间里的树，犹如人们对生命的赞颂，生机勃勃，层层而上，那枝叶间悬挂的水晶果实，正是人类结合这纯净的星球之力、凝结的创造力之果，它们晶莹剔透、清澈明亮，美好极了。

说到树，那也是生命与精神的象征啊！看那深扎的树根、粗壮的树干、向阳发力的长长枝条、茂密的层层绿叶！从树身上，我们看到四季明暗，也体味着生命的活力与强韧。

啊！我们的身体不正也如树一般吗？

在诸多故事的画卷里，树，宛如一个神秘而伟大的存在，它不仅勾勒出有形的生命模样，更像一座承载着人们精神向往的灯塔。瞧，那树干如同一位坚毅的行者，一步一步稳稳地向着天空迈进，慢慢地长高、长壮。枝条像是它伸出的手臂，越来越多，向着四周舒展。这是树的成长之旅，它在伸展中经历着岁月的洗礼，从新生到衰老，而后又在死亡中孕育着再生的希望，不断地自我更新，宛如一场生命的轮回之舞。

树上结出的果实啊，那是多么神奇的馈赠。它们如同精神的食粮，智慧的结晶。它就像在黑暗笼罩的世界里，那些果实闪烁着璀璨的光，引领着人们勇敢地穿越那墨色的阴霾。每一颗果实，都像是希望的火种，点燃内心深处的力量。终于，在一场如破茧成蝶的蜕变过后，生命之树所蕴含的力量，让人们如同那新生的蝴蝶，挣脱束缚，向着美好的未来展翅飞翔。它的存在，是大自然的馈赠，也是我们精神世界的坚实依靠。

当看见一棵树，试着把你的双手贴在树干上、感受它的温度和呼吸，让脑中的画面自由浮现出来。

而我，再次审视梦里出现的那栋建筑。或许，你可以把这栋有很多"房间"的华丽建筑看作人的大脑，左转右看，风景各异。

在我们的大脑内部，也有一个个不同的房间，它们井井有条、区隔清晰。

欣赏窗外风景的同时，你的意识、大脑，也在各司其职地运转着。不过，小心哦，这栋建筑有一些"秘密之地"，它不是一眼就能看见和到达的地方。那旋转楼梯到底通向何处？为什么必须知道"通关密码"才能入内？几个数字，或是说——房间的代号，可以呼唤出引领人，她将引着你进入秘密之地。未知的神秘空间一定藏着什么，梦醒后我十分懊恼。为什么不跟着去看看呢？

大概不知道自己会看见什么，才产生了退却之心吧。是胆怯吗？也不完全是。你知道的，在很多故事里，像这样拥有很多房间的建筑，都有隐秘空间，那里藏着一些不为人知的秘密或拥有特殊作用的物品，所以当面对它们时，人会不知所措。充满吸引力的未知空间，就像人类在面对宇宙黑洞时产生的疑问与心境。你知道那里隐藏的东西超出想象，但如何踏出这一步？行动渐渐迟疑下来。

梦里向我伸出手的神秘女子，让我想起小时候坐电梯常碰到的"电梯阿姨"，她帮你按下楼层，认认真真按下数字键。有时候看见走进电梯的人，她便心知肚明地按下数字，不多问一句。她似乎对楼里的一切了然于胸，任何蛛丝马迹都逃不开她的眼睛。她知道每层住着谁，家庭成员有几位、各自做什么工作，哪层的住户最近访客比较多，谁搬走了，谁是新住户……她虽然常常安静不语，但从她的眼神、表情和细微动作里，你知道，她是最了解这栋楼"秘密"的人。她时常戴着手套，不仅为了干净卫生，也为了表达对工作认真负责的态度。她是这栋楼的引路人，你进入或离开，都需要经过她的手。

梦中女子便是这样的存在，她知道我念出的号码通向哪里，她拽着我，沿着黑黢黢的楼梯快速移动，就像插上了翅膀。暗夜行者，渗入地表，她还能深钻土层，沿着生命之树的根茎一直向下、向下，她顺着土壤的养分，追寻到未知深处。她知道营养的来处、根茎的缠绕、水源的深浅，她知道需要多少力量才能到达你想去的地方。

说起翅膀，我还在梦里遇见过披着羽毛外衣的女子，她们如同中国神话里描写的神女，展开双臂，翱翔天际。

想起 2020 年 2 月中旬，我梦见自己因为要出远门，需要回学校请假。踏上那教学楼的楼梯，像是踏入了一段尘封的旧时光。楼梯旋转着向上，我缓缓地走了几层。可忽然间，像是有什么拉扯着我，我又掉头向下走去。

那楼梯啊，透着一股破败的气息，厚厚的尘土像是岁月的积痕。每走一步，我的脚印便印刻在台阶之上，像是我与这楼梯独有的对话。楼里安静极了，安静到仿佛一根针掉落的声音都能成为惊天动地的巨响。我就这么静静地走着，一路向下，一直走到了那充满神秘的地下一层。

我的面前，是一处很大的房间，空空的，什么都没有。而房间外，是一片户外空地。户外的光线并不明亮，眼睛适应了一会儿，我看见不远处的一幕：

一名女子忽地闯进我的视线。她如灵动的飞鸟，破窗而出，那碎落的玻璃仿若被她忽视的微尘，丝毫不能阻挡她的脚步。她身着似羽毛般的衣服，身姿轻盈得如同下凡的神女，浑身透着英气。那"羽衣"裹挟着她，以一种不可阻挡的气势翩然降落于地面。

而后，她神色严肃地走向一个女孩。她嘴唇轻启，吐出的话语如同冷冽的风刮向女孩。那女孩的小脸瞬间垮了下来，眼眶泛红，委屈像潮水般将她淹没，仿佛下一秒，那豆大的泪珠就要夺眶而出。这一幕就像一幅生动的画，深深印刻在我的脑海之中。

带着对羽衣女子的记忆，我回到现实。

曾不止一次梦见过上下楼梯的情节，那些楼梯大都陈旧、覆盖着尘土，光线不明亮，甚至黑黢黢的。上上下下的楼梯、地下的空旷场地，是那些尘封的、未注意到的角落，在日常生活里，它们是被忽略的部分，是隐藏在琐碎之下的静谧之地。它们，就像你家里的储物间、不显眼的抽屉，是类似的角落。翻开它，或许是照片、玩具、朋友赠送的贺卡、往来信件、获奖证书……"藏宝盒"里，存放不同的记忆片段，别人眼中的不起眼，是你的无比珍贵，那里收纳着你的过去，你的生命痕迹，是你成为今天的你的原因。

生活总是向前看，它召唤我们完成当下的目标、此生的使命，那些落满灰尘的角落，渐渐被遗忘。即便如此，你依然在某个时刻、因为某些原因再次触碰它们，掸掸上面的灰尘，盘腿坐下来，翻开尘封已久的记忆。曾经的画面涌入心间，你在与过去的相逢中，和曾经的自己再次相遇。

当下的你，或许正面临困惑和不如意，有些怀疑和贬低自己；或许你正处在高光时刻，踌躇满志，春风得意。与过去的再次相连，你恍然发现，荆棘之路终有结束之时，而荣耀，离不开脚下的印记。过去和现在合而为一，你是你，但又是新的你，你比过去的你更有力量面对当下，也比过去的你更谦卑地面对荣光。梦中的楼梯。通向这样一处早已忽略的空间，旋转而下，如同沿着螺旋而进的时间，退回到早先度过的时日。

光影回转间，偶然遇见的羽衣女子，那画面在心湖泛起层层涟漪。她似从遥远的族群记忆之海飘然而来，在那浩渺的神话世界里，女娲以泥土赋予人类生命，那是生命的起始；西王母掌管生死，生死和药物在她的掌控中；羲和是太阳之母，她的光辉洒遍大地每个角落；常羲为月亮之母，清冷的月光是她温柔的注视。她们各司其职，在往昔漫长的岁月里，她们的故事，如同永不落幕的乐章。

在那遥远的早期社会，人类怀着一颗崇敬之心仰望大地，将这份敬意悄然投射到女性的身上，她们宛如生命的源泉，是生命的创造者，是生命的保护神。若没有女性，人类的延续就如同失去了源头的溪流，干涸而无法前行。那时，野兽的威胁如影随形，然而只要回到家园，就如同躲进了温暖的港湾。在往昔的岁月里，女性不仅仅因为生育的伟大而被尊崇，更像是一种内倾直觉型的意识化身。她们的存在，如同大地的深沉与包容，静静散发着一种力量。

那梦中的羽衣女子，宛如从古老传说中走来，却又不仅仅是唤醒那久远的沉睡记忆。

你问我，难道在梦里，我遇见的都是如此脱离现实的人物和情节吗？其实也有很多日常生活的场景，只不过因为它们比较琐碎，常常一觉醒来就忘到脑后去了。而我能忆起的这些梦中女性，她们的出现似乎和我白天的现实生活并没有太多关联，即使她们以我能辨认的形象出现，给我的启示，也常常超出了柴米油盐和人间情爱。

2022 年 10 月初，我梦见自己来到一个充满浓郁异国气息的地方。

作为初来乍到的旅人，自然要去当地的旅游胜地，而其中最值得参观的，是一座闻名世界的艺术博物馆。为方便出行，我约请了一位当地向导，她看上去只有十几岁，个子不高，拥有浅棕色的皮肤，头上编了很多发辫，眼睛里很有神采。她身上带有一些原住民的气质，但说不清楚她像哪里的人，只知道她的族群大概在地球上生活了很久很久。

到了博物馆，已经几十米的长队弯弯曲曲排在入口，好多人啊！听说这里之所以声名显赫，是因为博物馆里的展品全是年代非常久远的精美石雕，它们来自一个已经从地球上消失的古老文明。那些艺术品，凝聚了在巅峰时期的智慧结晶，即便以现在的眼光看，其达到的文明高度依旧令人惊叹。

在排队等候的间隙，我踱步走进博物馆的文创商店。那一方小小的天地，宛如一座宝藏的微缩世界。展架之上，一本厚重的书籍闯入我的眼帘。我轻轻将它从货架上取下，信手翻开几页，原来这是一本涵盖所有展品图片与解说的书籍。目光移向目录，只见那小字号列出的展品条目密密麻麻地占了好几页。

尽管它价格不菲，可我还是决然地将它买下，然后递给了向导，她接过书，一只手稳稳地捧着，另一只手拿起笔，在书的封面上开始绘制起来。一个如印章般复杂的图案渐渐在封面上浮现。随后，她又拿起身旁一支小巧的手电筒，缓缓地用那束光照向刚刚画好的符号。神奇的事情发生了，那图案在光照下仿佛被一只无形的手慢慢抹去，一点点地隐形，直至最后完全消失在肉眼的视线之中。

我的心中满是疑惑与惊叹，那落在封面上绘制的图案，难道是开启某个古老文明的"通关钥匙"吗？

此时此刻，我从梦中醒来。

朝向情感的更深处游动，我们便接近了生命的早期记忆和族群过往，那里似乎有一根长长的柔韧之线，不仅传递土壤的温度，也连接着族群的过往。当人们说"从过去中学习"，大概也有一种意思，即回到那片储存记忆与情感体验的意识之海，在那里，不仅有个体生命的珍珠，也有集体意识的宝盒。

犹记幼时，那枕边故事总是以"很久很久以前"轻轻开启。仿若一把神奇的钥匙，开启了孩童心中那扇通往世界的大门，在那懵懂的心灵里，悄然勾勒出世界的朦胧模样。家园的故事，宛如涓涓细流，淌过心田。族群的传说，似那神秘的星子，在脑海闪烁。人间的道理呢？就像熠熠生辉的明珠，散发着迷人的光。大人们将这些珍宝一一讲述给孩子。那备受尊崇的美德啊，如同盛开的繁花，爱与智慧，恰似灵动的精灵。故事主人公的成长之路，如同一幅绚丽的画卷，徐徐展开。每个情节，每次转折，都深深印刻在听故事人的心上。

岁月流转，孩子们慢慢长大。他们怀揣着这些代代相传的故事，宛如带着珍贵的行囊，踏上属于自己的人生旅途。那些故事，成为他们前行路上的明灯，照亮每一个角落，陪伴他们走过漫长的岁月。

点点滴滴里，我们不知不觉拿到一把"通关钥匙"，它帮助我们进入那本记载着祖先叮咛的书，将其中的智慧融进我们自己的血液中。而那位在书的封面画出了如邮戳般的"通关钥匙"的向导女孩，她们的成长与成熟，延续了族群的血脉，牵着一代代新生儿的手，进入书中世界。

孕 育

夏天是热切明媚，是奔放大胆，
人们表达爱意，万物孕育果实。
尽情释放吧！
如盛夏的太阳，
它就在你的面前。
啊！美丽的太阳。

夏天，宛如一幅色彩斑斓的画卷，这是一个情感肆意流淌的季节，如同山间欢腾的溪流，也是万物蓬勃生长，直至鼎盛的美妙时期。天地之间，那股阳气如同一个活力满满的攀登者，缓缓地向着高点进发，直至整个世界都沉浸在一片火热的氛围之中。在这炽热的怀抱里，热情如同被解封的精灵，欢快地跳跃着、释放着。

每一个生灵，都像是舞台上的主角，在烈日那明亮的聚光灯下，昂扬地展现着自我。鸟儿在枝头欢快地歌唱，用清脆的嗓音诉说着自己的快乐；花朵在阳光下尽情地绽放，那娇艳的花瓣是它享受欢愉的笑容；就连那草丛中的小昆虫，也在草丛间忙碌而又快乐地穿梭着，仿佛在寻找属于自己的欢乐天地。

我看着周围的一切，心中充满了对这个世界的热爱。生命就应该像这样充满活力地创造着，让想象力如同那展翅高飞的鸟儿，尽情地释放。像孩童一般，毫无顾忌地闪耀着光芒，展示着自己内心的热度吧！放下那些无形的束缚，自由自在地玩耍。在这个美好的夏天里，释放自己的才华与活力，大声地表达心中的爱意，让这夏日的欢歌回荡。

夏天，是点燃旺盛生命力的季节，人的创造力喷薄而出。

　　说到热情和创造力，我现在忽然想跟你说说，我曾做过几个和孕育有关的梦。

　　怀孕的梦，难道是女性的专属吗？我不清楚男性是否也会有这般梦境。有一些女子，在怀孕的初始阶段，自己尚还懵懂不知的时候，就会进入孕育生命的梦境。甚至啊，在那更为遥远的、怀孕之前的时日，就有预示性的梦悄然来临。潜意识宛如一位神秘的智者，它比我们的身体更早地察觉到身心那细微的改变。只要我们能够熟悉潜意识的语言，就如同找到了一把神奇的钥匙，就能明白它给予的提示。

　　然而我也发现，梦的语言就像一首悠扬的乐曲，领悟这梦的语言，就像是在静谧的夜晚，独自聆听那来自心底的旋律，这不仅仅是与自己内心对话的珍贵契机，更是踏上探索生命潜能的路径。每一个梦，都是生命深处的一抹神秘色彩，像是夜空中闪烁的星子，等待着我们去解读其中蕴含的秘密。

　　2019 年 4 月伊始，我梦见自己在医院做常规检查，怀孕已经四五个月了，然而孩子的父亲并没有出现。更确切地说，根本没有"孩子父亲"这个人的存在。梦中的画面如浮光掠影般匆匆闪过，没有太多跌宕起伏的情节，仅仅留存下了简短的片段。而那"怀孕"的意象是如此特别，如同携带着奇异的种子，落在了我梦的田野里，种下了这独特而又难以言喻的梦境。

　　反观当时的我，在现实里并无情感羁绊，这梦绝非生活的映照，它就像一阵无端吹来的风，一幅用虚幻颜料涂抹的画，供我在梦醒时分回味。

　　或许你会说，是不是我很渴望孕育一个孩子，我并不确定，但有一件确定的事情是，我当时刚好结束了一段为期十八个月的课程，那段长程的学习让我受益匪浅，而课程结束只是暂停键，因为在做梦的两个月后，我还要参加考试。

　　你察觉到了什么？孕育意味着，已经有颗种子在身体里种下，它在等待瓜熟蒂落的时刻。

　　它是一个新生命，一个你创造的结晶，它需要细心呵护、耐心照料，它虽然已经成形，但还没有实实在在地进入物质世界。它在等待，等待向世界宣告新生的到来。

2020年的冬至日清晨，我梦见自己怀孕了，和这个信息一同到来的，还有浑身滚烫的感觉。那是真切如发烧般的热度。一边是梦里的画面，一边是身体感受到的异常，半梦半醒的我，十分诧异，这还是头一次有这样的体验。早上清醒后，我试着回忆梦境，但除了怀孕的画面外，没有其他任何有印象的情节或片段留下来。

一闪而过的梦境画面，加上真实的身体感受，似乎在呼应节气转变。

在古人的目光里，冬至宛如一年节气中最为重要的存在，仿若真正的新年。冬至一到，白昼就像一个沉睡已久的孩子，开始缓缓伸展自己的身躯，一点点增长；而黑夜则似一位渐渐隐退的长者，慢慢缩短着自己的领地。寒意料峭，冰冷的气息肆意弥漫，可就在这寒冷的包裹下，阳气恰似那破土的春笋，悄悄滋生着力量。大地依旧被阴寒的幕布重重遮盖，然而冬至这一日，却似破晓前那最明亮的曙光，新生的力量正在默默蓄力，等待着蓬勃而出。

这个梦出现的时刻，不仅呼应了节气转变，也喻示了我后面的生活变化。梦过后的几天，我在另一个城市开始了长达半年如旅居般的生活，那段时间，我收获了非常宝贵的体验，现在看来，那是命运给我的礼物。冬至的怀孕之梦，是深刻变化的天地能量，也述说着属于个人的生活转变。

你问我，该如何解梦？

想要洞悉梦真谛，并非易事。若怀着寻求标准答案的执着，失望或许会悄然来临，只因梦并不遵循我们熟知的逻辑与因果的轨道，它似那开放的试题，而非简单的选择或对错判断。对梦的解读，是一场对灵感的追逐。它总是遮遮掩掩，恰似那"犹抱琵琶半遮面"的佳人，于是答案便有了诸多可能。我们可以从生活的琐碎、心灵的深处探寻解密的蛛丝马迹，用豁达开放的心接纳不同的答案。梦啊，就像那层层叠叠的千层蛋糕，每次回味都会有新的感悟淌入心田。也许多年之后，我们才能真正明白，当初的梦到底在诉说着怎样的秘密。

享受梦吧！那是动人的体验，不必纠结它的答案，尽情感受在其中的喜怒哀乐，而体悟是随之而来的。

2021 年 10 月下旬的夜，梦的纱幔轻轻飘落。爸妈的身影缓缓浮现。瞧，他们其中一人的手中，拎着一个精致的篮子。那篮子里，安睡着一个小女婴，她的眼睛亮晶晶的，一瞧见我，小脸瞬间绽放出灿烂的笑靥，那咯咯咯的笑声，似银铃在风中轻摇。一种奇妙的直觉在心底蔓延开来，我知晓，她是我的孩子呢。可这孩子何时诞生，她的父亲是谁，一切都如被迷雾笼罩，未曾有丝毫的说明。

篮子里的婴儿，是一种象征，它开心且朝气勃勃。

几个孕育之梦，孩子的父亲并未现身，他并非不可或缺之人，梦啊，全然不依循现实生活那常规的轨迹。刹那间，我脑海中浮现出诸多神话里"自体生子"的奇妙叙述。瞧，帝喾之妃邹屠氏，她梦到自己将太阳一口吞下，而后诞下一个儿子，如此的梦一次次重现，她一共生下八个儿子，他们成为八个太阳在人间的化身。还有姜嫄，那人间的女子，一脚踩在天帝留下的脚印之上，于是后稷便诞生了。更不必说，在不同文明的古老故事里，也有很多关于"处女生子"的描写。这些孕育的故事，如同夜空中闪烁的神秘星辰，在梦境与神话的世界里散发着独特的光芒。

我们当然可以只是把它们当作有趣的故事听一听，然而换个角度去凝视，却能发现别样的意义。

怀孕的意象啊，宛如一颗神秘的种子，它以特殊的生理阶段为模具，孕育着未来，就像一个神秘的故事在悄悄谱写。那是关于人一生中即将"孵化"的作品，这件作品，是给予世界的珍贵礼物，也是给自己的一份独特"答卷"，那里面，书写着生命的历程与成长的感悟。而"孕育之梦"，宛如晨曦中破云而出的曙光，预示着生命即将发生的华丽蜕变。这是一段需要耐心与细心去精心雕琢的时光，如同一位工匠，静静等待着作品的诞生。身心的转化如同悄然绽放的花朵，在无声中积蓄力量，直至那最为重要的时刻翩然而至。

这是一种怎样复杂而美妙的心境呢？喜悦像跳跃的音符，在心头奏响欢快的旋律；艰难似崎岖的山路，每一步都充满挑战；小心翼翼地捧着世间最易碎的宝贝，满心都是珍视。这所有的情绪交织在一起，如同为生命的画卷添上了浓墨重彩的一笔，让生命变得更加饱满、成熟。

在这个过程中，孕妇就像是一位伟大的艺术家，不仅在精心孕育着自己的"作品"——那即将诞生的新生命，更是在孕育一个全新的自己。怀孕的过程，宛如生命的列车驶入了加速轨道，风驰电掣间，一切都在悄然改变。

作品一经诞生，便有了自己的使命，而你通过这期间的身心变化，又体验到什么、收获了什么？怀孕的生理过程告诉人们，创生的出现永远是先向内走，而生命的转变也是如此。新生，不只是幼嫩的婴孩，也是蜕变的你，你穿越死亡之门，重获新生。

在生命那漫漫的旅途上，成长与蜕变恰似一朵朵悄然绽放的花朵，每次盛开，都塑造出一个崭新的自己。我们常常谈及孕育，狭义的孕育，总是与那亲密无间的关系紧密相连。然而，孕育啊，它还有着更为璀璨的精神光辉。这光辉，稳稳地锚定在那片心灵的海洋。它在问，你是否怀揣着无尽的爱，是否满溢着澎湃的热情，去精心创造属于你的作品呢？就像一位画家，用爱作颜料，以热情为画笔，在生命的画卷上绘出绚丽的色彩。

每一次成长都是一次孕育，每一个崭新的自己都是爱的作品。

当踏入梦的奇妙疆域，我们会渐渐惊觉，看待世界的目光啊，不应那般单一。我们需要更多的视角，就像用多面的棱镜去折射阳光。若能立体地去审视这个世界，就如同打开了一扇通往内心深处的门，从而能洞悉更多面的自己。又或许，这二者是相互交融的。越是深入地了解自己，那世界在我们眼中的模样，就越发的丰富多彩。它是一幅绚丽多彩、层次丰富的画卷，每一笔都蕴含着我们对自己和世界的认知，每一抹色彩都是自我与世界的对话。

此刻，试着去调整呼吸吧，让自己慢慢安静下来。身外那些嘈杂的声响，宛如退潮的海水，渐行渐远。在这一方独属于自己的小天地里，没有什么能够叨扰。

深深呼吸几次，把那四处游移的注意力轻轻拉回自己的身上。用心去感知身体的每一处角落，感受那气息如同灵动的精灵，在体内欢快地循环着。缓缓地，将注意力聚焦到肚脐周围。那里仿佛有一个神秘的小世界，有缓缓地振动在悄然发生，恰似平静湖面上泛起的水波纹，一圈一圈地晕开。

去触摸身体散发的热度吧，还有那股渐渐凝聚的力量，它在不断地变强，如同小火苗变成熊熊烈火。试着自问，我的生命正在孕育着怎样的奇迹？我的热情又在何方释放呢？

看着心里出现的画面，看着它，你感受到开心了吗？

随着肚脐周围有热度的振动，画面越来越清晰，那里有你的爱、你的耐心，和你面对困难、跨越难题的自信，你知道正在孕育的新生，将重塑你的生命。它是你的孩子，你的作品，你有足够的热情去完成它，而它的出现对你来说，意义非凡。

夏天是孕育的季节，人生的夏天，同样意味着创生。你有你的四季，有渴望孕育的时节，当到了那个重要时刻，请尽情享受焕然新生的你，不负夏日。

梦境永远给你指引。

动物乐园

鹰飞，鱼跃，

虫鸣，雀舞。

猎豹奔跑，雄狮亮鬃，

夏日炎炎，通感万物。

现在，让我带你进入奇幻快乐的梦之旅——动物们的乐园吧！

五彩缤纷的夏日，就像一个大大的乐园，在这个季节里，动物们宛如乐园中的精灵，尽情地释放着自己的天性。动物们的世界纯粹而简单，那是一种不加修饰的本真。它们以多样的生机，编织出一曲曲生命欢歌。孕育生命是一场奇妙的旅程，而地球母亲就像一位伟大的艺术家，她的孩子——那些动物们，各自带着独特的色彩，组成了一个热热闹闹的大家庭。

我仍清晰地记得小时候去动物园的情景。那时候，动物园就像一个充满无尽吸引力的地方。或许，对于小孩子来说，动物们身上有着一种与自己相似的本真性情，那是在大人身上难觅的灵动。在孩子眼中，大人总是严肃又无趣的，而动物们却充满了活力。

即便如今我已长大，当看到它们在自己的世界里，自顾自地游水、奔跑、飞翔，我的目光依然会被深深吸引住，它们是夏日乐园里散发着生机的存在让我感受着生命的多样美好。然而不只是在现实中，在梦里，每当我遇见不同的动物，整个人就开心起来。比如，2019 年 2 月下旬的梦里，我家变成了动物园——

好一番热闹景象啊！家中有猫，还有那灵动的鸟儿。瞧，小鸟们宛如一群活泼的精灵，叽叽喳喳地诉说着心中的欢乐。它们身上披着五彩斑斓的羽毛，恰似天边的彩霞。

　　我轻轻走进一个房间，缓缓打开鸟笼。刹那间，鸟儿们"哄"的一下飞了出来，就像七八股彩色的旋风迫不及待地喷涌而出。我在各个房间穿梭，它们便紧紧相随，那场景就如同我身上突然长出了灵动的彩带，随着我的步伐飘舞。它们的飞翔，为家中增添了一抹生机与活力，那欢快的氛围，如同美妙的乐章在房间里奏响。

　　咦？怎么从远处房间跑出来一头狮子？它像是捣乱的淘气鬼，左拍一下，右打一下，挥舞手掌，脾气还挺大。我跟它周旋，周围的人们四散逃开，但它似乎并不想伤害人，只是一个猛扑，把妈妈身旁一条刚买的崭新大浴巾扒走了。妈妈很不高兴，我安慰说："给就给吧，总比挠你强。"

　　从梦中醒来，心中洋溢着止不住地开心。

　　动物们表达直接，个性鲜明。如风一般的鸟儿，反应敏捷，它们轻盈美丽，喜欢飞舞着歌唱；进入房间的狮子，当然是有些骇人的威胁，但它并不想置人于死地，只想拿条浴巾做玩具。

　　家，是心灵的港湾，是我们能彻底放下防备，回归松弛的所在，是充满舒适与安全感的温馨空间。若以颜色来描绘家，那会是怎样的色彩呢？是如蓝天般纯粹的单一纯色，还是像彩虹落入凡间般的和谐配色，抑或是像春花般明艳的撞色？如果让你想象，家里变成了动物园，那么，其中又生活了哪些动物？顺着直觉流动吧！或文字描绘，或用画笔勾勒，那是鲜活的内在家园。

　　动物园的成员，经常增减。在这之后，过了两个月，我梦见家里多了一位新成员，它是我的鹅朋友，喜欢卧在人的肩头。说到鹅，我脑子里出现它看家护院的场景，因为以前听人家说鹅的看家功夫十分了得，它对待闯入者很凶悍，不仅有咬住不松口的劲头，还会锲而不舍地穷追猛拧。看似洁白柔顺的优雅大鹅，性格与外表竟有如此大的反差。它的秉性，和人类一样多面。

　　或许我们换个角度，用不同的动物描绘不同的性格侧面：你的身体里，又住着哪些动物？

　　2022年2月初，四五只可爱的小动物出现了，其中一只似放大版的松鼠，那尾巴毛茸茸的，似一团柔软的绒球。它欢快地在房间里肆意撒欢，奔跑着、跳跃着。然而，意外突发。它像一阵莽撞的风，一头扎进地上的塑料袋里。它被困在那小小的塑料世界中，盲目又焦急地顶着袋子乱蹿，恰似没头没脑的苍蝇，那模样实在滑稽。但见它这般窘态，我轻轻揪住袋子的一角，宛如解开一个小小的困局，让它从那束缚中脱身而出。

令人忍俊不禁。

那莽撞的小动物呀，就像一个冒失的小探险家，一头扎进了袋子，却浑然不知自己已被困住。它只是凭着一股冲劲儿向前奔跑，那小小的身影在房内穿梭。可是，它的前方有重重障碍，就像一个个隐藏的危险，而它却没有察觉，依旧横冲直撞。其实啊，它可以停一停的，只要停下那慌乱的脚步，或者稍微往后退一退，也许就在那不经意间，解开套在脖子上的绳索，然后自由自在地奔向那充满阳光的远方呢。

小动物们以它们那纯净无瑕的眼眸，映照出世界的温柔与宁静。它们的每一次眨眼，都是对这个世界最真挚的信任。当我们轻轻抚摸它们柔软的毛发，仿佛能感受到一股温暖的溪流，缓缓流过心田，在这份宁静中，我们与自然重新建立了联系，仿佛感受到了生命的律动。小动物们，不仅是生活中的小确幸，更是我们心灵深处那份柔软与纯净的守护者，它们以最纯粹的方式，唤醒了我们内心深处对自然的无限热爱。

2021 年 5 月下旬的梦境里，一只尚在幼龄的小橘猫，宛如一抹灵动的橘色光影，向我翩然而来。它那毛茸茸的小身子，在我的脚边亲昵地蹭动着，恰似轻柔的微风拂过脚踝，带来丝丝暖意。我俯身，将那软软糯糯的小身躯抱起，它乖巧地依偎在我的怀里。我们漫步着，忽然，天空飘起了雨丝，我赶忙从包中取出一件带兜帽的小斗篷，披在小猫身上，还细心地拽拽帽子，护住它那小小的脑袋。

它仰起头望向我，那一双小眼睛，宛如两颗晶莹圆润的明珠，又圆又亮。就在我们对视的短短几秒间，我竟发现了一个神奇的秘密——这只小橘猫，它是一只能变身的猫，它可以变身为一个人类的小女孩。那一瞬间，仿佛整个梦境都被这奇妙的发现点亮，充满了梦幻。

从梦中醒来，小猫的圆眼睛浮现在眼前，回想怀里的小小生命，心里暖暖的。

假如你有动物家人，

它们是谁？长什么样子？

看着它，感受心灵的色彩，

你，又会对它们说什么呢？

2022 年 8 月中旬，梦里，在一座大型主题公园里，我来到一个安静人少的园区。

瞧呀，半空之中，竟有一辆敞篷小车悬浮着。它仿若沿着隐匿的轨道，轻盈且快速地穿梭游走，于空中绘出一道又一道优美的圆弧。那轨迹似灵动的线条，小车就这般在空中飞来转去，恰似在彩虹的飘带上欢快地飞舞着。

我怀着满心的好奇与惊喜坐进车中，刹那间，它竟像被赋予了意识一般，自行启动，振翅滑翔起来。时不时地，我瞥见一些保育巢就在近旁，仿佛伸手就能触碰。巢里饲养着魔法动物的幼崽呢！每一个巢穴之中都蜷缩着几只模样奇特的小动物。它们的模样是我从未见过的，我虽不能道出它们的名字，却知晓它们绝非凡俗之物。待它们长大之后，定能展现出令人惊叹的能力。

我忍不住伸出手，轻轻抚摸那些幼崽。它们的眼睛亮晶晶的，对我俏皮地眨眨眼，而后开心地摇头晃脑，那模样让我的心都被萌化了。

你可曾相信魔法的存在？你是否渴望拥有那传说中的魔法之力呢？魔法，宛如夜空中最璀璨的星，散发着无尽的魅力，它在浩如烟海的文学作品里就像一把神奇的钥匙，开启了改变与创造的大门。魔法在童话的篇章中舞动，在神话的传说里低语，它不仅仅是咒语和符文的编织，更是人类内心深处创造力的象征。魔法师挥动魔杖，便能召唤风雨，变换四季，这正如创造力的火花一旦点燃，便能点亮思想的宇宙，绘制出无限可能的图景。而那珍贵的创造力，它是生命之树上最璀璨的果实，是心灵深处永不枯竭的泉源，它赋予我们梦想的翅膀，让我们在现实世界翱翔。

瞧啊，那些在梦中出现的魔法动物幼崽，是多么的迷人。它们就像从遥远的童话世界跑来的小使者，每一只都充满了神秘的气息。它们的模样如同内心深处跳跃着的灵感火花，那小小的身躯仿佛藏着无尽的能量。这些小火花亮晶晶的，恰似夜空中闪烁的繁星，它们在梦的怀抱里欢快地跳跃着，带着对未来的憧憬，似乎在等待着某一天，能够从虚幻的梦境走进现实的世界，然后像种子一样落地生根，茁壮成长。

2021 年 5 月中旬，梦境带我踏上一场低空飞行的奇妙旅程。我置身于热气球之中，飘向一片被阳光深情眷顾的大海。抬头看向天空，它像是被温柔的金黄的绸缎轻柔地包裹着，那一抹醉人的色彩，缓缓浸入海面，仿佛是天空与大海在悄声诉说着无尽的话语。我凝视着那悠悠荡荡的海面，微风如同母亲的手，拂过我的全身，那丝丝缕缕的惬意，在每一寸肌肤上蔓延开来。

忽然，一抹灵动的身影闯入我的视野，我满心好奇，不由自主趴在热气球的边沿，探着身子，目光急切地搜寻着。哇，那是一群可爱的企鹅呢！它们正挥动着那小巧的翅膀，恰似飞鱼一般，欢快地跳出海面。我急忙掏出手机，想要捕捉下这些珍贵的瞬间。只见镜头里的它们，在空中划过一条条美丽的弧线，像是用生命在大海之上勾勒出的梦幻画卷。

热气球像是一个不知疲倦的旅者，继续飞啊，飞啊。最后，缓缓降落在一个充满欢乐的游乐场。不远处，那高高的彩色摩天轮宛如一座巨大的彩虹桥，矗立在那里，散发着迷人的魅力。

这一场飞跃海洋的快乐之旅啊，宛如一首快乐的乐章，它奏响在我心中的柔软角落，成为我的美好回忆。

梦，轻轻开启那扇通往想象力天堂的大门。在这奇妙的世界里，每个人都拥有独属于自己的"天堂"，它们就像夜空中闪烁的繁星，各有各的璀璨，各有各的模样。现实世界的边界，在梦境中变得朦胧不清，那些在白天里，我们用头脑构建的对世界的认知，被梦境温柔地重塑，它从日常的土壤中萌芽，却又向着无尽的奇幻之境肆意生长。

文学、音乐、喜剧、绘画、雕塑、电影，无一不是源于生活的灵感呈现，而梦境，恰似一片浩渺无垠的艺术海洋。我们像灵动的飞鸟，轻盈地从海面上掠过；又似勇敢的水手，悠然地在海中航行；更如无畏的潜水者，大胆地潜入那幽深的海底。在这片海洋里，隐喻似星似月。那些画面，有的属于我们自己，而有的，则属于人类这个伟大的集体，如同夜空中永恒的星座，闪耀着共同的智慧与情感。

梦是理想的化身，是化普通为神奇的魔术师，身在其中时，便有机会暂时离开现实生活的压力，聆听美妙的哼唱。动物钻进梦境，生动的它们和单调又紧张的快节奏生活形成强烈碰撞，唱出心中的向往。让人感觉生命如同长上翅膀，挣脱了流水线上的条条框框，飞越到新世界。

我们是否比前人更懂梦境呢？我无法确定。梦境啊，宛如天边那一抹变幻无常的云霞，神秘而又难以把握。即便当下有着强大的检测技术，可那梦里的世界依旧像是被重重迷雾笼罩着，难以被人们完全洞悉。然而，我却发觉，越来越多的人开始领略到梦境的奇妙之处，他们如同勇敢的探险家，踏上了探索梦境背后意义的征程，去捕捉梦境给予的灵感火花，将自己的目光缓缓投向那心灵的深处。

梦境如海。

我们就如同渺小的船只，在这片梦之海上航行。当它平静的时候，那轻柔的梦啊，就像是妈妈温暖的怀抱，又似一个温柔的摇篮，轻轻摇晃着我们的灵魂，让我们沉浸在无尽的安详之中。可是，当梦境起风，刹那间就好似涌起了惊涛骇浪，那汹涌的波涛拍打着心船，让我们在震撼中体验到它的力量。

梦境是如此的千变万化，它就像是心灵的镜子，敏锐感知着内心的每一丝波动。它不仅反映着我们个人心灵的喜怒哀乐，还能回应集体情感的起起落落。在这片梦境之海中，它为我们的想象力插上了一双有力的翅膀，让我们能够朝着心灵的呼唤飞去，向着那精神的广阔海洋翱翔。每一个梦，都是一次独特的旅程，引领我们在心灵的世界里不断探索。

企鹅飞翔，施展魔法，

五颜六色的海啊，是彩虹映在水上。

这是魔法的星球，魔法的你，

· 梦 语

动一动手指，驾车驶在天上。

2019年5月初的梦里，我正在给鱼缸换水，一不小心，把热水灌入缸中，惊得我赶快把水倒掉。连带着倒出的水，缸里的小鱼也一并流了出来，在地上使劲扑腾。见状我立刻蹲下，把可怜的它捞回缸里，打开水龙头，只能用自来水救急，也不知道鱼儿能不能适应。水龙头里的水，快速灌入鱼缸，不知道为什么小鱼膨胀起来，鼓成圆圆的球。

梦，醒。

在这个梦发生的半年前，我养了一条斗鱼，那是我第一次养鱼，不仅精心买了鹅蛋状的鱼缸，还在里面布置了水草、绿藻球、浮萍。孔雀蓝的身体，枫叶红的尾巴，小斗鱼在水下园林里穿行，给卧室增添了不少活泼气息。

除了定期换水、保持鱼缸的干净，我还买了控温加热垫。小鱼倒也十分通人性，每次我到鱼缸旁，它都从"深水迷宫"钻出来，摆动着它如引擎般的红色尾巴，直直游向水面。我用手指轻轻点水，它就像打招呼般、用小嘴碰碰我。不过大概是经验不足，没到半年它就死了，我便把它埋在小区里的一棵树下。

你看，现实生活的一切，都是梦的素材。梦将日常种种剪辑、拼贴、翻转、闪回，加快或放慢速度，把你的现实与心灵体验搬上舞台。尽管常常匪夷所思得超出理解范围，但它一直在用它的语言、演绎你的世界。

你是梦的主人，抛开头脑的条条框框与限制束缚，投入情感、释放想象，让梦成为与自己对话的桥梁。在梦里，你看见自己的倒影、世界的倒影、宇宙的倒影，它与你一起，校正白天的视觉偏差，补充自己忽略和未曾了解的部分。

2019年7月下旬，梦里的我站在一座室内游泳馆里。

这是无边泳池，岸上与泳池在视觉上融为一体。不远处，三三两两的人歇息在躺椅上，甚是惬意。我沿着泳池边缘慢慢溜达，偶尔看看泳池里的水，看看岸边。走累了停下来，我看着泳池的水发呆。若隐若现中，水里有些不一样。咦？水里怎么出现了海市蜃楼——那是一个动物世界。

　　我看见了大象、狮子，还有一些其他动物，它们好像身在大草原，悠闲又宁静。我看着大象，拿出手里忽然出现的魔法棒，似乎只要这样做，就能跟它沟通。魔法棒如同天线，无需挥动或念出任何语句，大象就已然知道我想说什么。我和它的互动，完全发生在非语言层面。

　　神奇的事情发生了！大象竟然从水里的海市蜃楼走了出来，从水下跨到岸上，站在我身边，而周围的人似乎习以为常，一点也没感到惊讶。我继续绕着池边走，走到泳池的另一侧，看见水中有一头可爱的白鲸宝宝，它晃晃脑袋，从水里一跃而起，想"飞"过来亲我一口。不过尴尬的是，它好像并没有计算好空中距离，直接冲到岸边，我看着它，不禁笑起来。

　　或许因为是天真烂漫的夏天吧，你看，连梦也跟着调皮起来，它颠三倒四的折叠白天的世界，以一种带着童趣的奇幻调调跑进睡梦中。在这样的场景之中，人与动物的互动变得如此心有灵犀、和谐友爱。而魔法棒呢？它成为连接我们的桥梁，转译不同的磁场信号，交换着千言万语。

　　不同物种间的交流，在梦里如此简单，生命的形态如水般流动，不过度关注分类与差异，反而更容易找到沟通方法。现实里的鸿沟，被梦境抹去。

　　梦是探索心灵的路径，它用隐喻将人拽入内在世界，梦也很古灵精怪，在它颠覆日常认知的天马行空里，你会想，或许人类最初的想象力就取材于它。现实生活中的逻辑、规则、伦理、判断标准，让人类社会有序运转，而水面之下那些被潜在的能量，寻找不同的管道释放，或积极健康，或消极负面。而梦，就像是一种心灵补偿的方式，它安全、私密，它提供了一个管道，释放你那被忽略的心理感受。

　　倒影，是水在歌唱，
　　波纹，是梦在舞蹈。
　　万花筒里的海市蜃楼，
　　是虚，是实，是幻，是美。
　　水下世界，动物乐园。

2019年7月末，我做了一个梦。梦里，海水很温柔，阳光很慵懒，充满了惬意与放松的味道。我游着游着，看见不远处有几头金色海豚，它们正向我游过来。

来了！来了！它们将我围在中间，转起了圈圈，它们想跟我玩耍，眼睛眨呀眨的，调皮地撒娇。我伸出手，摸摸离我最近的海豚的小脑瓜，然后撕开一袋零食，抓了一把递给这些海豚。

眼前，是金色的太阳，金色的海，金色的海豚，还有金色的，我的手。

我被这样的金色包裹着，从梦中醒来。

海洋是生命之源，越靠近源头，大概也就慢慢接近智慧的起源。相比伸手可触的陆地，人类对海洋的好奇与向往，赋予海洋生物无尽遐想。在众多海洋生物中，最吸引你的是谁？在我的梦境里，鲸鱼和海豚出现次数最多。如果说，鲸鱼像知晓地球古老秘密的智者，海豚就是阳光小可爱，当我梦见海豚，总让我心生笑意。

海豚们嬉戏欢闹，跳跃追逐，是活泼、天真又乐天的孩童样子，它们吱吱呀呀，欢快喜悦，肆意玩耍，在无边又深沉的海洋里，是轻盈的存在。它们睁着清澈如水晶般的小圆眼睛，嘴角总是上扬着，海洋是它们的家园，也是乐园。

忽然想起另一次与海豚的梦中相遇，它发生在2022年的1月上旬。

在梦的轻波里，我来到学校的游泳馆，参加体能测试。游泳馆内，一方泳池宛如一个角度平缓的山坡，那循环的池水啊，似永不会枯竭的溪流，潺潺地顺势流淌着。就在我测试游泳之时，忽然，泳池的上游出现了一群身影。呀，是海豚！它们像一群欢快的马驹，从天空跃入水中，溅起朵朵晶莹的水花。那涌动的身姿，充满了活力与自由。

其中一头海豚特别引人注目，它猛地纵身蹿出水面，宛如一个突然充气膨胀的海豚气球，直立在空中。它那俏皮的模样，像是在寻找着什么。很快，它的目光锁定了我，眼中满是亲昵，扭动着身子就想朝我游来，想与我亲亲又抱抱。

可是，旁边的人却制止了它热情的举动。那小海豚顿时像受了委屈的孩子，一脸不开心。眨眼间，神奇的事情发生了，它竟变成了一朵花，轻轻搭在我的手臂上。它还滴着水呢，可那蔫蔫的模样，好似失去了活力，就像一个泄了气的皮球。

我满心怜惜地看着它，想要安慰它，却不知如何是好。

梦境自带的变形魔力，让看上去没有任何共同点的事物之间有了奇妙连接。当海豚"吻意落空"，失落的它，变成了泄气凋零的花朵，这多么像带着快乐和浪漫去表白的人、被拒绝后的心境啊！我自认不是一个想象力丰富的人，但梦里的剧情常常让我自问，是不是对自己的评价过于武断。想象力的意义，或许在于它是一种观察生活的有趣视角，是从现实细节里调动活力的能力。

在我的梦境中，动物与人的关系常是紧密有爱的，我们是彼此的朋友，相互信任，如果朋友有难，必定尽力相助。

我曾在梦里，救过我的一位海豚朋友——

我的朋友，那是一头海豚，它病了。宛如一朵失去生机的花朵，它无精打采地垂下脑袋，生命的火焰奄奄一息。我的心啊，被焦急填满，匆匆找来一个结实的大袋子，如同打造临时的生命之舟。我将袋子注满水，那清澈的水啊，仿佛这样便能挽留住它即将消逝的生命。我提起袋子，就像提着整个世界的重量，出门去寻找拯救它的方法。

一路前行，袋子里的水却如沙漏中的细沙，越来越少。而我的海豚朋友，也像被抽走了生命的活力，渐渐消瘦，那骨架的轮廓开始显现。可我顾不上酸困的胳膊，那胳膊早已麻木，心中唯有一个信念：救它。

我走进一座欧式花园，那是一个充满生机与希望的地方。花园里，修剪得精致漂亮的绿植像是一群优雅的舞者，簇拥着中央那间宛如梦幻的玻璃花房。那花房啊，如同一座小小的图书馆，而实际上，那是一间充满神秘的实验室。

走进实验室，我见到了那位科学家。他戴着一副眼镜，镜片后是一双深邃而智慧的眼睛。他说着我听不懂的语言，那声音，像是来自遥远的神秘之境。他接过我那可怜的海豚朋友，将它轻轻倒入一个混合着各种草药的泥浆池子。那池子像是一个神奇的生命摇篮，里面还有许多等待被治愈的海豚。

不多时，奇迹发生了。我的海豚朋友就像被施了魔法，从骨架变回原来那充满活力的模样，它欢快地游动着，充满了生机。我转头看向这间实验室，高高的玻璃顶洒下金色的阳光，那阳光如同希望的使者，落在一排排高高的书架上，也落在我的心上。

2021年12月末，从梦里醒来的我，想起那间被植物围绕、被阳光照耀的生态实验室，心里很温暖。那里有一位看上去怪怪的科学家，正在救治和保护着我的动物朋友，令人心安。

嬉戏的海洋精灵，

唧唧吱吱，转圈圈呀，

踩着浪花，迎着金光，

看，它们咧开了嘴呀！

不过，梦有多重色彩，有明媚，也有昏暗。梦中的动物们，也不全是可爱亲人，有时也释放灰黑的色调，让人若有所思。

2019年10月的梦境里，我置身于离海岸不远的海面之上。坐在那恰好浮出水面的深色礁石般的座椅上，我把小腿悠悠地浸在海里，像灵动的鱼尾，轻轻左右晃动，搅起一圈圈小小的水花。

微微向前探身，那片海在我眼前展开一幅特别的画卷。脚下的海里有众多的鱼，它们静止不动，仿若陷入了深深的昏睡。那些鱼啊，个头不大不小，恰似精心排列的积木，一层一层地从水下堆叠至水面。我好奇地用脚轻轻拨弄其中一条，却没有得到丝毫回应，而其他的鱼也像是被集体施了魔法，不知是生是死，就那样静静地待着，仿佛被催眠一般。

就在我满心疑惑，不知这是何种状况时，突然，身下那礁石座椅竟缓缓移动起来。我惊愕地发现，自己竟然坐在一条深色大鱼的鱼背上。那大鱼宛如一艘神秘的潜艇，驮着我加速驶离岸边，向着海洋深处游去。这突如其来的变化让我措手不及，我急忙跳下鱼背，落入那浅浅的海水中。一抬头，只见那条不见首尾、只露背脊的大鱼，已如一道黑色的闪电，游出去很远很远，只留下一圈圈逐渐消散的波纹。

那渐渐平稳的海面，将我拉回现实。

海洋有它温柔包容的一面，也有神秘莫测的巨大吞噬力，海面之下层层麻木的鱼，散发着莫名的诡异的气息。头脑来不及做分析，便依靠直觉做指引，我跳下鱼背，离开不可测的深海与未知，选择留在坚实的岸边。站在岸边，望着那片深不可测的海洋，我暗自思忖。也许，在这个时候，若贸然充当游向海洋深处的探险者，那不是勇敢，而是莽撞。那未知的深处，隐藏着太多危险，就像一个巨大的黑洞，随时可能将人吞噬。我选择留在岸边，这里有稳稳的踏实感，这是明智的抉择，远离那可能的危险，守着这一方安全。

这不是唯一带有灰暗色调的动物之梦，它们带着奇怪隐喻而来，启发了更多思考。

让我带你进入 2019 年 4 月中旬的梦吧！梦里，我和朋友们在乡间小路上骑行，最后来到一处带酒吧的民宿，我推开门走进去，看见不少人正在这里聚会，显得十分拥挤，我就顺着墙边、来到一扇不起眼的门前。推开它，一条狭窄的走道出现在眼前，我走进去，踏入黑幽幽的通道。

身边漆黑一片，伸手不见五指，我壮着胆子慢慢向前挪步。走着走着，空气好像不那么紧缩了，我感觉自己来到一个宽敞的空间。这时，有什么东西从背后游来、它裹住我的身体，空气又变得凝滞起来。我顺手摸到身边一根如藤的长鞭，抄起来拍打它。被缠住的身体难以顺畅发力，手里的"武器"也软绵绵的不得力，我尝试着鞭打了几次，终于，不明物体松开了它的力道，我又可以自由呼吸了。

直觉告诉我，那是一条蟒蛇。

在我之前跟你分享过几个与蛇有关的梦里，蛇的意象丰富而神秘。我思忖，这大抵与它的外形和习性紧密相连。当人们的目光落在蛇的身上，无尽的联想便如涓涓细流，汇聚成浩渺的思绪之海。

蛇的缠绕，那被裹住的触感，仿若捕食者悄然降临。它紧紧缠绕，缓缓挤压，宛如黑暗中的梦魇，让猎物在窒息的绝望里，丧失抵抗力，只能任其摆布，最终沦为口中餐食。蟒蛇的威胁，是一种无法言说的压迫感，如同厚重的乌云压顶，那是一种无法挣脱的窒息，是力量悬殊下的绝对压制。而毒蛇，它喷射毒液的尖牙闪烁着危险的寒光，毒液入体，使人仿若置身于迷幻之境，在麻痹中渐渐失去意识。很显然，哪怕都是蛇，蟒蛇与毒蛇在潜意识里的意象象征都会有很多差异。

如果跳出梦境、展开联想，想象蟒蛇缠绕猎物的画面，能想到更多。

梦的涟漪，在两个月后再次泛起。梦的深处，蛇的身影又一次浮现。这一回，没有明晰的故事脉络，宛如一幅被时光晕染的画卷，只余下朦胧的画面。

那是一处走廊，温暖的阳光如同金色的纱幔，轻轻柔柔地洒下。一切都是那么安静，安静得能听见阳光洒落的声音。就在这静谧之中，一条粗大的蛇尾映入眼帘。它缓缓地来回摇摆着，似是带着某种神秘的韵律，像一把巨大而又柔软的扫帚，轻轻扫过走廊的每一处边边角角。那地面，在蛇尾的轻抚下，变得干干净净，仿佛被赋予了新生。

蛇，向来携着我们本能之中对死亡的恐惧。然而，它蜕皮的模样，却又像是一场盛大的清理与净化仪式。它的每一次蜕变，都是向着新生的奔赴。在这梦的角落里，蛇尾的摆动，不仅仅是一种画面，更像是一种无声的诉说，诉说着生命的轮回与更迭。

在远古神话的深邃长河中，流传着一条神秘莫测的蛇，它以己身为食，以尾为始，以口为终，循环往复，生生不息。这条蛇，以其独特的方式，编织出一个完美的圆，象征着生命的圆满与完整，以及死亡与重生的无尽循环。

在心理学的意象分析中，这条蛇被赋予了更深层的意义，它不仅是精神的转化者，更是追求圆满自性的象征。它提醒我们，生命的旅程是一场自我探索与超越的冒险，每一次的蜕变都是对自我更深层次的理解与接纳。这条蛇，以其永恒的姿态，诉说着生命的奥秘，引领我们在精神的深渊中寻找光明，在自我转化的道路上，追求那最终的圆满与和谐。

用尾巴清扫楼道的梦中之蛇，如同内在空间的"除尘器"，清洁冗余负累的垃圾。蛇尾轻扫，那优雅的弧线划过，不仅抹去了行迹，也在混沌中开辟出一片澄明。当蛇尾抚过，地面重归洁净，仿佛时间在此刻重置，为新的故事腾出空白。这不仅是环境的清理，更是心灵的涤荡——那些淤积的焦虑、执念与悔憾，都在蛇尾的韵律中化作尘埃，随风散去。

蛇的意象，如同一条贯穿人类文明的暗线，编织着我们对生命最原始的敬畏与理解。它的每一次蜕皮，都是对重生的礼赞；它的每一次摆尾，都是对净化的颂歌。在远古图腾中，蛇是智慧的化身，人类在蛇的身上，看到了自己的影子——那不断蜕变的灵魂，那渴望净化的心灵。

蛇的意象提醒我们，生命是一场永恒的循环，每一次结束都是新的开始。当我们凝视蛇的游动，便是在凝视生命本身——柔软却坚韧，危险却神圣。蛇的意象，是人类心灵的镜子，映照出我们最深处的恐惧与渴望，引导我们在毁灭与创造的双重螺旋中，寻找属于自己的方向。

昏暗的夜，浑浊的水，

你在睡着吗？还是已经死去？

记忆深处的滔天巨浪，卷住我的身。

是你吗，乌洛波洛斯？

一口吞噬天地，重返清静之地。

你见过自动变形的石头吗？我见过。

2020 年 8 月的末尾，梦将我轻轻牵至一片海滩。那海滩之上，珊瑚礁如同大地伸出的手掌，隆起在沙海之间，恰似低矮的灌木群落，静谧而又独特。我心中暗自思忖，此处定是常有强风呼啸而过，瞧那礁岸，被海风塑造成千奇百怪的形态，像是大自然用岁月书写的神秘符号。

我的左手边，是一片浩渺无垠的大海，那海浪迫不及待地冲向崎岖礁岩。刹那间，朵朵浪花腾空而起，浪涛奏响着雄浑的乐章，仿佛在诉说着大海深处的古老故事。

我沿着海岸线缓缓前行，目光被离岸边不远处的一块巨大天然礁石所吸引。那礁石的模样好生奇妙，初看时，恰似一头威风凛凛的雄狮。它的鬃毛就像被海风吹拂着，栩栩如生，它转头望向岸边，双眸明亮而炯炯有神，仿若守护着这片海滩。然而，就在它扭过头去，将目光投向大海的瞬间，它的身体竟悄然发生变化，刹那间变成了一艘制作精密的木质大船。那船仿佛带着古老的使命，即将驶向大海的深处，去探寻未知的世界。

我拿起相机，透过镜头凝视着这奇妙的礁石，而那礁石，像是拥有神奇的魔法，在我的镜头里不断变幻着模样，从礁石到雄狮，再从雄狮到木船，像是一场无声的魔术表演。我沉醉在这奇妙的景象中，心中满是对大自然鬼斧神工的惊叹。

看山的时候，山就在那里，是实实在在的山。可再看那山，又仿佛不是山了。它的美丑、荣枯，全在视角的转换间悄然改变。就像海边伫立了万年的石头，岁月在它身上留下无数痕迹。当我们用双眼凝视，用心灵去触碰，那山、那石，就仿佛被赋予了不同的色彩。它们像是一幅幅灵动的画，随着我们的心而变幻，每一眼都是一个独特的故事。

视角的转变，带来生命之船的活力。

2022年1月初，我做了有趣的梦。

梦中，妈妈回家了，但她却不是自己一个人回来的，竟然牵回来一头长颈鹿！这长颈鹿和现实中长得并不完全一样，它的身形更像羊驼，一低头便进了家门，因为它能灵活改变自己的身高，所以房间高矮并没给它造成太大困扰。我很惊讶，问她怎么牵回来这么大体格的动物，她说，因为它要被别人杀了吃掉，自己看了不忍心，就牵回家了。

就这样，长颈鹿暂住在了我们家。

长颈鹿用遛吗？我琢磨着，顺手拿起牵绳，可这时，长颈鹿转而变身为英气十足的女孩子，大概十二三岁的模样。她拿过牵绳，轻轻抖了一抖，绳子就成为她手中能自由变化长度的鞭子，就像孙悟空手中可长可短的金箍棒。

紧接着在一片空旷大地上，五六个孩子静静站着。他们小手拉着小手，围成了一个圆圆的圈儿，随后欢快地旋转起来。一圈又一圈，与风共舞。突然，"砰"的一声，宛如魔法降临，孩子们摇身一变，成了林间精灵。

瞧，其中一个女孩，如同敏捷的闪电，飞奔在一头动物身旁。那动物的四蹄，戴着毛线编织的厚厚手套，像是冬日里最温暖的守护。女孩的发丝在风中飞扬，眼睛里闪烁着灵动的光，她和那动物像是相识已久的好友，在这片充满奇幻的天地间，演绎着奇妙的故事。

动物变成女孩，孩子变成精灵，动物戴着如人般的手套。还有什么是梦境无法想象和创作的吗？

在梦里，我看到无限的可能。

将近三个月过去，梦，悄然归来。在那梦境之中，我置身于一位著名艺术家的作品展现场。艺术家正穿梭于其间，认真查看布展情形。她停驻在一幅春季主题的油画前，那画里满是缤纷的花花草草，似有盎然生机在其中流淌。

忽然，奇异之事发生。她竟化作一只瓢虫，趴在自己的画作之上，那瓢虫的色彩与画中的花草相互映衬，仿佛本就是画中的一部分。可这和谐的画面并未持续太久，一位观众不经意地挥了下胳膊，那瓢虫便被震落，消失在视线之中，再难寻觅。梦，在这意想不到之处戛然而止，徒留我在梦醒之后，回味这一幕。

我不禁对梦境那独特的魔力发出由衷地赞叹，它就像一位画家，有着模糊边界的高超技艺。在那梦的画布上，看似毫无关联的事物被巧妙地创造出联系，不同的物种之间实现了行云流水般的转变，然后被神奇地融合在一起。

梦，就像一条无形的丝线，串起了那些原本散落的珠子，让它们成为一串美妙的项链。

2022年3月下旬的梦里，我与几位友人围坐一处，正有一搭无一搭的闲扯。这时，一人从袋子里取出一包零食，宣称食之可现原形。"现原形？所指何意？"疑云在我心间悄然升起。

那零食的包装被打开，一颗颗宛如彩色糖果般的物事呈现眼前。身旁的男孩似被好奇之心驱使，迫不及待地取了一颗吞下。不多时，奇迹在我们眼前展开，他竟从人形渐渐化为一条四脚龙。那深色的鳞片，如厚实的盔甲，一片挨着一片，坚硬而又充满质感。我见友人变形，只觉趣味盎然，于是也吃下一颗。然而，漫长的等待过后，我却毫无变化。众人依旧围坐在桌旁，仿若方才那惊人的一幕不过是一场虚幻的泡影。

我们继续谈天说地，可忽然间，我的尾椎处传来异样之感。我缓缓伸手探去，呀！一截毛茸茸的短尾映入眼帘。那尾巴的触感极为舒服，一种新奇之感油然而生，心中不禁呢喃："原来有尾巴是这般奇妙的感觉啊。"

梦，不断带着我转换视角。

那是 2022 年 11 月上旬，一头豹子，宛如黑夜中的幽灵，它是那追逐者。还有一头动物，我未能看清它的模样，只瞧见一团黑影，在楼道间疯狂逃窜，如同被黑暗裹挟的惊惶者。它左躲右闪，极力避开豹子的奔袭。

而我，仿若竟似进入了豹子的躯体，透过豹子那犀利的眼眸，紧紧注视着猎物的一举一动。只感觉豹子如离弦之箭，在那昏暗的建筑里风驰电掣般奔跑，似要截断猎物的生路。那是一场惊心动魄的追逐，黑暗中，两种身影交错，演绎紧张的剧目。

故事并没有结束，立即又展开了一段新剧情。

在那间静谧的房间里，端坐着一位目光深邃、能洞悉秘密的男子。他看向一位羞涩内敛且缺乏自信的女孩，轻声说道："你是一位歌唱者。"女孩满脸惊愕，眼中带着一丝怀疑，却还是试着哼出了旋律。刹那间，那如莺啼般美妙的歌声在空气中流淌开来，所有人都沉醉其中。女孩自己也被这从未展露过的歌喉所震撼，往昔因胆怯，她把自己的歌声深锁，舞台更是遥不可及的梦。

缺乏自信的女孩，恰似紧紧合着的蚌壳，却不知自己的内心藏着一颗璀璨的珍珠。生命就如同一首动听的歌，每个人唱出的韵味都独一无二。而最重要的是，要鼓起勇气去歌唱，去发现自己的珍珠，让那被隐藏的光芒照亮自己前行的道路。

你看，梦如此多彩，这令我想起另一次奇遇。

2022 年 5 月上旬，梦的序幕缓缓拉开。一只老虎，宛如威严的王者，蹲坐在离我不远处的地方。它的眼神，似星芒般专注，它的身躯，散发着稳定而笃定的力量，恰似一座古老而坚实的山峦。我的视线如同灵动的镜头，缓缓前推，刹那间，老虎的脸近在咫尺。此时，一只凭空出现的人类右手，指尖沾染着墨色的颜料，仿若神来之笔，在老虎的脸上涂抹出写意的曲线。那曲线宛如古老部落的纹面，神秘而迷人。

　　然而，还未等我从这奇妙的景象中回过神来，就被一股无形的力量拽进了某栋建筑里。寂静之中，耳边忽然传来"咚、咚、咚"的响声，那声音像是来自遥远天际的鼓点，在头顶的天花板上敲响。我循着这神秘的声音，走出教室，来到外面长长的户外廊道。

　　站在廊道之上，眺望那尽头，我看见一匹洁白如雪的飞马，如同来自天空的使者，正用力扑打着它那巨大而圣洁的翅膀。它从地面腾空而起，身姿矫健而轻盈，向着远方飞去，那远去的背影，渐渐消失在天际的尽头。

　　我在不同的梦境故事里轻盈地穿梭，在那如梦如幻的世界里，邂逅了许多被艺术化的动物。动物，是自然中纯然的存在。它们在山林间奔跑，在草原上驰骋，在海洋里遨游。而艺术，那是人类对美的追求，是对生活细致入微的感知与殷切的期盼，是心灵深处最纯粹的创造。

　　梦啊，就像一位才华横溢的画者，用无形的画笔勾勒出这些奇妙的动物；它像一位深情的歌者，用悠扬的歌声唱出动物们的灵动；它还像一位优雅的舞者，用曼妙的舞姿展现出它们的神韵。梦在夜晚的变化中自由挥洒，灵感如同泉涌，源源不断地创造出令我惊叹的艺术化动物。

　　我想起久远以前，在时光的长河源头，人们怀着崇敬的情感，认定自己与某种动物有着千丝万缕的联系。于是，部落图腾或是个人图腾诞生了，在那里，人与动植物的互动宛如一场奇妙的交响。人啊，不再仅仅是平凡的个体，他仿佛被一条无形的丝线牵系，与那更为宏大的存在相拥。那特定的动物与植物，它们像是自然之力精心雕琢的化身，是通往万物一体的管道。

　　将动物的形象进行别样呈现，是远古先民以敬畏之心镌刻在大地上的诗篇，是灵魂与自然对话的密语。看啊，那些粗犷的线条，就像神奇的画笔，一笔一笔勾勒出生命的轮廓。浓烈的色彩，似是生命的活力在跳跃，渲染出野性的呼吸。无论是在冷峻的岩壁上，还是质朴的陶器间，抑或是沧桑的兽骨之上，这些图案，静候着与人类心灵的共鸣。

如熊，厚重如山，象征着力量与守护。它的存在，满足了人类对安全与庇护的渴望，仿佛在凛冬的寒夜，为我们筑起一道温暖的屏障；如狼，孤傲如月，它的双眸，映照出人类对群体归属与个体独立的双重追求，在荒野的呼唤中，我们听见了内心深处的回响；如鹰，翱翔于天际，它的羽翼，承载着我们对高远理想的向往，云端之上，我们得以俯瞰生命的辽阔；如蛇，蜿蜒如河，是智慧与重生的隐喻，它的蜕皮，启示我们在蜕变中寻找新生，在循环中领悟永恒。

这些对动物的艺术化呈现，是人类内心需求的镜像，它们将自然的野性与人类的心灵交织，编织出一张连接天地的网络。在动物们的凝视下，我们重新找回了人与自然的和谐——那是一种原始的共鸣，一种超越语言的默契。

曾做过一个心理测试：如果能成为任何一种动物，你想成为什么？

于我而言，草原之马是我的选择之一。动物者，皆为特定生命力的彰显，而马，仿若强健生命力的化身。那骏马啊，宛如灵动的精灵，驰骋于广袤大地。"像马儿一般奔跑吧！"心底有个声音在呐喊。无论路途如何，都会是充满回味的奇妙之旅。

"天行健"，仿若看见飞马向着苍穹振翅腾空。

刹那间，耳畔似有鼓声雷动、铃声清脆、歌声悠扬。抬眸远望，一片无垠大地在眼前铺展。我仿佛已经化身成那匹马儿，四蹄生风，鬃毛飘扬。在这片充满生机的草原之上，尽情挥洒着自己的活力，向着那遥远的天际线奔去。

手摸大树，脚踩大地，
鼻嗅花香，耳闻鸟语。
大地之母的怀抱，是滋养生命的土壤，
从今天开始，亲近大自然，
天地在自己的节律中，你也在。

夏三月，是热烈生长、热情奔放、繁花盛开的时节，从密闭的物理和心理空间走出去，顺着激情、去往生命涌动的方向。

万物时刻变化。

亿万年的星球历史中，沧海桑田，风云流转，大地之母源源不断地孕育与滋养万物，而被天地之气充盈的生命，也持续绽放色彩与活力，而你，也没有断掉与久远地球的连接，没有失去和与族群祖先的互动。

梦是穿越时空的飞行器，它带着我，领略纯净的星球之地。在梦中，我与很久很久之前的霸主生物相遇，它与我，都是这颗星球的住客。我们装点它，丰富它，回馈它的爱与丰饶。大地之母，生命之源，充沛的夏日之水，滋润心田。

乘着梦境的翅膀，我领略地球不同的景致，也进入人类族群的古老记忆。在集体意识的博物馆中，在古堡教室的古董架上，收获了珍贵的指引。扎根于大地之母的生命之树，从土壤深处吸取养分，根扎得越深，它向天空生长的力量就越强。大树不停长高，长大，慢慢接近天空。而当你走得足够远、站得足够高，忽然发现，手指指向的远方，原来是回到家乡的方向。那闪着白光的炫目星球、那透着湛蓝的水晶深洞、那在水中绽放的晶莹之花，悠悠的，讲述生命的来处。

生于大地，归于大地，如圆一般。

我进入亿万年的天然洞穴，在孕育生命的洞穴静水深处，看水晶般打开花瓣的荷花旋转。夏天是孕育的季节，它让我们看到万物对于创造的渴望，梦境也带着我，在动物们的世界里旅行，那是跟人类联系紧密的自然之手，也是不加掩饰的本性释放，从它们身上，我看到大地提供的美妙天堂，也看到人与动物之间的默契与信任，那天上的飞马、奔跑的猎豹、威武的雄狮、开心的海豚，灵动的小猫，是心灵赐予的礼物，是梦境捎来的悄悄话。

它们是夏天的旋律，是热烈的生命之爱，流动的心灵之水，缤纷的眼中之光。

秋 语

　　站在地球这颗蓝色的星球之上，我们静静地凝视着太阳那辉煌的运行轨迹。于是，四季的画卷在人类的智慧里缓缓展开，而这四季的轮转，宛如生命进程中那精密而美妙的齿轮，悄无声息地转动着。

　　2019 年秋分日，我悄然入了一场梦。那是一片浩渺无垠的蔚蓝大海，像一块巨大的蓝色绸缎，在微风的轻抚下，微微泛起波澜。忽然间，海面上涌起一股磅礴之力，一座仿若由海水堆砌而成的巍峨巨山缓缓升起。它高耸入云，似要冲破天际。在攀升到一定高度后，它竟似被施了魔法一般，刹那间静止不动，宛如一座晶莹剔透的冰雕巨峰，散发着冷峻而神秘的气息。紧接着，它又像是被一股无形的大力推动，迅猛得如同天神挥舞着巨斧，从高空笔直地劈落，狠狠砸进那如冰面般凝固的海面。这突如其来的一幕，让我的心也随之震颤。

　　而最终，我的目光被那一道奇特的"巨斧之痕"深深吸引。那是一条优美的"S"形曲线，像是大海在这一场惊心动魄的变故后留下的独特印记，也在我的梦中留下了一抹难以磨灭的痕迹。

　　梦中这幅画面，它向我诉说着一些难以言喻的道理。我看到一种物质，它似水般，柔软得可以适应任何形状，可它又能瞬间变得坚硬，如同最锋利的刀刃。而那看似坚硬的刀刃，却又能弯曲蜿蜒，像是柔软的丝带。这奇妙的变换，让我赞叹不已。

　　在自己的小小世界里，我们邂逅形形色色的人和事，当目光触及更高更远处，也能发觉成长的轨迹。我们从那万物和谐共生的浩瀚海洋里呱呱坠地，成为独一无二的个体。而后，踏入这充满未知的世界，就像走进了一个盛大的考场。在这里，我们不断地学习、摸索，如同舞者在练习舞步。

每一个人都是独特的存在，我与你有着千差万别。然而，命运的丝线却将我们牵连，我们需要携手共舞，就像花朵与绿叶，虽形态各异，但相互映衬，方能构成一幅绝美的画卷。在这生命的舞台上，我们的舞步或许轻盈，或许沉重，但每一步都充满意义；我们在关系的旋律中，尽情地舒展身姿，跳出属于自己的精彩舞蹈，书写着生命的华章。怎样学习跳出优雅舞步？不如，在满月时分抬头看看那如玉盘似的圆月，太阳与月亮在地球两端，奏出和谐的乐章。

春天，宛如一个刚刚睡醒的婴孩，带着无尽的活力与希望，破土而出，每一片新绿都是生命的歌唱。夏日，似那热情奔放的舞者，尽情地绽放着自己的活力，繁花似锦，炽热的阳光是它的舞台灯光。

秋意渐浓时，黑夜如同一块黑色的绸缎，一点点地侵蚀白昼的领地，白昼渐短。从春到秋，恰似那新月慢慢丰盈成满月，而后又渐渐亏缺，这是自然的规律，也是生命的哲理。

生命在秋季见证了自己最饱满的姿态，然后，开始领悟四季更深层次的内涵，去细细品味其中的酸甜苦辣。在这四季的更迭之中，生命的故事不断地被续写，每个季节都是独特的乐章。

雪域高原

嘀嗒，嘀嗒，

睡梦中，翻山越地。

嘀嗒，嘀嗒，

心在身在，梦在神在。

2020 年，我原本想着好好待在家里，没有旅行计划，但事情的发生往往很巧妙。8 月底，因缘际会，我开启了西藏之行。在旅行这件事情上，我喜欢顺其自然，让乍现的灵感火花引领自己。小时候，我一直住在西藏大厦旁边，它形似藏式宫堡，而在马路的对面，就是藏药研究院。这么想来，我和那片雪域高原算是"熟悉的陌生人"，在合适的时间，我伸出了手，与它相握，就像对上暗号般自然。

西藏之行，在秋日的满月开启，在紧接其后的新月结束。

满月，是种子开花结果的显化，丰盈饱满。是什么时候播下的种子？我并不知道，只晓得此次顺天应时的行走，像打开一个礼物。我拆开它，捧起，感受，揣摩。而从满月到新月，象征着一个生命周期的后半程，它从"收成的喜悦"到"放下过往"，再到"孕育新活力"。我的旅行，正是在这样的时间段完成。那么，一件礼物又打开了哪扇门呢？

我没有确切的答案。不过，旅行之后，我不止一次在梦里又到那片土地，梦境有的真切，有的奇幻，雪域高原的净化能量，是大地母亲对所有生命的赐福。

人在离天很近时，与自己的对话少了喧嚣，在宁静中多了思考。梦中的旅行，时不时带我重新回到纯净之力的场域，如同在现实一样，在拓展空间距离的过程中，不断超越限制，体验愉悦。

梦里的旅行，有时是过往记忆的残存，有时是对未知的憧憬，还有的时候，未知和白天的足迹嵌合在一起。现实与梦境交织上演，甚是奇妙。

从哪里开始呢？先讲述那个旅途上的梦吧。

去西藏的时候已经是9月初，林芝阴雨蒙蒙。随遇而安是我的心态，欣赏独属于自己的遇见，是舒适的旅人状态。我以为会因为云雾错过雅鲁藏布大峡谷的面容，但有些不期而遇的小幸运，成为旅途的惊喜。

傍晚时分，我登上一处观景台，被云雾遮掩的南迦巴瓦峰缓缓穿过云雾，露出真颜。

一只雄鹰，从视线远处掠过天空，它像南迦巴瓦的使者，传达山的话语。

站在南迦巴瓦脚下，即便它若隐若现，我也能感受到那云雾遮挡背后的力量。那山峰之力，直直穿过厚厚的云层，把我包裹起来。当天晚上，我在雅鲁藏布大峡谷的腹地歇脚，如果天气好，拉开窗帘就能看见南迦巴瓦峰。

我期盼着一场日出。

凌晨五点，闹钟响了。我坐起身，拉开窗帘，外面仍是漆黑一片，便又倒回床上睡去。

奇妙的梦境，徐徐展开——

迷迷糊糊之间，我仿佛置身于一片神秘的境地，南迦巴瓦峰缓缓地映入眼帘。它像是从沉睡中被唤醒，起初是暗暗的轮廓，在那若有若无的黑暗中，似是隐藏着无尽的神秘。渐渐地，一抹紫色的光晕如轻纱般慢慢散开，那山峰就像是被一只无形的手轻柔地擦拭着，一点一点地明亮起来。

粉色与金色的光像是灵动的仙子，欢快地跳跃着，它们与那紫色的光晕交织在一起，层层浸染着山峰。南迦巴瓦峰像是被赋予了神圣的光辉，在这绚烂的光的映衬下，宛如仙境神山。

我静静在这梦境之中，有幸目睹了一场绝美的雪山日出。直至梦醒，那山峰的色彩依然在我心中久久回荡。

我竟然在梦中，看到一场雪山日出。

醒来后，窗外的早晨依然云雾遮天，别说日出，能看见南迦巴瓦峰全貌的机会都很渺茫。不过，我已然领略了无比赞叹的日出之梦，还有什么可奢求的呢？

在藏语的神秘语境里，南迦巴瓦意为"雷电如火燃烧"，恰似一柄直破苍穹的锐利长矛。那日，一路阴雨如织，仿若细密的珠帘，我满心以为，与那南迦巴瓦峰是无缘相见了。

然而，就在即将离去的刹那，奇迹悄然降临。云层像是被一只无形的大手轻轻拨开了些许，南迦巴瓦峰露出了它的部分山峰，宛如天空在人间开启了一扇窗。我怀着满心好奇地问司机：南迦巴瓦峰是否有它的传说？司机告诉我："它可是战神呢，身旁还带着十二位兄弟。"

我静静地凝望着它，这"十人九不见"的神秘天神，它仿佛驾着战车，隐于云端之上，常年被云雾缭绕，像是披着一层神秘的纱衣。它静静地镇守着这片土地，像一位沉默的守护者，庇佑着这里的人们。那一刻，现实中的南迦巴瓦峰与我梦中的它渐渐重叠，深深地镌刻在我的梦里。

> 日晕金山，恍然入梦。
> 昼夜交叠，似幻似真。
> 半梦半醒，紫光乍现，
> 云端的山峰啊！
> 镇守世间。

从西藏回来没多久，我接连做了几个和藏地有关的梦。

在第一个梦的世界里，我仿若一只自在的小鸟，悠闲地散着步。不知不觉间，便溜达到离家不远之处。白日的马路宛如一条奔腾的长河，车辆川流不息，那是尘世的热闹与喧嚣。多么美好的一天呀，我的心中满是舒畅。不经意间，我抬起头来，目光被不远处的酒店所吸引。酒店背后的天空，似一幅流动的画卷，浓重的云朵在那里聚集着，而后恍然散开。

一座山峰如同巨人般拔地而起，直插天际。那山峰的线条，那朦胧的轮廓，似有一种巨大的力量，牵引着我的思绪。难道，那是珠穆朗玛峰吗？瞧，那主峰从拉开的云幕之中缓缓显现，与我在现实里所见的它毫无二致。

这段梦并不长，几幅画面构成片段，醒来之后，胸中有被灌注暖流的开阔之感。

忽然想起一句话——如果你登顶了一座山，记住，你征服不了它，只是它接纳了你。在梦中与千万年"高龄"的珠峰再次相见，那感觉，就像被威严的长者慈爱地摸了摸头。在它面前，我们就是仰头望天的小朋友啊。

"在大自然面前，该认怂时就认怂。"这句话在林芝时，开车的司机师傅说的。同车女孩想去珠峰大本营，却又担心有高原反应，看她纠结的样子，司机师傅就说了这句话。"别以为人可以为所欲为。"他说。

简单的话，呼出对大自然的谦卑与臣服。

人类总以为自己是地球的王，但当你见到珠穆朗玛峰，才明白这想法有多愚蠢。以为自己年轻力壮？高原反应让人彻夜不眠；有钱就可以享受特权？依然得忍受长途盘山路、接受有限的住宿条件；扛着专业设备想拍银河星空？那得看大自然的心情。

传说中，四千万年前的喜马拉雅地区是一片汪洋大海，岸边有茂密的原始森林、奇花异草和各种动物，宁静祥和。某天，忽然从海底飞出五首毒龙，生灵涂炭，这时天上飘来五朵彩云，它们化成五位仙女，降服毒龙，从此留下来变为喜马拉雅山脉的五座高峰，保佑万物生灵。而珠穆朗玛，便是第三位仙女的名字。

毒龙咆哮，生灵涂炭，山峰升起，重回宁静。

传说中的故事，总是比地质学家的严肃研究更吸引人，大概人类总是需要一点对现实的想象来超越物质世界的限制。虽然珠穆朗玛的意思是大地之母，但凝视珠峰的时候，无论梦里梦外，我却总觉得它像一位长发长须、细眼锐利有神、跨坐天上的威严老爷爷，如同备受尊敬的老酋长，守护着地球这个大部落。

这不是我唯一一次梦见珠穆朗玛峰，另一次的体验更加奇幻。不过我想稍后再讲述那次的经历，现在，让我先按现实里的时间线，分享藏地之梦。

梦遇珠峰五日后，我又一次梦入藏地，向着那雄伟的喜马拉雅山脉行去。

梦里，我置身于一艘奇特的敞篷悬浮船中，那船恰似圆形的砚台，自动飞速前行，那速度快得像是在无摩擦的空间里漂移。

我坐在船里，它带着我开启了一场奇妙之旅。从喜马拉雅山脉的北麓出发，一路绕行，直至南麓，完整地绕了一圈。途中，有一片光滑如镜的海映入眼帘，那海宁静得如同沉睡的美人，在阳光的映照下散发着迷人的光泽。

现实中，我并不知道喜马拉雅山脉的全貌是什么样子，但在梦里，我毫无缘由地清晰自己所在。

那是一种奇妙的熟悉感，仿佛我本就属于那里。梦中的喜马拉雅，是地球纯净能量的汇聚之所，丰富的植被像是大地编织的绿色绒毯，从山脚蔓延开来，每一片叶子都闪烁着生命的光泽。冷峻的山石如同坚毅的卫士，沉默地守护着这片土地，它们的轮廓硬朗而又充满力量。那皑皑白雪，如同天使洒下的羽毛，净化着一切，它所覆盖之处，皆是一片纯净的白。这里没有人类文明的喧嚣与纷扰，一切都是自然最本真的模样。它是大自然最纯粹的杰作，纯粹得让人沉醉，让人忘却尘世的烦恼。在这个梦里，我仿佛成为这片土地的一部分，感受着它的呼吸，它的心跳，那是一种无法言喻的美妙。

梦，宛如灵动的羽翼，携着我在地球的各个角落飞舞，去感知这星球那蓬勃的原生之力。我被一股无形的力量，缓缓地拉出人类现代文明筑起的高墙，如同归巢的鸟，扑向原始的大地之母的怀抱。那种亲近体验，真实且美妙。

梦中的旅行，像是一场神秘的探秘之旅，我与冰山下那浩渺的巨大潜意识悄然相遇，那是一个深邃而又充满奇幻的世界，每一个角落都隐藏着未知的惊喜。而现实中的旅行呢，就像勇敢的开拓者，在生活的版图上努力拓展脚步的边界。两种旅行就像两条并行的溪流，在不同的意识层次潺潺流淌，不断让我看到更广阔的天地，领略更迷人的风景。

现实中我的西藏之行，从平均海拔四十多米的北京出发，到海拔三千多米的拉萨，火车沿着青藏线，行过河北、山西、甘肃、青海，最终进入西藏，一路上，我看着窗外景致的逐渐变化，赞叹筑路护路人们的辛劳，感慨大地山河的壮阔、大自然造物的鬼斧神工。

人生，也是这样一段旅程吧，尤其当你坐上一趟需要 40 个小时才能到达终点的列车，窗外掠过的风景更让人有思来想去。火车行进中，有白天、黑夜，有阳光也有阴雨，有时很有滋味，偶尔也有些无聊。但当抱持一颗平常心、用好奇的眼观察周围的一切，总能带给人快乐和欣喜。

现代交通工具，是延展人类脚步边界的助手，它实现了神话故事、童话小说、科幻文学里对"时空大挪移"的想象，每个人都拥有了读物中描写的超能力，人类的双腿，变得更有力量。然而，梦境中的空间转移，那是一种更为奇妙的存在。它比现代科技更能贴合人类对"超能力"的幻想。在梦里，交通工具的外形不再是现实中的模样，速度也脱离了常规的概念，移动原理更是神秘莫测。甚至，不需要任何工具，就能轻松地完成空间的跃迁，就像一只自由的鸟儿在天地间穿梭，瞬间抵达想去的地方。

　　过去，未来，串珠线，
　　梦里，梦外，连心弦。
　　双脚丈量，心灵冒险，
　　白天黑夜，叠成圈。

2021 年 3 月下旬，我做了一个梦——

我一头扎进那泥泞之中，仿若一位无畏的冒险者，探寻着这片泥潭之下隐匿的秘密。泥潭黝黑且黏腻，可我全然不顾自己是否会被染成泥人，一心向着更深处进发。奇妙的是，我无需任何工具，就像在陆地上一样，视线明朗，呼吸顺畅。

缓缓地，我穿过那湿滑的泥层，进入地下水层。我如同一条灵动的鱼儿，向下游弋、下潜。不知过了多久，一幅奇景展现在眼前：一条长长的海沟横卧水底，宛如大地裂开的一道巨大伤口。更令人惊叹的是，有一座恰似为海沟量身打造的"山脉"，严丝合缝地嵌在海沟之中，只留下窄窄的海水通道。我沿着这通道，小心翼翼地从海沟一侧"翻越"那座山，来到海沟的另一侧。"是时候上去了。"我心中默默念道。于是，我开始缓缓上升，直至身体钻出水面，那一瞬间，仿佛重获新生。

那是宛如世外桃源般的宁静幽谷之地，我的直觉悄然诉说，此处是雅鲁藏布峡谷中一处隐匿的神秘谷地。这里分明有着浓郁的生活气息，可居住于此的却并非人类。瞧啊，他们脑袋小小，身躯却庞大无比，身高足足是人类的两倍。看似凶猛，实则透着几分呆萌的憨态。

我的心中忽地涌起一股调皮劲儿，想要与他们嬉闹一番。不知为何，这几位"朋友"竟开始在原地打起转来。我静静地看着，他们越转越晕眩，那庞大的身躯也跟着摇晃起来。此时，我走上前去，轻轻一推，他们便纷纷倒下，没了意识。

待我从梦中醒来，那梦中的画面却如同香醇的美酒，令人回味无穷。

白日里，我们向着高处攀登，向着远方探寻。就像勇敢的探险家，在物质的世界里，努力寻找那能拓宽眼界、提升意识维度的崭新景致。而当夜幕降临，我们如同灵动的鱼儿，深潜、浮游，穿过那如厚重黏稠泥潭般的黑暗，缓缓进入深不见底的心灵海洋。那里有无数的思绪在闪烁，像是海底繁星。

现实里的时间，又滑过五个月。2021年8月，我又梦见自己回到拉萨，住在八廓街尽头的一家青年旅社。梦里的拉萨，是水乡格调，走在街上，走着走着，忽然觉得累了，便踱到水边，躺在一艘晃荡的小乌篷船上晒晒太阳。

从梦境回到现实——我只去过一次西藏，为什么在不止一次回到那个地方？它在述说什么？

旅行的每一个目的地啊，绝非仅是地理空间的跨越，亦不单纯是对多元文化的贴近，它更是一场向自我内心深处缓缓走近的神圣之旅。当双脚踏上每一寸土地，那是心灵深处的召唤在奏响。这是一种怎样的感觉呢？就像心底有一个声音在轻轻诉说着向往与渴望，而那些微妙的内在讯息，就这般悄悄地透露出来。

这和梦境有着异曲同工之妙呢，只是它们呈现的方式有所不同。现实啊，是我们有意识的抉择，宛如精心挑选的珍珠，每颗都闪耀着思索的光芒；而梦境则是无意识的呈现，如同夜空中自由飘荡的云朵，自在而随性。但无论是现实还是梦境，它们都宛如明亮的星辰，引领着我们寻觅那个最真实的自己。

也许，当我们与某个地方之间产生了一种特殊的呼应时，不管是在实实在在的旅行途中，还是在那如梦如幻的梦境之旅里，这个地方就被我们赋予了独一无二的意义，成为专属于自己的"个人空间"。它就像一盏灯，成为一种充满启发性的象征，恰似一个神奇的"心灵启动器"，一旦触及，就能在内心深处掀起层层涟漪，让我们更加深刻地理解自己，踏上那永无止境的探索自我之旅。

那么说到藏地，我最先想到的是什么？

是雪域高原的通透，让人无比接近天空；雅鲁藏布的峻山绿树、瀑布溪水、奇石遍布，让我感觉触碰到赐予人类丰盛的大地母亲；在高原湖泊的岸边，我体会着令人平静下来的水的力量。那是一间让我回到至纯至净的通透心灵空间的门户，而藏地之梦，是潜意识利用了这个我可以轻易"识别"的门户，载着我重新进入心灵向往的安静空间。

或许在我的潜意识里，藏地是自然力量的符号象征，是我与它的"独特连接"，而这份连接，在每个人的意识里可能并不一样，因而，哪怕是相似的梦境，相同的地点，对不同人而言，也是不同的意味。

每个人的内在空间，与其说是现实世界的具体地点，不如说是心灵宝藏的储藏盒，而一个族群的心灵空间，便是集体意识的精神宝库。当然，这内在空间可能在现实中并没有对应的存在，它只是你不断在梦中前往的奇妙世界，对你来说，那是独一无二的意涵。梦是心灵的意象，它会拆解，也能重构，它让你熟悉的地方瞬间"变身"，创造出光怪陆离的效果。

梦，又来了，它发生在 2022 年的 4 月初——眼前的拉萨，宛如一座古朴且活力四射的"石头城"。那地面与建筑，皆由形状各异的石头铺砌而成。我骑着自行车，悠悠路过中心广场，只见许多人正沉浸于新年活动，他们围成大大的圆圈，手拉手欢快地跳着舞，笑容似暖阳，而我，却无暇分享这份快乐。上课的钟声仿佛在耳边敲响，我匆匆将自行车停于广场一侧，便转身迈向教学楼，只留那热闹的场景在身后。

水城拉萨，是令人放松的摇篮，石城拉萨，是有原始氏族气息的活力之城。前者抚慰旅者劳顿，而后者，是有人文历史的学习之地。这座城给人的心境是，当经过长途跋涉穿越高地，看过雪山青草和高原湖泊，它洗净了旅途劳顿，让人彻底放松下来。坐在广场，看鸽群飞上天空；去茶馆喝几杯甜茶，听当地人聊着听不懂的天儿；如果肚子饿了，在深巷的餐馆点一份石锅藏香鸡，热气腾腾，香气浓郁。

> 乌篷晃晃，梦入梦乡，
>
> 那是摇篮，也是芬芳。
>
> 日光之城石头墙，
>
> 梦回雅鲁藏布江。

2022 年 3 月，接连做了两个梦。

在第一个梦中，我来到了那传闻中新发现的藏地胜景。是怎样的一处所在呢？那是一片毫无人类气息沾染的净土，甚至连动物的踪迹都极为罕见。山水之间静谧幽然，似有袅袅仙气在轻轻飘荡。那水面，恰似一面翠绿而又轻盈的银镜，澄澈透亮，将那山体的秀丽轮廓映照得宛如被细笔精心勾勒一般，美得如梦如幻。

转瞬之间，我竟被"挪移"到了另一处奇妙之地。

眼前展现出的是全然不同的景致。高高低低的岩石群，如同迷宫般相互勾连，它们是地球远古时期的遗留，岁月的侵蚀在岩石上镌刻下痕迹，化作一个个隐匿其中的坑洞。我站立在一块巨大的岩石之上，俯瞰着脚下那片连绵不绝的古老"岩石海"。突然，我的目光被吸引住了，是什么在坑洞之间敏捷地穿梭呢？呀！原来是一种奇异的生物。我在心中暗暗称其为龙兽，瞧它那模样，龙头与狮豹的身躯相结合，爪子尖锐无比，扑跃之间尽显凶猛，仿佛散发着来自星球初始的洪荒之力。

梦的船，带我驶回现实。

从拉萨到日喀则的路上，途经羊卓雍措，那澄澈的湖面上，低低浮着一层薄薄白雾。阳光洒下，须臾，冷雾散去，羊湖露出她的容貌。那蓝，那静，是仙子的美丽样子。我看着它，感觉这世上所有的污垢被洗涤而去，它静静地待在那里，用纯净与轻柔，拂扫世间的杂质和欲念。相较缥缈似仙的羊卓雍措，纳木错在远处雪山的映衬下，更像气势颇为外放的高原海洋。天高云舞，湖水如海浪般拍打着岸边石子，这时如果躺下来，伴着一浪一浪的音律，一定能睡个美美的午觉。

水让人宁静，山给人力量。静生悟，悟生慧，慧生力量。我坐在湖水的旁边，看天上流动的云朵，它们簇拥着，形态变化着，一团团，一堆堆，像各路仙人和可爱的神兽们在开茶话会，吃吃，喝喝，聊聊。聊什么呢？大概在说，最近人间又发生了哪些事吧。

三天后，梦，再次引我入境——

在行驶的小巴士上，我坐在右侧门边的靠窗位置，拉开遮挡高原阳光的窗帘，向外望去，放空心神。远远的，很多红衣僧人三三两两站在那边，他们轻松地聊着，如一团团聚集的小火苗。在他们身后，高矮错落的藏式建筑装点了一整座小山坡，我甚至能看见很多小窗户，那窗楣上的白色窗帘，随风摆动。这时，车里有人说，"前面路口右转，就能看见雪山了。"

梦里的雪山、僧人、建筑，让我忆起珠峰脚下的日喀则。那是一个清晨，我和朋友步行前往扎什伦布寺。

有时候很感慨宇宙的奇妙安排，2020年年初的时候，我忽然想去故宫看看，正巧赶上扎什伦布寺的展览。进了展厅，我记得它的主视觉画面便是从寺院的窗内向外看，视野中有雪山、经幡和长角号。当时的我，没想到几个月后自己真的到那里。眼前是一片开阔与清静，远方是连绵起伏的高原群山，天上是时刻变化的云卷云舒、身旁是在风中舞动的洁白短皱帘、眼前则是红墙金顶的建筑……呼吸着、感受着。

人在凡尘中，自被凡尘扰。大自然让人重拾宁静与淡然，看到简单的美好。雪山，是渴望超越限制的意象，精神之箭向着高远的地方，瞄准，射出。

现在，跟你说说关于珠穆朗玛峰的另一个梦。

它，发生在2022年5月上旬——

在我的眼前，晃悠着一粗一细两根绳索，它们仿若自天而降，那绳索的另一头隐匿于未知的远方。我，未曾有片刻的踟蹰，伸手握住了其中一根。

那绳索，刹那间像是被注入了无尽的力量，猛地将我拽离大地。我好似一只轻盈的飞鸟，直直地朝着高空冲去。仅仅几秒，我便如离弦之箭般疾速穿过那层层叠叠的厚实云层。而后，我被带到了那巍峨的珠穆朗玛峰。但神奇的是，我并没有直接到达峰顶，而是停在一处离山巅还有100米的歇脚站。

这个小小的空间，看上去类似长城上烽火台的建筑风格，厚厚的石墙抵挡住外面凛冽的气温。这是登顶前的休整地，我看见一小队人马已经先行前往封顶了。前方山势险峻，雾气重重，旁边人说，在这种情况下前进的速度很慢，一分钟只能走三米。坐在歇脚站里，并没有高海拔空气稀薄的呼吸不适感。

站起身，我从侧门走出，来到休息站的后方。

这里，是别有洞天的另一番天地。中式庭院般的建筑，回廊曲折通幽，有种"闲看庭前花开花落"的典雅景致。宽敞的院落里，有几尊像是铜做的狮子和麒麟。咦？那边还有几头蹦蹦跳跳的小神兽，似铜像活了一般，它们跑来跑去，我跟它们逗着玩耍了一会儿。

这是清晰无比的梦，让我有足够的时间，感受它丰富的层次。

短暂的生命时间，是让人不满足的，有什么方式扩大我们对世界的认识？读书、旅行、梦，都是途径，在书中忘记自己在读书，在旅途中忘记自己在旅行，在梦里忘记自己在做梦，生命，层层扩展。

珠峰之巅，是地球局限内的极致，天梯降下，引着我穿过稀薄寒气，拨开叠叠云层，跳出事无巨细与平地微观。生命不断流动，它不安于停留在原地，也不安于在生活中享乐，它越飞越高，越飞越远，看不同的风景，追寻人生的意义。我看着疾速离开的地面，如同越出生活"一亩三分田"的限制，跳出平面思维的框架，用高度拉出立体思维的模型，俯瞰越来越小的平面。

生活是平凡，也是平淡，在简单的生活里创造美妙瑰丽的风景，是生命的独特魅力。

永远别被自己框住，就像每一次的梦境，都是新的冒险，是对新体验的收集，即便同是梦到藏地、梦到珠峰，情节、视角与画面都截然相异。人间烟火，三餐四季，人依然拥有在日复一日中发现生活之美、创造生命之美的能力，在梦境里，你知道自己对世界的体验无比丰富，你知道心灵无比活跃。不用那么着急地登顶，闲适一点又何妨。看庭院游廊，遇仙界神兽，不经意间的四处走动，满是旅程惊喜。

生命是有限的，但也自由又辽阔，你不断累积经验、拓宽视野，在对人生的不尽追问中，获得对生命的深刻理解，而这份理解，就是秋收果实，天上圆月。从春天到秋天，从新月到满月，你在释放生长活力与生命激情的过程中，看到更多除了"我"以外的事物。

现实中在藏地旅行的十四天，如果放在平时的生活节奏，总是一瞬而过，而旅行的奇妙之处在于，在移动中，你有时会丧失时间感和空间感，习以为常的生活变得遥远，你有更多的时间面对内心，日子饱满得如几倍于平时，对身心是种充电。这饱满，来自用身心丈量每一寸陌生的土地，来自看到大自然的玲珑巧手和威严造物，在行走的过程中，打破原有认知，用新奇的角度体察世界。

梦中的旅行，模糊了时空边界，你与你的现在、过去、未来对话，空间距离的移动不再受到交通工具的限制，并且线性的时间逻辑也不复存在，你到潜意识的世界，它带你去往你的心灵之地。

据说，旅行的英文单词 travel，来自古老的拉丁语，它和苦行和精神升华有关。之所以说是苦行，是因为古代的交通没有现在这么发达，出门远行充满了艰辛和痛苦，而易经中对旅卦的描述，也是"旅，羁旅也"。对古人而言，背井离乡的出行充满艰难，是非常态的短暂状态。现代人的旅行，虽然舒服很多，但依然挑战自己的舒适区，气候、语言、风土人情、饮食习惯、生活作息等等，都跟着旅行的步伐发生变化。

当跳出日常重复的生活模式，便是引发思索的时候。迈开脚步，你总会慢慢找到答案。你以为看到了世界，其实看见的是自己，你以为离家越来越远，其实离内在的家越来越近。你带着从家园汲取的养分，勇敢出发，看看外面的世界，看看外面的人，欣赏不同的风景，了解不同的文化，你在限制中找寻意义，在远行中获得智慧。

有句俗语是这样说的——"不要只顾着梯子，记得你要爬向哪里"，旅行不是目的，它是通往内心的途径，而梦，也是，如果你向外的脚步被阻断，现实中的高山、湖泊、沙漠、丛林，是否曾以另外的形式，在心里出现？

出发、到达、回到原点，是旅行的循环。在有限的时间里，我们利用各种交通工具移动着，离开固有的生活圈子和模式，跨过时间和空间的维度。你进入陌生的空间，探索你不了解的一切，最后再回归生活，从原点到原点，如同你从入睡的床上一觉醒来，怀疑自己是否真的曾有如此精彩的梦境。

梦中的旅行，亦如现实一样，旅程过后，是否也受到启发？那独一无二的个人体验，无法用具体的语言描述，妙不可言。

雪域高原之梦，嵌入秋日的旅途，它流向心灵之海，在潜意识的深处，浮起又落下，织出迷人梦网。似睡非睡之间，似醒非醒之时，我捕捉到那一帧帧奇幻斑斓的画面。现实之外，虚幻之中，一个个如真又似幻的梦幻泡影被吹起，它们漂浮着，漂浮着，被梦境的大海小心托起，结出旅途的珍贵果实。

钟声，钵声，回声千遍，
天空云端，山巅湖边。
鹰飞，蝶舞，盈缺流转。
净地高原，星光灿灿。

智慧果

旅途中，山川大地宛如画卷展开，日月星河似璀璨的珠链垂落，人文风貌则像一首首歌谣在耳边轻吟。它们结伴而来，闯入旅人的眼眸。人们除了基本的生存需求，在那相宜的地域文化滋养下，内心深处常常渴望探寻生命的意义。瞧，公路在眼前不断延伸，蜿蜒回转，而后又缓缓没入地平线的尽头。那一瞬间，恰似人生之旅，我们只能坚定地前行，一步一步向着终点进发，在这旅途中去寻觅生命的真谛。

春悄然离去，秋翩翩而至。秋，本是丰收的时节，累累硕果挂满枝头，可那满满的收获却未能填满心中的空缺。生命犹如四季更替，终有衰败之日，而我们满腔的热忱、无尽的爱意、不断地前行，究竟意义何在？我们将目光从尘世的物质中移开，投向那无垠的天地。也许，当我们明白四季的暗喻时，便能坦然面对生命必然的流逝。无论是欢喜的瞬间，还是悲伤的时刻，都能安然度过，如同秋风吹过，树叶飘落，一切都是自然而宁静的生命乐章。

2022年12月下旬，我于梦中游走在某座城的街头巷尾，探寻着那些隐匿着美食的小店。我走走停停，不经意间，一片宁静的树林映入眼帘。靠近树林，我瞧见有几个人静坐在树下，他们宛如静谧的树桩，纹丝不动，散发着一种祥和的气息。我小心翼翼地从旁边走过，生怕惊扰了这份宁静。

穿过树林，微风轻拂我的脸庞，如同母亲温柔的手。抬头仰望，天空湛蓝得如同被水洗过一般。忽然，云朵悠悠飘来，它们像是被神奇的画笔勾勒，竟呈现出奇妙的形象。那形象仿若来自高远之处的守护者，他们乘风俯瞰着大地，而后又随着风飘向远方。那云朵下的大地，似乎也在他们的凝视下变得更加安然。我就那样静静地站着，沉浸在这景象之中。

在那林间静坐沉思的人，让我忆起儿时看过的《聪明的一休》。那时候，主人公在难题面前，总是安静地盘坐，手指在头顶两侧轻轻打转，像是在与谁对话。如今再看这树下之人，仿若时光流转，把我拉回曾经的疑问：当面对难题，我们该怎么办呢？

想象在一片静谧的湖面上，当风停止了吹拂，水面渐渐平静下来。这时，湖底的景象便开始清晰可见，那些平日里被涟漪搅乱的小鱼、水草，都一一呈现。而当我们的心安静下来，就如同这平静的湖面，一些原本被喧嚣掩盖的东西开始浮现。放下周围的吵闹，远离那些纷纷扰扰，这时，脑海中会有一些奇妙的想法闪现，那是平日里忙碌的我们无法触及的。

树下的人，静静坐在那里，没有丝毫躁动。周围的一切似乎都变得安静起来，树叶不再沙沙作响，鸟儿也停止了啼鸣。在这份安静里，仿佛有一种无形的力量在生长，那或许就是智慧的萌芽。可能，我们不需要去寻找什么特别的方式，也不用纠结于复杂的概念，只需要在某个瞬间，让自己的心安静下来，就像那树下之人，在安静中，去感受那悄然滋生的灵感。

说到这儿，我忽然想起很早之前，做过一个梦，它发生的时间大概在2012或2013年，那时的我，远没有现在这样多的梦境经历，不过因为恰好是农历大年初一，所以印象颇深。

那是一场宛如"闯关"的旅行。在梦里，我仿若置身于一座迷宫中，我小心翼翼地穿行着，如同勇敢的探险家在未知的领域探索。那里的一个个关卡都似一场场严峻的"考试"，最后我逐一攻克，终于来到了出口。

出口之后，是一座庄严肃穆的庙堂大殿。大殿之中，站着一位神情庄重的人，他头戴一顶帽子，身旁数位侍从静静站立。只见他缓缓地摘下帽子，那动作庄重而又缓慢，像是在进行一场神圣的仪式。他将帽子递向我，眼神里满是认真与肃穆。在那一瞬间，我仿佛接过了一份无比珍贵的"结业证书"，心中满是成就感。

在梦的幽深处，常常会有一些奇妙的景象浮现。那是一些特别的场景，仿若神秘仙境；或是一些独特的人，带着别样气息；抑或是一些奇特物件，散发着非比寻常的光晕。在梦的世界里，你能敏锐地察觉到它们的与众不同。

我总是在心底坚信，每个人都是自己梦境的最佳解读者。心理咨询师也好，厚厚的"解梦大全"也罢，其实都是我们了解梦的助手罢了。梦啊，它或许有着一些普遍的规律，但就像夜空中闪烁的星星有着各自的轨迹，但没有绝对的衡量标准。

当我们置身于梦的谜题中，面前会出现若干个参考选项，宛如摆在面前的不同道路。而此时，我们内心的直觉就像是一盏明灯，它会引领我们，从这些选项里选出那个最贴近内心的答案。就如同那顶帽子，在梦境的结尾如同一位神秘的嘉宾隆重登场，它就像是一个特殊的标记，烙印在梦的画卷之上，等待着我自己去解读其中的深意。

帽子，那是一个充满奇妙联想的物件，一旦开启，无数意象纷至沓来。它是精致的配饰，为形象添彩；是烈日下的保护伞，抵御那炽热的阳光；它是寒冬里的温暖，阻挡凛冽的寒风；又或是身份与职业的鲜明标识，一眼望去，便知晓背后的故事。而你，或许还能从中挖掘出更多的宝藏。我回想那梦中的帽子，宛如毕业典礼上的学位帽。"加冠"，这庄重的仪式，仿佛是获取智慧的隐喻。

在梦的世界里，我沿着一条由表及里的神秘小径前行，探寻那隐藏在表象之下的符号意涵。这，便是一条了解梦的奇妙之路。

睡着的时候，总有一些奇思妙想浮现。

吃食与智慧矛盾吗？经典里的智慧果、砸中牛顿的苹果，都隐隐暗示了它们之间的关联，而曾经的梦境，莫名呼应了前人对"食与智"的隐喻描绘，甚是奇妙。

智慧除了与食物有某种象征关联，或许还有其他的意涵。2021年12月末，我做了这样一个梦——

我与爸爸妈妈以及他们的朋友们，去一座山上庭院小住，如同寻常的周末度假。那是一座不矮又不高的山，周围有两三座山相伴，它们钟灵毓秀，其间有一座灰石筑建的建筑，气派沉稳，它的主人是一位正值壮年的男性，身高适中，身材挺拔，他的眉毛浓黑，眼睛有神。

我跟着长辈们，步入那雅致的包厢。包厢中间，一张大圆桌宛如一轮满月静静地待在那儿。大家依次落了座，秩序井然。这时，男主人递过来一串藤椒，那藤椒呀，颗颗饱满，个头大得就似圆润的葡萄一般。我接过来，放到鼻尖轻嗅，一股草药的芬芳幽幽地钻进鼻腔，我不禁说道："这藤椒的个头好大，像葡萄一样，嗯？还有草药味呢。"

饭吃到一半，大家的节奏都慢了下来，仿佛都在享受这难得的闲适时光。就在此时，男主人开始在一旁敲击钵体，那清脆的敲击声仿佛是从岁月深处传来的古老音符。而坐在我身旁的男孩，他的徒弟，也配合着鸣鼓。一时间，钵声与鼓声交织在一起，如同一场迷你音乐会。

画面一转，我在建筑群落间悠然漫步，那层层院落顺着山势高低、错落有致地排列着。听闻此处安然静卧一尊玉制睡佛，可我并无刻意探寻它的念头，只想随心而行。于是，我就这般走着，不知不觉间，径直来到一面神秘的高墙前。那墙面宛如一块巨大的光滑画布，石头的质地透着古朴与厚重。抬头凝视，上面雕刻的图案好似神秘的天书，复杂又充满魅力，每一道线条都似乎蕴含着无尽的秘密。

梦，醒。

秋收的季节，恰似那满月盈满夜空之时，到处都是一片丰收的盛景。那里的生命之树，它像是大自然的馈赠，承载着无尽寓意。那上面挂满了果实，这些果实仿佛凝结了日月的光辉与精华。看呀，那有着如同太阳般炽热色彩的果实，散发着温暖而明亮的气息，仿佛能给予世间万物生长的力量；还有那如月光般柔和皎洁的果实，它静静挂在树上，透着一种宁静而温柔的美。而树上的其他果实，就像行星在宇宙中闪耀，它们仿佛在默默诉说着什么，暗示着每一个生命的独特。它们不仅仅是果实，还是精神的食粮，是智慧的结晶。

这生命之树啊，就像是哲学家心中的瑰宝，它努力向着天空生长，像是在诠释着大自然那神奇的变化过程。

食物，既是生命的滋养，亦是灵魂的慰藉，从唇齿间悄然滑入，化作身体的涓涓细流。那些令你心驰神往或避之不及的味道，是否藏着一段尘封的往事？你对某种食物的渴望，是否映射着内心深处未曾言说的痕迹？梦里如葡萄般圆润的藤椒，既有丰盈多汁的温柔，亦有行气驱寒的凛冽。平日里对调料知之甚少的我，竟在梦中与它相遇，这自然并非现实生活的倒影，而是心灵的某种隐喻。那草药的气息背后，是否蕴藏着古老的疗愈智慧？疗愈的目的在于调和身心的失衡，而平衡与守常，正是天地运行的不变法则。

除此以外，梦境还述说了什么？

瞧啊，在我们熟悉的艺术造像里，"侧卧安睡"之态亦是常见，仿若在许久之前，它们就已轻声向我们低语——睡梦之中，隐匿着智慧的灵光。那潜藏于意识之下的广袤潜意识，当我们的身心松弛下来，像在静坐沉思之时，又或是安然入睡之际，便会悄无声息地浮现。我遐思着，那梦中"排行第二"的玉质塑像，是否也在暗示着什么呢？也许潜意识也懂得，这世界浩渺无垠，总有比自己更高的山峰。面对未知的世界，我们理应怀揣着谦逊与敬畏，就如同那未满的杯子，唯有保持着空杯的心态，才会有空间接纳新注入的清泉。

在生活中，我们常常忙碌于白日的喧嚣，忽略夜晚的提示，不知潜意识的世界同样广袤。梦中被提醒的侧卧造像，就像无声的导师，引导我们去探寻那沉睡中的智慧。

梦境，时而如薄雾轻笼，平淡无奇；时而如星河倾泻，蕴藏着无尽的信息。那些片段，仿佛超越了日常思维的边界，带着隐秘的启示，轻轻叩击心扉，似在低语某种未解的玄机。在现代心理学的探索中，梦成为一扇窗，透过它，我们窥见意识的明与无意识的暗，也触摸到集体意识的脉动。梦的智慧，源自直觉的深渊，它不受理性思维的羁绊，而是以视觉的画面为舟，载我们穿越表象的迷雾，驶向心灵的彼岸。

梦中浮现的人、事、物，皆是心湖的影子，它们对你而言，究竟意味着什么？相同的事物，在不同人的心湖中，激起的涟漪各不相同。即便是对你自身而言，同一道菜肴，去年、今日、来年，或许都会在味蕾与记忆的交织中，焕发出不同的意味。跟随梦中画面的流转，捕捉那些稍纵即逝的灵光，或许，你会在其中寻得内心的答案，或是某种未曾觉察的真相。

难道非得经由专业的学习，方可理解梦吗？知晓专业知识固然有所助益，然而最为关键的，终究还是自身的体验。

初涉梦境之时，除了对它那离奇到近乎夸张、琐碎且如拼贴画般的细节发出惊叹，或许你对它的理解仅仅局限于梦境情节本身，再无其他。可是，当你把目光更多地投向它，就仿佛在逐渐看清一片内在的海洋。你开始了解它的气候，那是梦的氛围，有时晴和，有时荫翳；你能感知它的水温，或温暖宜人，仿若春日的阳光洒在身上，或寒冷彻骨，恰似寒冬的冰窖；你还能洞悉它的洋流模式，那是梦的走向与趋势；你也会发现海里生物的种类，这恰似梦中出现的形形色色的人物或者事物。

你，对它日益熟悉。

海浪在流动着，一波又一波地起伏。那钵声传入耳朵，宛如来自遥远天际的梵音，而鼓声则在心中鸣响，似是生命的鼓点。这声音，便是那在流动中坚实的根基，如同在梦的海洋里的灯塔。浪尖上的船儿，摇晃不停。可只要心神安定，人也就安定了。人一旦安定，哪怕是在波涛中跌宕起伏，也终会驶向生命所指向的方向，就像在梦的海洋里，无论梦境如何变幻，我们总能凭借自己对梦的理解与感悟，找到属于自己的方向。

低眉垂眼，悄然入梦，
离开白日思索，进入心灵流动。
推开奇幻的门，
翱翔奥秘星空。

穿越深渊

2022 年 11 月下旬，我做了一个梦——

啊！我看见了巨大的"恶魔之眼"，它立于天地之间，不停旋转着，发出召唤使徒的强大能量。它就像一块巨大的磁铁，想把一切看到它的人吸进瞳孔，黑洞之中，没有归途。

我微微低下头，抵抗螺旋而至的旋风，闭上眼睛，避开恶魔之眼的雷达，继而回到现实之境。

这幅画面，停驻在记忆里，它对我的冲击力之大，以至于我完全忘了梦里的其它情节。

闭上双眼，是因为害怕吗？我问自己。

下意识避开恶魔之眼的注视，这让我想起传说中的美杜莎。她的存在，如同夜空中最深邃的黑暗，她的发丝，如同无数条毒蛇在风中狂舞，每一条都闪烁着致命的诱惑。那蛇眼，冰冷而锐利，仿佛能洞穿灵魂，将最深处的恐惧唤醒。那目光如同深渊，一旦触及，便无法逃脱。那双眼眸中蕴含着无尽的冰冷与绝望，仿佛能将时间冻结，将生命化为永恒的寂静。凡是被她注视的生灵，都会在瞬间失去生机，化作冰冷的石像，定格在最恐惧与无助中。

她的气息，带来无尽的寒意与绝望。她的存在本身就是一种无法逃避的命运。她的美丽与恐怖交织，如同黑夜中的幽灵，既令人着迷，又令人胆寒。她是恐惧的化身，是绝望的象征，是一切生命都无法逃脱的噩梦。

当处此般险境，你会怎么做？

想起 2022 年 11 月初，我做了一个令自己有些紧张的梦。

梦里，我成了演出团队中的一员。那是一场如同文艺团体即将奔赴慰问演出般的筹备，彩排的忙碌、试妆的新奇，在梦的光影里匆匆闪过。我们来到一个村庄，这儿的一切像是被赋予了某些独特的气息，村里人们的目光紧紧追随着我们的一举一动，不知是热情抑或另有他意。在彩排与试妆的间隙，我渐渐察觉到这里的异样。这个村庄就像是一个精心装扮的舞台，看似平和有序，每个人都友善好客，可那热情却像刻意涂抹的脂粉，仿佛在这友善的外衣下，隐藏着一些不为人知的秘密。

这看似美好的氛围里，我的心中涌起难以言说的疑惑，如同迷雾在心底弥漫开来。

我在人群中穿梭，来到了院落的大门前，正欲抬脚跨过，只见村庄的首领带着随行人员前来探望大家。我与他面对面地站定，他先是一愣，而后缓缓伸出右手。当我们的手相握时，我不禁细细打量起他。

他的面容像是被寒冬冻结的湖面，那神情里透着一种僵硬，他的脸苍白，没有一丝血色。那冷漠的样子，就像没有灵魂的木偶，让人感觉不到一丝温热的气息。在那一瞬间，我仿佛从他的身上看到了一种奇怪的距离。

踏出大门，我举目四望。这片土地地势起伏，宛如沉睡巨兽的脊背。百姓们的居所，是古旧土楼与竹楼融合的模样。我正思忖着如何传递此地的情形时，街巷里突然传来骚乱之声，循声望去，只见一场残酷的追杀正在上演。追杀者皆是本地人，他们的脸上没有丝毫表情，而那些被追杀的外来者，满脸惊恐，拼命奔逃。呼喊声、脚步声交织在一起。我震惊地站在那里，不知该如何是好。

不远处，一辆吉普车似疯狂的野兽，在小路上飞速穿梭，它紧紧锁定前方那拼命奔跑的年轻女孩。那女孩在民居间狭窄的巷道里与吉普车巧妙周旋。瞧，她猛地一个急转弯，如敏捷的影子钻进小巷。刹那间，吉普车失控般"嘭"地撞上一扇门。我的目光又被另外一处吸引，只见一个手持砍刀的人，像恶狼追赶猎物般追逐着前面的人，那被追之人似惊弓之鸟，仓皇奔逃。

这真是一座诡异、暴力又魔幻的村庄。

在那幽深得如同墨染的梦境里，黑暗的色调如同厚重的幕布，沉甸甸。我感觉到了一种危险的气息，如同隐藏在草丛中的毒蛇。周围看似平静，可在那平静的表象之下，暗涌着波涛，空气中仿佛有双看不见的手，轻轻拨弄着危险的琴弦，每个音符都在敲响着警觉的钟声。那肃杀之气，如同凛冽的寒风，带来凉意。在那宛如守株待兔般的村庄里，把外来之人视作可占有的私产，贪婪的毒瘤在村民心中悄然滋生，成了恶念。他们用敏锐的嗅觉，布置起防线，仿佛要把整个村庄变成一座密不透风的堡垒，而那些外来者，如羔羊般陷入这可怕的漩涡中，他们的命运被村庄居民的贪婪所左右，不知何去何从。

我小心翼翼地探寻着，每一步都充满了谨慎，仿佛脚下是布满尖刺的荆棘丛。面对肃杀之气，先安稳住自己，再寻觅出路。

这是梦境的提示。

2022 年 12 月末，我在梦里目睹了一场令人唏嘘的场景。

在那蜿蜒的道路上，一辆马车颠簸着向前奔驰。马车的木轮辘辘地转动，扬起的层层黄土在车后弥漫开来。马车里，坐着三个男人。其中两个男人的身子正对着我，第三位男人在我的左侧，他面朝马车前行的方向，那目光仿佛穿透了马车的帘子，看向那未知的远方。阳光透过马车的缝隙落在他们的肩头，而马车的摇晃，也使他们的身体也随之轻轻晃动，

三人静默着，可空气里却似有暗流在悄然涌动，那是一种看不见却能隐隐感知的紧张气氛，如同暴风雨来临前压抑的宁静。坐在我旁边的男子，率先打破沉默，他的声音低沉而坚定："行动吧！"那话语如同投入平静湖面的石子，激起涟漪，其余二人目光交汇，眼神中传递着千言万语，却并未吐出半个字。

而我作为观众，仿佛知晓他们之间的一切，他们就像三颗燃烧着的火种，在黑暗中等待着爆发的那一刻。他们正共同计划着什么，此刻，便是那约定好的关键时分。

然而，我的目光被对面男人的一个挥手动作所吸引。刹那间，箭如雨点般从马车外呼啸而来，夺命的箭如同长了眼睛一般，无情地穿透了马车的车身，那尖锐无比的箭尖，从我身旁男人的后胸猛地刺入，又从前胸穿出，那一瞬间，鲜血如盛开的红莲，迅速染红了他的衣衫。

男人的脸上满是惊异，他缓缓看向那两位被视作兄弟的同伴，双眼瞪得大大的，眼睛里写满了不可置信，仿佛在问："为什么？"那目光，像是要把

眼前的两人看穿，想要在他们的脸上找到一丝解释的痕迹，然而他看到的只有冷漠。他的身体像是被抽去了支撑的力量，慢慢地，缓缓地向前倾斜，直直倒在了马车里。那倒下的声响，在一片箭雨的喧嚣中，显得格外悲戚。

我们总是满心期待，梦境永远是一场奇妙而瑰丽的旅行，那是充满美好想象的奇妙世界。就像天上的星辰闪烁着璀璨光芒，梦在我们心中，本应是这般美好的存在。然而，如同日升月落、潮涨潮退一样自然，梦也常常变幻色彩，它同样会被灰暗笼罩、如沉甸甸的乌云般压在心头。那些情节里，紧绷的情绪像拉紧的弓弦，一触即发。这样的梦，也会深深印刻在记忆之中，难以磨灭。

那些灰暗的梦境，就像高大而阴森的森林，它们的枝丫像一只只干枯的手，伸向天空。当在这梦的暗夜里徘徊，每段紧张的情节都是一道谜题。这些谜题背后，暗示着什么呢？我想，也许就像我们在生活中无法避开那些挑战一样，梦中的挑战也是一种特殊的馈赠，引领我们看向那隐藏在海洋深处的危险漩涡。

生命宛如一团炽热的火焰，它熊熊燃烧着，那光芒既能映照出勇气的光辉，催生出无尽的创造力，却也可能点燃仇恨的火种，让毁灭的烈焰肆虐。而人性之中，同样也有灰色地带。我们怀着对生存的渴望，在体验生命种种的同时，也触碰了自身的局限，然而，正是这局限，像一把隐藏的钥匙，开启了我们的潜能之门。

螺旋，梭线，搅动轮转，
上上，下下，升降不歇。
荣辱，贵贱，黄粱一梦，
衰败，新生，四季顺天。

太阳行过正午，月亮盈过圆月，衰败已到，消逝不远。年轻人啊，他们的目光总是向着明天，那是充满希望与憧憬的方向，就像清晨初升的朝阳，满是蓬勃的生机，他们盼望着每一个崭新的日子，如同等待一场盛大的冒险。

而当年纪渐长，很多人开始害怕黑夜的来临，那黑夜就像是未知的深渊，如同夕阳西下时被拉长的影子，带着一丝落寞与惆怅。

生命是什么呢？是那春花秋月、夏蝉冬雪吗？人们想要破除对死亡的恐惧，于是，探寻心灵的秘密便成了一种慰藉，那里或许有着美好的回忆、温暖的情感、对世间万物的热爱，可是，死亡的威胁依然笼罩着每一个人，它像隐藏在黑暗深处的巨兽，那与它相关的一切——黑暗、恐怖、困境、危机，如同冰冷的手，紧紧揪住人的内脏，让它们紧张地拧成一团。那是未知的深渊，是危机里的存亡之战。看那被困在蛛网中的飞虫，它拼命挣扎，那是对生的渴望。而蛛丝就像死亡的绳索，一点点收紧，飞虫的翅膀急速扇动，在生的边缘苦苦挣扎。

生存，是人类本能中最强烈的欲望，但你也知道，生命终将逝去，死亡无法避免。

2019 年 3 月底，我进入了梦境。

那是一处天然的洞穴，却被装点得宛如华丽的古代宫殿。这里空间极为宽阔，明亮的光线洒落在每一处角落。洞穴之中，有一条蜿蜒的河道，它并不宽阔，而其中湍急的水流好似一群奔腾的骏马，呼啸着向前。那水流之上，有一整块被雕刻得精细无比的汉白玉石板、被水流推动着前行，流经我的面前。突然，我的心被揪紧了，那石板还推着什么东西在河道里左拐右冲呢？待我定睛一看，呀，竟是一具已经逝去的躯体。那一瞬间，空气仿佛凝固了，我看着那躯体静静地随着石板和水流起伏，直至不见。

我又想起了另一段经历，那故事大约发生在 2022 年 8 月的梦里。

我和几位友人来到一座古城，那古城宛如沉睡多年的老者，而青砖灰瓦是他古朴的衣衫。我们漫步其中，脚下的石板路发出轻微的声响，仿佛是古城永恒的心跳声。路过古老的钟鼓楼时，岁月的痕迹在它身上清晰可见，它就像一位沉默的守望者，静静地矗立在那里。然而，就在那街角处，有几缕白色的影子若隐若现，它们如同轻烟一般在街角游荡，而后又飘然而去。我们的脚步并未因这怪异的景象而停歇，依旧继续前行。

紧接着，一座老旧的楼房出现在眼前，窄窄的楼道里，每家每户紧紧挨着，仿佛在依偎着取暖。当我们经过一扇打开的房门时，一阵声响传来。我们好奇地望去，只见里面正在办丧事。一位男性老人离开了这个世界，花圈上贴着照片，那照片里的人面容安详，仿佛在诉说着他一生的故事。

一路的奇异景象，让神经渐渐紧绷起来。我们沿着楼道小心翼翼地前行，在那幽暗的走廊拐弯处，一双白鞋突兀地出现在地面上，它们像是有生命一般自己移动着。我心中一惊，急忙转头想要提醒伙伴们，可还没等我开口，前方忽然传来"咣当"一声。我们的目光被吸引过去，只见一个木制十字架砰然倒地，而它的顶端，插着一颗骷髅头颅。那头颅上的空洞眼窝仿佛在凝视着我们，透着令人毛骨悚然的气息。

在这个梦里，古城就像是神秘的舞台，而我们则是闯入其中的不速之客，每一处场景都充满了未知与惊悚。那青砖灰瓦的古城、游荡的白影、办丧事的人家、漂移的白鞋以及倒地的十字架和骷髅头颅，都成为梦的深刻记忆。每当回忆起它，那种紧张和奇异的感觉就会再次涌上心头。

从梦的幽深处悠悠转醒，抬眸，窗外已是晨光熹微。那夜晚的黑与早晨的白，似在刹那间完成了交替，那荫翳的幽影与明亮的暖阳，亦在睁眼间更迭。犹记梦中，似是踏入了别样的旅程，模糊间，是影影绰绰的身形，可如今，清晨的光亮驱散了那梦中幽暗，那从黑暗到光明的奇妙转换，是对新的一天的憧憬。

一思及死亡，危险之感便油然而生，生命里那些离去与逝去，宛如片片乌云，笼罩着心灵的天空。家人的离去，如同大树倾倒；朋友的告别，似星辰陨落；爱人的离散，像花朵凋零。就连自己所拥有的每一样东西的失去，都似小刺般，轻轻扎着敏感的心灵。

我试着安静下来，重新走进那梦中的画面。到底是什么让我感到不舒服呢？是那若有若无的影子吗？还是象征着死亡的丧事？抑或是那倒塌的十字架？或者是那白晃晃的骷髅？似乎都不是。真正让我感到压抑的，是整个梦境散发出来的氛围，是那种如同乌云密布的天空，透着诡异的气息，昏暗得好似没有尽头的黑夜。我就像一个置身事外的旁观者，梦中的一切并没有触动我内心的情绪，只是那氛围像一层阴霾，轻轻笼罩着我，带来些许不适。

　　既然如此，那就让这份对梦境的体验到此为止吧，我要像记录一次旅行一样，把这个梦写下来，把那些画面、那种氛围都留在纸上，让它成为记忆中的一部分。

　　不少人觉得，死亡就只是纯粹的毁灭，是将一切都无情地剥夺。然而，死亡或许也有着别样的意义。它是生命的一部分，如同黑夜是白昼的一部分。在死亡的阴影下，生命的每一抹亮色都变得更加耀眼，每一份情谊都显得更加珍贵。然而即便如此，即便知晓死亡就像树叶从枝头飘落，它并非终结，而是以另一种姿态回归大地，然而，当在梦里直面那与生相对的死亡一端时，心中仍会涌起不适与紧张，那是一种本能的恐惧。我们并非生来无畏无惧，每一次的不适与压力来袭，都犹如暗夜中的浪涛。而我们，在这一次次的经历中去探寻、去追问，而每一次的面对，都是磨砺，让我们逐渐从恐惧的茧中挣脱，生出无畏的翅膀。

　　新的一天开始了，回忆莫追忆，梦境莫沉浸，安享当下，自在清静。

　　　凉风起，夜萧萧，

　　　无形，斜影，雾飘飘。

　　　过往事事，悠悠春光，

　　　一收一放，醒梦平常。

　　2019 年 8 月初，我经历了一趟惊悚之旅。

　　眼前，一座老式礼堂里已坐了不少人，所剩的空位置寥寥无几，我本满心欢喜想要坐在前排，去近距离感受即将到来的精彩，可念头一转，还是算了吧，站在后排观看也别有一番风味。于是，我沿着那缓缓上坡的通道前行，仿佛在穿越一条通往神秘世界的小径。来到观众席后排，我轻轻坐下，演出尚未开始，时间仿佛变得有些慵懒，在这闲暇时刻，我漫无目的地左顾右盼，目光不经意间扫到几条观众通道后方的廊道，那里站着不少演员。

　　他们如同即将奔赴战场的士兵，在静静等待着冲锋的号角，他们就那样静静地站着，像是一幅静止的画，只是他们的面容略显呆滞麻木，如同无声

的序曲，虽然没有音乐的奏响，表演还没有正式开场，但却有着一种独特的氛围，

我忽然明白，这并非寻常演出，那些静默的身影，如同被时光遗忘的雕塑，正在等待某种神秘的召唤，他们双眼低垂，仿佛在等待某声命令，期待着表演开始的钟声敲响。当那钟声划破寂静，他们将从沉睡中苏醒，化身为黑夜使者，在人群中掀起一场风暴。

我轻轻步出礼堂，目光急切地搜寻着避险的地方。四周的环境仿佛都弥漫着不安，哪里才是安全的港湾呢？我着急的地环顾，竟找不到一处绝对安全的角落。忽然，前方"设备间"三个字映入眼帘，我快步上前、推开门，只见里面是一根根粗粗的管道。它们静静地横在那里，已然被废弃，那封闭的阀门像是在默默守护着这个小空间。我心想："也许能钻进这里，把门一关，就没人知道我在这儿了。"

于是我缓缓踏入，那股幽闭感瞬间将我包围，我的内心开始挣扎起来："不不不，这可不行，这不是个好主意。要是他们闯进来，我就彻底没了逃生的机会，这简直是自掘坟墓啊。对，得出去！"我急忙转身，逃离了这个空间，继续寻找真正的安全所在。

你若问我，如何知道那些身影是诡秘的存在？那些奇异者为什么能引发这般强烈的反应？

梦啊，本就这般难以捉摸，一次偶然的梦境并未给我答案。我只知道，那些奇异者们似是从黑暗中爬出，行动迟缓却又透着一种难以言说的威胁；他们的身影像是被岁月遗忘的孤魂，无声地游荡着。他们没有鲜活的面容，只有僵硬的轮廓，他们的存在如同暗夜中的阴影，悄无声息地靠近，带来寒意。

而在这梦过后许久，梦境再次降临，我得以对内心那片神秘之地重新进行探寻。

2020年5月下旬的那个夜晚，我坠入了一场可怕的梦境。我和朋友们置身于一座封闭的建筑里，那建筑是暗黑色的，宛如被浓重的墨汁浸染，压抑而令人窒息。一种莫名的恐惧如影随形，我突然发觉自己陷入了一场危机之

中，那是类似"逃与杀"的绝境。有一些奇怪的存在，它们在建筑里不断徘徊、寻找生者，一旦发现目标，就会将生者拖入它们的黑暗世界，变得和它们一样只剩下空洞的躯壳。

我和朋友们寻找着出路，

"情况不妙啊！"我心底暗暗思忖。不过没关系，我知晓一种躲避它们探寻的法子——屏气凝神，仿若僵住一般，就像伪装成与这死寂之地融为一体的静物，哪怕近在咫尺，也不会被发觉。我们在幽暗中摸索着前行，一边寻觅着离开这建筑的出口，一边警惕着那可能从楼道拐角处骤然杀出的黑暗群体。突然，前方人的脚步戛然而止。

危险来临！那黑暗中的存在靠近了。

快停下！所有人刹那间仿若石化了一般，自动定在了原地，我的目光向前方投去，一个身影正缓缓靠近，那是一种难以名状的存在。它似从幽暗中走来，每一步都带着一种令人胆寒的气息，它逐个查看如同木偶般静止的人们。

它渐渐靠近，我的心提到了嗓子眼，呼吸也仿佛被一只无形的手攥住。我紧紧闭上双眼，心中默默祈祷自己不要被发现。我能感觉到有什么在靠近我的脸，那气息仿佛冰冷的风拂过，它像是在审视着我，我的身体紧绷得像拉满的弓弦。我拼命抑制住自己的呼吸，那一瞬间，空气像是凝固了。不知过了多久，那压迫感慢慢消散，我缓缓睁开双眼，长舒了一口气。

刚刚真是太惊险了。

转过头，目光触及那一群远去的怪异身影，我和朋友们的心猛地一紧，旋即加快脚步，而后竟小跑起来。"出口到底在哪儿？"我焦急地低语着。恰在此时，身旁的一扇门突然打开了，一个声音从里面传了出来，招呼着我们。大家仿佛抓住了救命稻草一般，急忙躲了进去，随后迅速把门重新关上。

一位年轻的男孩子，静静地站在房间中央，正是他方才打开了这扇希望之门。我们气喘吁吁的，过了好一会儿才平复那紧张到极点的心情。男孩子温和地说："放松放松吧。"

当紧绷的神经渐渐松弛下来，我缓缓转头，打量着这个宽敞的房间。透过那大大的玻璃窗望出去，一片葱绿的山坡映入眼帘。风轻轻拂过，那山坡上的绿草就像是一片绿色海洋，涌起悠悠草浪。金黄色的阳光斜洒在绿草之上，仿佛给这片绿色的世界披上了一层金纱。那光芒，似乎有一种神奇的力量，让内心的恐惧慢慢消散，只余下一片宁静。在这个小小的房间里，我们暂时忘却了外面的危险，沉浸在这片刻的安宁中，就像在暴风雨里的小船找到了宁静的港湾。

真是一趟惊险的梦之旅，好在结尾充满了温暖的光。黑暗不会永在，总有那通往柔柔光芒和芳香青草的门为你敞开。

在神秘而又深邃的黑暗里，总有着一些让人不寒而栗的存在。有一种存在，它如同被抽走了生机的木偶，没有自己的思想、感知与温度，带着令人胆寒的决绝与暴力。而还有一种黑暗中的存在，它像是人间情感的残留，无论爱、恨、情还是仇，都像丝丝缕缕的线，将它与世间牵连，它像一个多情的影子，在黑暗中徘徊。

我知道了，自己为什么会害怕梦里那如空洞躯壳般的存在。

那是一些眼神里仿佛住着黑洞的家伙，那里没有星辰闪烁，是一片死寂的空洞。它们的肢体机械地摆动着，没有丝毫的变化与灵动。它们像是被抽离了心灵的空壳，没有情感的波澜泛起，也没有互动的能力从那身体里散发。它们仿佛被攫住了心神，如牵线木偶一般，身不由己地听从某股力量的摆布。那股力量仿佛是一双无形的大手，将它们的自我抽离，使它们的心神仿佛飘向了远方，不在这具躯壳之中。当你面对它们的时候，你会发现，语言在它们面前失去了魔力。你试图用温暖的言语去触动它们，然而那声音就像石沉大海，没有得到任何回应；你想用饱含情感的眼神和它们交流，可那目光投射过去，就像撞上冰冷的墙壁，被无情弹回。

它们看似融入了这个世界，然而却又像是竖起一道无形的屏障，将自己与这个世界隔绝开来。它们在人群中穿梭，却又不属于人群；它们在阳光下行走，却没有阳光的温度。它们像是从另一个时空闯入的异物，带着一种让人毛骨悚然的气息，在这个世界里游荡。

无声使者，走进黑夜。
向前，向前，永不停歇。
有形无神，躯壳机械。
向前，向前，似在荒野。

2021年11月上旬的梦里，我与友人踏入一座老式酒店，那酒店宛如一位迟暮的贵族，大堂里，灯光昏黄，似在诉说着往昔的故事。我们从大堂进入，向右拐去，目标是那电梯。还未及电梯之处，它仿若有什么感应，竟像是等候我们许久一般，忽然敞开了门。那黑洞洞的电梯内部，竟然流出一股危险的气息，它蜿蜒着向我们游来。我心中一惊，赶忙拉住朋友，止住了前行的脚步，而后转身离开。

这时，一位服务员出现了。他带着我们，从左边穿过一条走廊。那走廊幽深得如同暗夜深谷，寂静无人，我们回荡的脚步声。灯光在头顶闪烁不定，仿佛也在这幽暗中有些胆怯。不知这幽梦之旅，下一站又将是何处。但那股危险的气息，似乎随着我们的转身而渐渐淡去，只留下这蹊跷的梦境画面，在记忆里徘徊。

在睡梦中，那密闭的电梯空间宛如一只无形巨兽，将恐惧的阴影播撒在心头，它冰冷的四壁，似乎在描绘生命的某种限制。那狭小的空间，在意识深处，仿佛是某种本能反射，于是，那些所谓的“电梯灵异故事”层出不穷。

2022年7月中旬，我做了一个梦。梦里有一部大大的电梯，电梯里站着许多人，老的、少的，男的、女的，大概有二三十位。突然，电梯轻轻晃动了一下，就像被一只无形的手拨弄了一下。然后，“哐”一声，一个人消失在大家的视线里，就像是从筛子的孔洞里不小心漏下一颗豆子，鲜活的生命就这么不见了。紧接着，我听到一声沉闷的撞击声从下方传来，那声音像是重重地敲在我的心上，电梯也随之静止了。

过了一会儿，那可怕的“哐”声又一次响起，又有一个人消失了。这电梯仿佛变成了黑暗的深渊，而我们就悬在几十米高的半空，掉下去的人，那命运该是多么可怕啊。这电梯是怎么了？竟充满了死亡的危险。我紧紧地抓住身边的扶手，周围的人们也都面露惊恐之色，整个电梯里弥漫着令人窒息的氛围。

电梯的意象，如同一面镜子，映照出人内心深处的恐惧与不安。密闭的空间里，我们被迫面对自己内心深处的担忧，那狭小的空间就像一个盒子，将人紧紧包裹。当电梯门缓缓合上，仿佛有一双手，把我们与外界隔绝开来，我想，人们对它的想象，激发了对于未知的恐惧。在这个小小盒子里，视野被局限，前方的路被阻断，我们无法预知下一秒会发生什么，而这种未知，就像一团浓重的迷雾弥漫在心头——也许在看不见的角落里，隐藏着危险；也许那紧闭的门后，有无法想象的恐怖。对未知的恐惧，是天性中的一部分，它在密闭空间里被无限放大，而电梯的每一次上升与下降，都像是在演绎人生的跌宕起伏。我们无法预知下一个停靠的楼层会带来怎样的变奏，正如我们无法预知人生的下一步会走向何方。

对于很多人来说，密闭空间还像一座无形的监牢，它象征着束缚和那坚固的枷锁，限制着人们的自由。在这样的空间里，身体无法尽情舒展，心灵也仿佛被困住了翅膀，失去了和广阔天空拥抱的机会，只能在有限的范围内挣扎。

我们害怕失去自由，害怕被束缚在一个无法逃脱的空间里，害怕被遗忘在这个世界的某个角落。

黑色铁盒，上上下下，

如幽闭之棺，难破之甲。

不要，不要，满目皆落花，

不要，不要，青丝变白发。

如果人的生命不只几十年，如果心灵会不断歌唱，你的生活态度会不会改变？

在医学研究的领域里，有这样一群特别的人，他们曾徘徊在生死边缘，经历了濒死体验。那些人说，当死亡悄然来临，他们仿佛置身于无尽的光芒之中，在那一瞬间，他们突然明白，死亡并非可怕的终点，而仅仅是生命漫长旅程中的一个过程。然而现实中的人们，依旧被生存焦虑和死亡恐惧紧紧揪住，那深深扎根于心底的恐惧，难以拔除。但也许，随着时间的推移，当更多的人去理解、去感悟，那死亡的恐惧终会慢慢消散，人们能更加坦然地面对生命的这个过程。

那，梦境可以教导我们关于"死亡"的功课吗？

2022 年 12 月初，我做了一个颇令我深思的梦。那梦中，我正给面前一位年长的外国友人讲述说，中国文化博大精深，其中的文字就透露了很多哲思，比如"危机"二字，对中国人而言，危机就是转机，危险里面藏着机遇。

我边说边举例，还用笔在一旁的纸上写着什么，而当我写着写着然后回头看他，只见他面色苍白，处在莫名震惊的情绪里。他的眼睛直直望着我，但似乎又没有注视眼前的我，他进入一种迷幻状态，似乎被眼前所见吸引住了。也不知道梦里的我是怎么想的，开口问他："你是看见我的从前了么？"他愣了愣，点点头。

"你看见什么了？"我说。

他想说话，却又被自己的震惊"封"住了口，完全控制不了自己。我很好奇也很有耐心地等他开口。这时，我突然从梦境中醒来，就像被什么东西拽着、生硬地离开梦境，回到现实。

黑夜里的我，睁开眼睛，回想刚刚的画面，有点懊恼——这么重要的时刻，怎么醒过来了？不然，看看能不能重新回到梦里，等他开口。不过很遗憾，我始终没能重新回到剧情当中。如果没被拽回现实，我会听到什么呢？但想想，答案似乎并不重要。

在生命的长河里，危机如同暗影，悄然潜行。然而，危机之中，却又藏着奇妙的转化。我的眼前，浮现出这样一幅景象：

山间刮起了风，那是大地深处的呼吸，带着自然的智慧力量。风起时，整片树林像是被死亡的阴影笼罩着，满地的落叶像是绝望的叹息，它们被一股脑卷起，仿佛时光的碎片在空中舞动，扫去了陈旧的痕迹那片片枯叶，不仅是腐朽的象征，更是孕育新生的摇篮，它如同深秋的泥土，看似沉寂，却蕴藏着无数生命的种子，它们终将化作滋养大地的养分，孕育出新的生机。

腐朽与新生，是生命的循环，是天地间永恒的韵律。风过之处，新的篇章正悄然展开。

这便是危机中的转化啊。就像在人生的旅途中，我们也会遇到无数的险境。有时候，我们会觉得自己仿佛置身于黑暗的谷底，周围是无尽的绝望。可是，只要我们静下心来，就会发现，这谷底其实是通往波峰的起点。每一次的失败，每一次看似死亡般的结束，又何尝不是一次重生的开始呢？

世间万物，皆在于一个"变"字。当深入梦境，你会发现，很多固有认知发生了松动。我不敢说自己了解死亡，但梦境的确给了我关于危机、命运，以及死生的启示。

比如，我曾在 2022 年 10 月下旬的梦里，差点登上了死亡转盘。

那是一座主题公园，其中最有名的游乐项目，是一个宛如庞然大物般的超大型转盘，它能够边旋转边变换着角度，仿佛在向每一个前来挑战的游客诉说着它的惊险与刺激。我和爸爸坐上了机器上的座椅，系好安全扣，那安全扣在我手中发出轻微的金属碰撞声。

转盘缓缓启动，巨兽开始舒展它庞大的身躯。可是就在这一瞬间，爸爸突然紧张地呼喊起来，他的声音打破了原本的兴奋氛围，他发现自己的安全扣没有系紧。那声音像是一道紧急的命令，工作人员闻声立刻停下了机器。

我们重新检查了安全扣，然后，转盘第二次启动，我的心跳也随着它的转动加速起来。然而，命运似乎又开了一个玩笑，仅仅过了两秒，机器又戛然而止。我能感觉到周围游客投来的异样目光，心中涌起一阵不安。我们再次调整，爸爸皱着眉头，仔细检查着每一个可能出现问题的地方，我也紧握着座椅的扶手，希望这一次能够顺利。

转盘第三次启动了，它像是带着一种不屈的决心再次转动起来。可是这一次，不知道被何种力量左右，大转盘自己慢慢停下了。那一刻，我望着那不再转动的转盘，忽然意识到，这几次的障碍，就像是上天给予的警示，而每一次的停止，都像在说：不要乘坐这个转盘！它不再是充满欢乐的游乐设施，而是一个隐藏着危险的陷阱，仿佛是一场死亡之旅的入口。

梦在这里驻足，引领我穿越了一场生死边缘的考验。人们常以为死亡仅仅是生命的终结与肉身的消逝，然而，死神的利刃更直指内心深处那些执念与欲望。梦中反复出现的障碍，看似是阻碍我们前行的绊脚石，但换个视角，它其实在叩问：你究竟在坚持什么？

在梦的旅途中，我时常提醒自己，要穿透表象，接近真相。为什么安全扣总是失灵？为什么我一次次被阻拦，无法继续这场游戏？敏锐的觉察与意识的瞬间转变，往往能带来一线生机。那种"不撞南墙不回头"的执着，固然展现了坚韧与冲劲，但也可能是觉察力不足导致的误判。坚持与执念，往往只有一线之隔。

我始终相信命运的善意，也深信潜意识的智慧。在危机面前，它一次次提醒我，有时磨炼我的勇气，有时培养我"一针见血"的洞察力，有时激发我对命运的信任，有时也击碎我那些顽固的执念。它以各种方式让我领悟生命的真谛。从梦中醒来时，我忽然感到一种被自己守护的温暖。

梦，告诉了我这些。

2022年7月上旬的一个夜晚，梦境将我带入了一处宁静的休闲度假区。在那里，我的工作是负责就餐区的演出。餐厅邀请了许多演员，大家聚在一起，商讨如何编排一场精彩的演出。从节目顺序到内容细节，每一个环节都需要精心设计，然而，时间却像沙漏中的细沙，留给我们准备的空间并不多。

演员们状态松散，心思似乎并不在这场演出上。他们三三两两地站着，讨论的内容也显得漫无目的，仿佛一群散兵游勇，缺乏凝聚力和热情。演什么？怎么演？效果如何？这些问题在他们心中似乎并不重要，整个团队弥漫着一种懒散而无序的氛围。

眼看截止时间逼近，演出流程却依然毫无头绪。焦虑像一团无形的雾气，笼罩在心头。无奈之下，我对负责人说道："没时间考虑那么多了，按场次安排吧。晚上演3场，每场1小时，能演什么就演什么，尽力而为。"

时间一到，舞台两侧的幕布缓缓拉开，灯光骤然亮起，演员们全员登场。那一刻，他们的亮相竟出乎意料地惊艳。随后的演出不仅井然有序，还充满了创意与激情，每一幕都精彩绝伦。我站在一旁，心中既惊讶又欣慰，忍不住对身边的人说道："你看，他们有全套成型的表演。"

演出效果远远超出了我的预期，甚至让我有些难以置信。梦醒后，我长出了一口气，仿佛从紧张的工作中解脱出来。

有时候，过度的担忧和计划反而会束缚手脚，而信任与放手，往往能激发出意想不到的潜力。而梦中的那场演出，像极了生活中的许多时刻。我们常常因为追求完美而陷入焦虑，却忽略了内在的力量与可能性。那些看似散漫无序的演员，在关键时刻展现出了他们的专业与才华；而那些看似无法解决的难题，也在放手一搏后迎刃而解，无论是工作还是生活，信任与放手，或许比事无巨细的控制更能带来惊喜与成功。

有时候，顺其自然，反而能收获最美的风景。

人们在醒着的时候总有操不完的心，比如生活里的各种混乱和延迟。可能焦虑，可能担心，害怕走上正轨的事情出一丁点差错，也忧心计划好的步骤被打断。情绪起伏，脾气不定，海量讯息扑面而来，彼此之间吵吵嚷嚷、各说各有理。最可气的，是那无法预期的变化，你越想抓住一个确定的未来，它就溜得越快，越强加意志力，就越容易被挫败。

顺势而为，顺流而动。

我从梦中领悟到，生命的一切都按照自己的节奏进行，只不过，它很可能是以你没注意到的方式、把自己编织得井井有条。纠结表面的状况和进程，容易扰乱心境，而待钟声响起，灯光点亮，你会看到在舞台之上，所有的一切已经就位，只等开演。

看顾好你的心，专注于眼前的事，遵循对生命的热情。一切，依时而至。

这星球上，不只有鲜花绿草，还有荆棘险滩，梦中遭遇危机、面对死亡、种种沉重灰暗的色调，是生命另外的面向。做一只把脑袋埋在土里的鸵鸟，不明智，因为这会永远被惶恐和惧怕环绕，为减少的食物和流逝的生命唉声叹气。好在我们在生活中总会和一个个小的结束相遇，从中倒是可以触碰到生命真正的样子和它蕴藏的宝藏。

无限的圆

圆月当空，水榭亭台，

鱼游旋转，环抱尾摆。

昏晨交界，通路遂开，

踏入梦境，云游自在。

攀山，潜海，翩翩神采，

破浪，乘风，不惧失败。

星琏碧珠串，四季镶玉钗。

览得耀眼处，便知心归来。

梦，是碎片式的片段画面，它不按日常逻辑、没有时空限制，它随意拼贴，如同一把探照灯，照进意识的广阔深海。它敏感、灵活，消融边界，它模糊现实中的法则，它极富想象力，即便描绘现实世界，也常常超越现实生活的维度。

当我探索这片神秘的海洋时，梦境变为古老符号的现代诠释者，带我走进心灵世界的深处。

那是多久之前的事了？梦里，我身在剧组，探望朋友，工作现场的一切令我好奇不已。咦？那边站着的不是一位功夫明星吗？他静静地看着前方，起势、气动，打起太极拳。在稍远处站着围观的我，被那连贯动作散发的气韵吸引。一套拳结束，他转头，看见我，示意我跟着练习。

放慢动作，调整呼吸，掌握节奏。一招一式，照着模仿。

梦醒后，我摸摸自己的脑袋：为什么在梦里学习太极拳啊？2021年春节，我去佛山旅行，当在清晨，路过一处空地时，我看见那里有几棵老树，而旁边围墙内的建筑，充满了古香，眼前画面似曾相识。啊！想起来了——它依

141

稀在梦里出现，而树下，还有一些人正在打太极拳。那是梦中清晨，阳光洒在公园的小广场上。一群打太极拳的人已经开始了他们的晨练，他们穿着宽松的太极服，衣袂随风摆动，他们的动作沉稳而缓慢，就像扎根大地的树。只见练习者们缓缓抬手，像是在托着一片轻柔的云朵，脚步移动时，又似行云流水般自然。他们眼神专注，身体随着招式转动，时而如抱球，时而像推窗，每一个动作都充满了力量，却又不失优雅，变得宁静而祥和。

动静之间，刚柔之中，双手缓缓抬起，像是从沉睡中唤醒了生机。那看似柔软的动作，用以柔克刚的智慧化解了外力，它虽如涓涓细流却能穿越坚硬的巨石，它以包容和谦逊，婉转应对世间万象。圆转如意的拳路，仿佛宇宙星辰的运行轨迹，一切都是那么和谐自然。溪水潺潺，遇石则绕，它如拂柳春风，柔中带韧，也好似那随风摇摆的翠竹，柔软却不易折断。掌心翻转，化力道于无形，脚步轻移，顺来势而动静。

以柔克刚，以静制动，双手抚摸着无形的气流，在空中划出优美的弧线。看啊！那天上的云，没有固定形状，却能变幻出万千气象。缓缓推出手掌，仿佛能触摸到空气的流动，轻轻移动步伐，仿佛能感受到大地的脉动。无形无相，却包容万象。

究竟是人模拟了自然的姿态，还是自然本就暗藏着拳法的真谛？只见在最后一式"收势"过后，习拳者静立如碑，衣摆仍在微微颤动。

呼吸，吐纳，缓缓伸展，
堂前，屋后，步移身健。
天动，地静，天地为圆，
梦里，梦外，变幻为圈。

2022 年 9 月下旬的夜里，我悄然入了梦。梦中的我，站在一处商业中心的导览地图前，那地图就像一幅巨大的画卷，而我，仔细浏览着每层楼的餐厅信息，心里细细琢磨着该走进哪家餐厅去大快朵颐。这画面，在平常的梦境里可不多见，我的梦境大多是些模糊不清、天马行空的场景，可这次的"觅食"梦却格外清晰，就像真实发生在眼前一样。

悠悠转醒后，我忽然想起，前一晚按摩了足三里穴，那可是人体十二经络里胃经的重要穴位呢。一提到胃，脑海里就像有个小铃铛被轻轻敲响，食物的影像立刻浮现出来。我不禁疑惑，难道昨夜的"觅食"梦和按摩这个穴位有着某种联系？我不敢确定，可这个想法让我对身体和梦境之间的微妙关系充满了好奇。

3个月后，我又进入了梦境。

梦里，我回了自己家中。我的家啊，就像刚刚经历了一场华丽的变身，重新整理过后，处处散发焕然一新的气息。这里有几间宽敞的大房间，高高的天花板让空间显得更加开阔，阳光毫无保留地倾洒进来，整个屋子都被温暖的光线填满。我在房间里四处转悠，这时，看到一位管家模样的女人，只见她正手持吸尘器，认真地清扫着房间的边边角角，不放过任何一点灰尘，那吸尘器的嗡嗡声，仿佛是她奏响的清洁乐章。

从梦中醒来，我不禁思索，梦里那除尘、清扫的画面，是否和我睡前按摩太冲穴有关呢？这就像一个神秘的小问号，藏在我的脑海里。

当夜幕缓缓降临、我们准备休息时，我们的身体也如同进入了一个神秘的修护站。夜晚睡觉的时候，那是五脏六腑的专属时间，它们宛如一群默默耕耘的工匠，精心地修复着我们的机体，如同滤去渣滓般，将白天侵入身体的毒素慢慢滤出。在这身体内部悄然进行的修护工程里，肝胆的排毒工作就像是一场无声的战役，而奇妙的是，这与梦中的情景产生了难以言喻的呼应。你看，梦中那房屋重修的画面，就好似身体里的肝胆正在进行着自我修复与整顿，而那梦中吸尘清理的场景，仿佛是身体在清除毒素的潜意识映射。

许多探寻梦的人，试图把梦的内容和身体状况联系起来，他们相信梦可以反映健康状况。我虽然不能百分之百确信其中的必然联系，但在很多个夜晚的梦境中，也隐约察觉到了一些端倪，那便是"身心一体"似乎确有其事。梦，不仅连接着我们的白天与黑夜、快乐与忧愁，还是身体与心灵之间的神秘桥梁。

我的眼前，出现一幅灵动的画面，那是一黑一白两条鱼，它们环抱而游，黑色的鱼中有一点白色，白色的鱼中亦有一点黑色，形成了微妙的平衡与互补。想起那些练习太极拳的人，当他们抬手时，仿佛白鱼在游动，充满生机与活力，而当肩坠肘时，又似黑鱼在潜游，沉稳而内敛。随着一招一式，呼吸均匀而悠长，呼吸之间，两条鱼环抱而游。

我们的身心，亦是如此。那黑色之鱼，如同我们的身体，它是心灵的居所，每一寸肌肤、每一块骨骼，都是坚实的壁垒，如同大地承载万物。而心灵便如同那充满了灵动、活力与希望的白鱼，两条鱼相互依存，日夜环游。经由那联通彼此的桥梁，彼此照见，循环不息。

在我的生活里，梦境就像一场场充满魔幻色彩的电影，常常在睡眠中放映。然而，有一次我得了重感冒，刚开始的两天，我处于一种似睡非睡的状态，并且没有梦的陪伴，只有身体的疲惫和不适。到了第三天和第四天，症状基本消除了，梦境又开始上演，并且做的梦都和吃有关。我想，这大概是身体还在与疾病对抗，它需要更多的营养，所以才会让我做这样的梦吧。从第五天起，一切又恢复了正常，梦境重新变回了往日充满奇妙色彩的样子。我知道，身体已经战胜了对手，我又可以在梦的世界里自由遨游了。

每一个梦都像一首歌，唱出了身心的故事，它不仅是夜晚的奇幻之旅，更是身体状态的奇妙反映。当你了解自己梦的风格，一旦它出现反常，就很容易捕捉到它。

我又想到了那两条环抱游动的鱼。

在无限之圆的流转中，我凝视着生命的律动，和谐与平衡，是治愈一切的秘方，是宇宙赋予我们的智慧。寒与热，如同冬夏的交替，调和着万物的节律；血与气，如同江河与风，交织成生命的脉络；实与虚，如同山岳与云雾。它们彼此联动，互相影响，在无尽的循环中，书写着生命的篇章。

自远古以来，人类便以敬畏之心仰望苍穹，将春分、夏至、秋分、冬至奉为时光的四大指针，它们是太阳与大地私语的刻度，是温暖与寒冷交替的见证。春分与秋分，是昼夜平分的时刻，仿佛天地在呼吸间达成了某种奇妙平衡。

春天，是混沌中迸发的生机，是大地深处涌动的火焰。它点燃了勇气，唤醒了冲锋的号角，将生命的旗帜高高扬起，这是彰显自我的季节，是万物破土而出的狂欢。而秋天，果实低垂着沉思，是丰收与衰亡交织的曲调。金色的季节里，我们开始追问生命的意义。

我曾仔细回想，自己做过的所有与无限之圆有关的梦，大部分在秋天。并且我还发现，梦不只将现实世界"变形"，还把抽象的符号变得具体，它运用你能感知与理解的方式，对你说话。

不知道从什么时候起，"黑白二鱼"再是模糊的概念与符号，它变得生动起来，梦用它独特的方式，将生命的深意娓娓道来。它让我明白，生命的真谛，或许就藏在那无尽的圆弧之中，藏在那秋天的风里，藏在那梦与现实的交界处。

2021 年 10 月初，梦，飘然而至。

梦里，我发现自己身在一栋医院大楼里，旁边有亲人和其他不熟悉的朋友。我们沿着建筑中央的螺旋式楼梯，向大楼的低层走去。一圈又一圈，不知道走了多少层，直到眼前没了路。环顾四周，这里不是人来人往的一层大厅，而更像是幽暗僻静的地下楼层。

路在何方？我正疑惑着，就看见面前的墙壁低处，有条窄窄的缝隙，那宽度只能允许一个人通行。虽然有点忐忑，我依旧试着慢慢弯下腰，侧身钻了过去。

原来，这里另有空间。

狭小的密室中央，一位老者席地而坐，长长的胡子，头发绾成发髻，手边还放了一鼎小炉。炉子里是什么？好奇心升起。只见老者用他的手指，蘸了蘸炉内似乎是炉灰的东西，认真又郑重地，在我的额头上画了一个图案。以皮肤的敏锐触感，我记得那图形近乎平躺着的沙漏。

梦醒后，我琢磨了好一会儿，用手指重复老者的笔迹，恍然大悟——那不正是数学里的无限符号"∞"吗？它宛如一条灵动的蛇，咬住自己的尾巴，它像一条无尽的道路，在思维的旷野里延伸。你看，那蜿蜒的线条，没有起始，亦没有终结，就如流淌着的时间长河，从远古洪荒直至那遥远的未来。这符号又好似宇宙的轮廓，星辰闪烁，星系旋转，在无尽黑暗之中，宇宙以一种无限的姿态，舒展着身躯。每颗恒星的诞生与陨落，每个星系的聚合与离散，都是这无限宇宙的微小呼吸。无限符号，无限循环的流动，那位如智慧导师般的老者，画下生生不息的印记。

无限符号出现的瞬间，我的脑海里，挥洒开太极图的墨，它们对望着，以相似的弧线拥抱星空。那条横卧的银蛇从未真正静止，它首尾相衔的曲线，犹如白昼与暗夜在太极图上流转，在那黑白相间的圆盘中，两条相互追逐的鱼，它们相互环抱，相互依存，此消彼长，生生不息。

我沿着螺旋的路径，沉入最深的密室，在那里，得到一把钥匙、一点提示，以及期望和祝福。

故事，并没有结束。

几个月后，梦境再次而来。当我踩着云絮般柔软的雾气降落时，我看见天空流淌着蜂蜜般的金色，而街道两侧的建筑物正以液态的形态不断地变化，它们时而坍缩成矮墩墩的蘑菇屋，时而舒展成直插云霄的尖塔，砖石表面的色彩像打翻的调色盘——方才还是樱桃红的墙壁突然晕开孔雀蓝的波纹，转瞬又绽出紫藤色的光晕，如同彩虹在蜡液中沸腾。

正前方扭曲成麻花状的糖果店，突然开始逆时针旋转，而薄荷绿的屋檐淌下蜜糖，将整条街道浸染成琥珀色，某栋房屋的外墙上，突然睁开无数只彩虹色的眼睛，每只瞳孔里都倒映着不同季节的风景。

哇，多么五彩斑斓的画面。

我和几位队友一同进入了一个神秘的岩洞。刚踏入岩洞，一股凉飕飕的气息扑面而来，让我不禁打了个寒战。岩洞的墙壁湿漉漉的，上面布满了奇形怪状的石笋和钟乳石，在我们手电筒微弱的光线下，仿佛是一个个张牙舞爪的怪物。

我们小心翼翼地往洞的深处走去，越往里走，光线越暗，周围也越发安静，只能听到我们的脚步声和彼此紧张的呼吸声。突然，在洞的远处，出现了一条幽深的隧道，黑黢黢的，像一个深不见底的巨兽大口，仿佛要把我们吞噬进去。

就在这时，我忽然感觉自己的手中握着什么东西。我心里一惊，连忙低头查看。只见一对弯刀出现在手里，它们在黑暗中闪烁着微弱的寒光。这两把刀左右手执一把，每把刀都是完美的"S"形，那弯曲的弧度就像是夜空中的月牙，精致而又神秘。

"圆月弯刀。"我不由自主地脱口而出，这个名字就像是突然出现在我的脑海里一样。我仔细端详着这两把刀，它们的刀刃十分锋利，仿佛轻轻一挥就能划破黑暗。而且这两把刀圆融且锋利，虽然各自分开，但我能感觉到它们之间有一种特殊的联系，就好像是两个亲密无间的伙伴，能各自为战却又合为一体。

双刀合璧时，刹那间，一个奇妙的形状出现在眼前，那又是一个无限符号"∞"。

梦里的世界，是现实世界的夸张版本，你以为坚实的大地、每天生落的太阳亘古不变，其实它们一直在变化。流动的世界，灵动的地球，在呼吸吐纳中往复四季。你以为水是绕指柔的柔和，是圆融，但它也是利器，有水滴石穿的威力。它既能滋养大地，也能吞噬生命，柔中带刚。

梦中那色彩变化、形态无穷的街道，那深邃岩洞里出现在手中的圆月弯刀，那在黑暗中发出银色光芒的无限符号，在点亮什么？

我记得有次，在海边看日出。那是静谧的清晨，大海如一块黑色绸缎，微微起伏着；慢慢地，天边泛起了一丝鱼肚白，淡淡地晕染开来；接着，颜色开始加深，从浅蓝到深蓝，再到天边那一抹绚丽的红，太阳像是一个害羞的孩子，一点一点地探出头来。

金色的光线洒在海面上，波光粼粼，整个世界被点亮了。

那不断变化的光线，从微弱到强烈，从单一色调到五彩斑斓，这日出的过程，就像是无限地展现。每一刻的光线都是不同的，每一秒的色彩都是独一无二的。

那左右合体的圆月弯刀，就如同时间的循环。白天与黑夜交替，四季更迭，年复一年。就像那大海，潮起潮落永不停息。涨潮时，汹涌的海水奔腾而来，像是要吞噬一切；退潮时，又缓缓地退去，留下湿漉漉的沙滩和无数的贝壳。这一涨一退，没有尽头，如同无限符号所蕴含的无尽的循环。

在生活中，我们的成长也是一种无限。从牙牙学语的婴儿，到懵懂无知的幼儿，再到充满好奇的孩童。我们不断地学习新的知识，认识新的朋友，经历新的事情。每一个阶段都有不同的挑战和惊喜，就像那无限符号中的每一个弯曲，都代表着一种变化。我们在成长的道路上，不断地探索未知，就如同沿着无限符号的轨迹前行，永远不知道下一个转弯会遇到什么。

万物都在变化之中。一朵花，从含苞待放到凋零枯萎，生命虽然短暂，却充满了变化。那盛开的花朵，花瓣的颜色、形状、纹理，都是大自然的杰作，且与周围环境息息相关。阳光、雨露、土壤，它们影响着它的生长和变化。

在这个无限的世界里，我们既是渺小的存在，又是无限可能的创造者，当手中的智慧之剑被铸成圆月弯刀的形状，便成为深邃洞中为我们指引的星辰。

炉中灰，仍有余温。

手中剑，会意成双。

星斗旋转，汇明暗。

身心偕行，得安康。

我还想跟你分享一段奇妙经历，那是 2022 年的 9 月，不到一周的时间里，我密集地做了三个梦，先跟你说说头两个。

第一个梦里，我走进一家餐厅，那里弥漫着诱人的香气，我的肚子一下子就咕咕叫了起来。我找了个位置坐下后，不一会儿，服务员端来了两份烤鱼。哇，那烤鱼的味道真是香浓极了！盘子里的鱼被烤得金黄金黄的，鱼皮泛着油光，仿佛在向我诉说着它的美味。其中一条鱼比较大，它的身体饱满，鱼肉看起来厚实又鲜嫩；另一条稍小些，但也散发着同样迷人的香气。

第二个梦里，我像一只在天上飞翔的鸟，就像是要去什么地方旅游，眼前，忽然出现两座古塔。它们静静地站在那里，透着古朴精致的气息，仿佛已经在那里站了千年。左边的塔，它更大、更高，浑身散发着银白色的光辉，在阳光的照耀下，那光芒柔和又明亮，右边的那座塔呢，就像是一位稍显瘦小的伙伴，虽然颜色呈暗暗的棕黑，可是却有着油亮的光泽，在梦里，我清楚它们的名字，轻声唤着："灵塔，灵塔。"

那是两个并不长的片段，就像流星划过夜空，短暂却又在我的脑海中留下痕迹。它们甚至没有完整的情节，只是几个画面在脑海中闪烁。虽然我无法确切地说出它们的意义，但我知道，它们就像神秘信使，在传达着什么。

梦，宛如那捉摸不定的云，自由飘荡在心灵的天空。你无法为它精心规划，亦不能主宰它每晚的剧情，它是那不羁的精灵，讨厌被设计、被计划，而是喜欢顺从着直觉与灵感的涓涓细流，轻盈地舞动。它如同一面镜子，敏锐地反映着周围环境的波动，那些被头脑忽视的关于自己的秘密，都被梦悄悄地珍藏着，然后在某个夜晚，以一种奇幻的方式展现于面前。

我也曾听闻，许多人试图探索梦的奥秘，妄图掌控梦的走向。可在我看来，这实在是艰难无比的事。想让梦乖乖听话，按照内心的意愿呈现情节，或者在梦中清醒地指挥剧情发展，那概率就如同在浩渺星空中寻找一颗特定的尘埃般渺小。

我常常在梦醒后，懊恼自己无法记下完整清晰的梦境，在梦中时，我更是不知自己身处梦中。渐渐地，我懂了，梦就像一阵风，我们不能强行改变它的方向。更妥帖的做法，是顺其自然地接受它传递的信息，尽情享受它带来的独特体验。然后，把梦给予的启发，像珍贵的种子一样种在现实生活的土壤里，让它生根发芽，绽放出绚丽的花朵。

在这两个梦发生后，紧接着，中秋节到了。你看，又是月圆之日，并且，是秋天的满月。

秋天，是成熟的季节，是收获播种之果的时刻，我们不仅体味了成长带来的辛劳和喜悦，也渐渐熟悉并顺势融入四季轮转的韵律。一切在变化之中，万物在平衡之内，就如那太阳与月亮，我们在地球上学习着满月时的和谐之道。

抬头望望，每一天，太阳从东边的地平线慢慢升起，它像温柔的巨人，带着温暖和光明，一点点在天空中挪动着自己的位置。它走得很慢很慢，仿佛是在仔细地打量着大地上的每处角落。随着日子一天天过去，太阳的轨迹在天空中画出完整的圆，而当这个圆画完的时候，新年就来了。

而月亮呢，它比太阳要快得多。月亮像一个调皮的精灵，总是急匆匆地在天空中赶路。它在不到三十天的时间里，就能绕着我们跑完一圈。它的形状不断变化，从弯弯的月牙，到半圆，再到满月。满月的时候，它就像一个白玉盘，高高地挂在天空中，洒下柔和的光。

太阳和月亮绕着我们，转啊，转啊，我静静地观察满月，发现它的位置也在不断移动着。有时候它在头顶上方，像是在俯瞰着大地；有时候它又偏向了一边，像是在和星星们低语。满月的时候，太阳与月亮就像两位神秘的舞者，分别站在地球的两端。太阳，那是一个巨大无比的火球，它的光芒炽热而浓烈，仿佛蕴含着无尽的力量；月亮，相较之下显得那么小巧精致，像一个银色的精灵，散发着柔和的光辉。可是啊，当我们站在地球上仰望，奇妙的事情发生了。尽管它们的体积相差悬殊，却因为各自和地球有着不同的距离，在我们眼中，它们的大小竟是一样的。

这好似神奇的魔术，宇宙用它那无形的手，将这看似不可能的平衡展现在我们眼前。

在古老的东方，中国以二十四节气精妙地标注着太阳的移行轨迹，那是岁月在大地上镌刻的智慧印记。而在遥远的西方，星座宛如神秘的星图，划分着太阳运行的路径。2022 年的中秋节，天空中悬挂着双鱼座的满月，而太阳正在处女座闪耀。处女座，宛如一位专注逻辑细节与精准度的工匠，每一个动作都细致入微，每一个决策都严谨精确，它精心雕琢着每一个细节，如同技艺高超的匠人，在微小的物件上花费无尽的心血，那专注的眼神和严谨的态度，不容许手中有丝毫差错。而双鱼座，恰似充满想象力、模糊一切边界的艺术家，在它的世界里，没有太多的条框拘束，幻想如同灵动的鱼儿，在无边的海洋里自由游弋，在现实与幻想之间，轻松地架起一座桥梁，让心灵在其间自由穿梭。

在这日月呼应中，我感受到其中蕴含的平衡。就像工匠的打磨细节与艺术家的创意想象相互交融，白天，我们努力生活，在忙碌中充实着；夜晚，心灵有了栖息的港湾，在梦境里自由飞翔。

而梦与现实，亦像是一对双生花。

晨昏交界时，我常分不清自己是刚从梦中醒来，还是正步入另一场梦境。梦与现实这对双生子，如同镜廊中无限延伸的倒影，彼此追逐又相互映照。我曾在无数个夜晚潜入梦的深海，打捞那些被现实过滤的珍珠，又在黎明时发现，它早已被镶嵌在生活的王冠上。

梦境是现实的隐喻，是潜意识在月光下编织的寓言。当我漫步在梦中，看见那些不断变化的街道与房屋，那何尝不是现实世界的变形记？它们以夸张的姿态，将日常生活一一展开，它成为现实的诗化语言，给予我看世界的另一双眼。

梦与现实的关系，就像一对双生花。没有梦的现实是苍白的，而没有现实的梦是虚幻的，它们相互依存，彼此成就。梦为现实提供想象力的翅膀，让平凡的生活得以翱翔，现实则为梦境提供着实的土地，让天马行空的想象能够生根发芽。在这对双生花的缠绕中，我看到了平衡点。梦是理解现实的一扇窗，它用隐喻解读现实，而当我在现实中生活时，又在为下一个梦境积累素材。它们就像钟摆两端，在摆动中创造时间的韵律。

有时我会想，也许我们的一生就是一场漫长的梦，而每个夜晚的梦境则是梦中之梦。现实与梦境的界限变得模糊，就像水墨画中晕染的边界。但正是这种模糊，让生活充满了无限可能。因为有梦，我们可以在现实的框架内描绘想象的色彩；因为有现实，我们能够将梦中的蓝图付诸实践。

梦与现实如同生命织锦上交织的金线与银线，它们共同编织图案，让每个平凡的日子都闪耀着光芒，当我学会在梦中寻找现实的倒影，并在现实中捕捉梦的碎片，生活就变成一场永不停息的发现之旅。每一次醒来都是新的开始，而每一次入眠，都是另一段旅程。在这永恒的循环中，我们既是做梦者，也是造梦人。

"三连环"的最后一个梦，发生在2022年中秋节后的第二天。

梦，宛如一位神秘的使者，轻轻牵着我的手，引领我前往那如梦似幻的云巅之境。

我悠悠然地睁开双眼，映入眼帘的是一片寂静空旷的世界。四周弥漫着洁白的云雾，它们如同轻纱一般，悠悠地缠绕着我，仿佛在与我低语诉说着这云巅的秘密。我缓缓向前踏出脚步，每一步都像是踏在柔软的云朵之上，没有一丝声响，只有我自己的呼吸声在这寂静中回荡。

渐渐地，在那云雾的深处，我依稀看到不远处有一团深色的阴影。那阴影像是一个神秘的存在，在这一片洁白之中显得格外突兀，却又充满了无尽的吸引力。我的心中涌起一股好奇，脚步不自觉地加快了，想要去探寻那阴影背后的真相。

再近些，再近一些，一座灰黑色的长方形石壁赫然出现在眼前。那石壁高大而厚重，像是一位古老的守护者，静静地伫立在这片云巅之上。它的表面有着岁月留下的痕迹，一道道纹路仿佛在诉说着往昔的故事。我站在石壁前，感受到一种来自古老岁月的威严。

我从石壁前抬起头，向前望去，只见一座如宗庙祠堂般的高大宫殿矗立在远方。那宫殿透着一股庄严肃穆的气息，仿佛是这片云巅之境的主宰。宫殿的轮廓在云雾中若隐若现，那冷色调的建筑在这片白色的世界里显得格外冷峻，让人不禁心生敬畏。那缭绕的云雾、那厚重的石壁、那庄严的宫殿，都散发着一股不可轻慢的气息，仿佛在警告着闯入者要保持敬重。

我缓缓收回视线，目光再次落在面前这面全浮雕石壁之上。

水墨白描，古风萦绕，挥洒自如之中，玄机暗藏。

阴刻与阳刻相互交织，如同亲密的伙伴，一组组精美绝伦的图案呈现在眼前。正对着我的，是一组人物图案。我兴奋地自言自语："看呀，它现在看起来是欢喜的刻像呢，那眉眼间洋溢着无尽喜悦。可是如果换一个角度，它就瞬间变成了愤怒相，那表情中充满了威严与愤怒。"我的眼前仿佛出现了神奇景象，欢喜相和愤怒相不断切换，像是一场奇妙的魔法表演。

我继续仔细端详着石壁，上面还刻有日月星辰、花草树木等各种各样的天地之物。我一边看一边端详其中的几组图案，它们就像一个个有趣的心理测试。我在心中默默地问自己："我看到的是这个，能不能找到另外一个与之对应的呢？"我沉浸在探索中。

我伸出手，轻轻触摸着石壁上的图案，感受着那凹凸不平的质感。这些图案仿佛有生命一般，在我的指尖下跳动着。我仿佛穿越了时空，看到了古代的工匠们精心雕刻的场景，他们用自己的智慧和技艺，在这石壁上创造出了如此震撼人心的艺术作品。

早上醒来，我对梦境呈现的画面拍案叫绝，它是如此直观又富有想象力。

超离尘嚣之上，身处宁静之中，庙堂面前，明暗为纲。灵动万物，柔刚相承，眼前所见一切，取决于视角和心境。石壁上那凹凸有致的纹路，恰似天地间永恒的韵律，谱写流动的乐章。左看，阳刻的纹路熠熠生辉，凸起的线条勾勒出生命的蓬勃；右看，阴刻的凹陷处沉淀着智慧，仿佛在诉说着生命的奥秘。同一组雕刻，因视角而呈现出截然不同的意境，这不正是世界的隐喻吗？欢喜与愤怒，如同浮雕的两面，阳刻的凸起需要阴刻的凹陷来衬托，它们本是一体，却因心境而显现出不同的面貌。

白昼与黑夜的更替，恰似这石壁上的图案转换。没有永恒的昼与夜，有的只是永恒的流转，在那留白处，潜藏着无限可能，正如寂静中蕴含着生命的律动。明暗之间，相辅相成，它不仅存在于艺术作品中，更是自然法则的呈现。

回想那云巅石壁，和谐共生的美感愈发清晰。或许，这就是古人将自然之道镌刻于石壁的深意：在纷繁万象中，指引我们寻找那永恒不变的韵律。

梦，宛如一位神秘的诗人，它的语言没有既定的规则，也没有刻板的章法，却似那星星落入心湖，泛起层层涟漪。在梦的世界里，那画面的闪现、场景的更迭，如同夜空中转瞬即逝的流星，却在心间留下了无尽的回味。我试图清晰地描绘那些梦的细节，可就像想要抓住手中的一缕青烟，越是用力，它越是从指缝间溜走。然而，它给予我的感受，却如此清晰，晶莹剔透。

每个梦都是一场独特的旅程，我像是一个探险家，在其中穿梭。2022年9月的三个梦，用不同的场景、对象、情节，反反复复给我讲述同一件事情，它像一位孜孜不倦的老师，翻来覆去地在梦中举例，让我体会其中的意涵。

在那如碎片般拼接而成的梦里，我像是一个在神秘深海中探寻宝藏的冒险者，试图抓住那些从潜意识深海中浮现出来的奇妙景象。那些景象如灵动的精灵，在眼前闪烁、跳跃，我小心翼翼地将它们捧起，然后轻轻地放进我的记忆，如同把珍珠放进宝盒。梦境之海中，我记住了两条鱼，它们的身影是如此清晰：一条鱼身上闪烁着明亮的光辉，另一条鱼则带着一种沉静的幽蓝，它们游动着，身姿优雅，在那无形之水划出美妙的弧线。只见它们围绕着彼此旋转，渐渐地，那轨迹形成了一个圆，一个完美的圆。

从春分开始，白天渐长，如同从土中冒出嫩芽的生命，茁壮向阳。你发现自己的存在，尝试运用身体的力量，你体会到体内的生命火焰，感觉要去做一番事情，释放光芒。

你好奇地观察、学习、感受世界，从家园和族群里吸收养分，慢慢成长、渐渐成熟，你开始表达自己、释放热情，为目标而战，为自我实现而战。地球给了你充分的时间发现自己、确立自己，希望你踌躇满志地成为自己——这是你来到地球这所学校，重要的功课。

而这，仅仅是功课的一半。

满月是一个月亮周期里的平衡时刻，而四季之中，秋天便是学习克制自我的无限扩张、在丰收中学习平衡与收敛的季节。春生、夏长、秋收、冬藏，秋分虽然与春分一样、日夜等长，但生命的发展走向却截然不同。

春夏之时，万物蓬勃生长，就像是不断上升的希望。然而到了秋冬，一切仿佛都开始走下坡路，是一种下降的趋势。在这升降的交接之处，我感受到了一种限制，仿佛生命的活力也开始从最旺盛的状态慢慢走向衰败。秋风呼呼地吹着，它不像春风那样轻柔地抚摸着脸庞，带来温暖与生机，也不像夏风那样热烈地扑面过来，充满了热情与活力。秋风是凛冽萧瑟的，吹在脸上有些刺痛，我不禁拉紧了自己的衣襟，试图抵御这寒冷的风。

看着周围渐渐枯黄的树叶，忽然发现，自己不会永远年轻，世界很大，它有自己的规律，衰老和死亡是常见的事。岁月如溪，潺潺流淌，带走了青涩，也带来了思索。面对时光之河，我如同站在河边的旅人，试图寻找渡河之舟，跨越这无形的界限。

想起幼时学骑单车的时光，那笨拙的身影摇摆不定，车身时而向左倾斜，时而向右偏移，每一次失衡都是调整的契机，每一次跌倒都是领悟平衡的过程。朦胧的梦境里，我同样看见了真谛在舞动。

秋日在私语中，以梦境为引导，揭开了宇宙的面纱。变与不变如同硬币的两面，看似对立实则统一。就像季节更替，既是变化也是永恒，如同江河奔流，既是流逝也是长存。我明白了，生命的意义在于，在流动中找到属于自己的韵律，在旋转中达到完美的平衡，如同骑单车时的左右摇摆，在动态中寻得前行的力量。

打开珍藏梦的盒子，我，看到一束光。

日影移转，秋末降霜。

风起袭袭，热气渐消。

蛰虫咸俯，草木落黄。

埙音应时，思秋斜阳。

湛蓝无云的天空，五彩斑斓的树叶，阳光照射下来，一缕缕，一层层。

秋天到了。

夏天的炙热已经褪去，冬日的寒冷还未到来，这或许是最好的时节，去享受丰盛的果实、去感受不热不冷的温度。你回看自己在春天播下的种子，想到自己挥汗如雨、为梦想打拼，你勇敢前行、释放出最好的自己。

现在，你终于有时间好好坐下来，渐凉的风吹过面庞。

你开始思索，生命的意义究竟为何？于那周而复始的生活之下，人生的方向又隐匿于何处？

那就出发吧，去探寻那不一样的世界。去目睹不同的文化宛如繁花般绽放各自的魅力，不同的民族如同繁星般闪烁独特的光芒，不同的地域似画卷般展开别样的景致。看他们以怎样的目光凝视生命，那目光中蕴含着怎样的奥秘。

翻开书本，仿若踏入一座智慧的殿堂。先贤与哲人端坐在岁月的深处，他们对人生的态度如同熠熠生辉的珍宝。他们对生命有着怎样深邃的洞察？是如大海般包容，还是像高山般巍峨？

你渴望站得更高，再高一些，仿佛能触摸到天边那片柔软的云；想走得更远，再远一些，似要将整个世界都纳入怀中。离开那现实的琐碎，是否就会有更多的幸福如涓涓细流般涌来？每一次思索，都像是在点亮一盏灯，渐渐照亮前方。

然而，秋风已至，万物开始收敛，充分地向外探寻开始转向内在探索。

在梦的世界里，我走过了活力的春天、丰盛的夏天，时间之轮转了一百八十度，来到静思的秋天。在藏地的梦境里，我看见楼宇背后的珠穆朗玛峰，领略了无人涉足的原始仙境，我被拽上珠峰之巅，领略了无比赞叹的南迦巴瓦日出。梦里梦外的足迹渐渐汇合，我知道，我心里的远方，广阔又纯净。

在旅行的途中，你心中向往的是什么呢？而那梦境，又会给予你何种答案？时空宛如一道无形的丝线，却无法绊住探索的步伐。当你用脚步去丈量这广袤的世界，何尝不是在丈量自己的内心？当现实中的旅行难以成行，不妨踏入梦的旅程吧。梦，宛如一扇神秘的大门，带你走进那精彩绝伦的潜意识世界。那里，是独属于你的世界，如同深邃的大海，充满无尽的奥秘。

我在梦穿梭，宛如一个无畏的探险家，寻觅着灵感的源头，和那智慧的泉水。如果，你的面前是低谷的幽深，荆棘的刺芒，蜕变的苦痛……在这诸多岔路前，不如试着让自己安静下来，把望向外界那索取的目光，缓缓地收回到自己的内心。等待吧，静候心中那沉睡的答案像睡莲一样，缓缓舒展。那智慧的果实啊，在时光的轻抚下渐渐成熟，它饱满的汁液仿佛是生命的琼浆，给予你无尽的滋养。

那些在梦境边缘倏忽闪烁的吉光片羽，或许正是潜意识递来的罗盘。那深邃辽阔的心灵之海，将托举生命之船顺利地航向远方。

落叶成为肥料，春播孕育收成。

冬 语

　　黑夜最长时，也是转折到来时。满目萧瑟、寒风凛冽之下，转机已稳稳盘踞。虽然冬天还未过去，但此时你可以养精蓄锐、积攒能量，你反复地打磨技能、耐心地等待时机，都在为下个春天积累能量。

　　冬至之时，新年之际。

　　领略了从春天到秋天的梦中风景，我恍悟，人生下来就像新发的嫩芽般，一直在学习不同的功课。当终于看到生死循环、开始寻找人生的意义时，你发现，是时候为整个世界做点什么了。你看见自己，也看见千千万万和你一样的生命。你响应英雄之旅的呼唤，走着走着，你看见众生一体，感受到他人的喜怒悲欢。你忽然开始想，如何让这个世界变得更好。

　　那么，除了人类和地球呢？这宇宙中是否还有其他的文明？飞离脚下的土地、冲出大气层，去外太空翱翔吧！在旅途中看到的风景越多，越接近自己、越接近自己始终融入的星空。

　　茫茫宇宙，星光点点，你从星空中来，回到星空中去。在最后的旅程，你超越了个体与族群的局限，在星河中乘风行船。

　　夜幕降临，沉入睡梦。你的梦带你去到了哪里？你的旅途，可以与我分享吗？

　　冬天来了，它是四季的终点，也是下个轮回的起点。

鲸鱼之歌

对生活在北半球的人来说，当太阳走到黄道 270°，就迎来四季中日照最短的一天。虽然黑夜成为掌控者，但这天，也正是阳气升腾的时候。很多早期文明里，冬至才是新周期的开始，是真正的新年。正所谓阴极之至，阳气始生。而我们，也呼应着大自然的节律。

梦里，我得到启示。

2021 年冬至夜，一个特别的梦境出现了。

我漫步于一座公园之中，这里宛如一片宁静的乐土，人们闲适地散着步，轻声地交谈着。

我随着那缓缓流动的人群前行，不知不觉间，来到了一片洼地。那洼地软塌塌的，恰似一片泥地，散发着一种潮湿的气息。人们纷纷绕道而行，那模样像是生怕被那湿乎乎的泥土缠住了脚，弄脏了鞋子。我亦步亦趋，小心翼翼远离那湿漉漉的地面。渐渐地，在众人的避让下，那泥地周围竟腾出了一块宛如巧克力饼干般圆溜溜的"游人勿近"区域，大家都对其避之若浼。

忽然，我察觉到泥地之下仿佛有一股神秘的力量在暗暗涌动，那力量由微弱逐渐变得强劲，恰似一条从沉睡中苏醒的地龙，开始缓缓扭动它那庞大的身躯。周围的行人也都觉察到了这不同寻常的变化，纷纷停下脚步，目光谨慎地凝视着眼前这奇异的一幕：泥潭表面那最为坚硬的土层被缓缓顶起，坚实的大地被撑开了几道弯弯曲曲的深深裂痕，那裂痕像是大地皱起的眉头，充满了未知的紧张感。

啊！刹那间，一个巨大的影子"呼"的一下腾空而起。那是什么呢？我的心猛地一紧。

嗬！竟是一头鲸鱼！它那浑圆的身躯裹着泥浆，像是披挂着一身独特的战甲，正奋力地冲出泥潭，直直地跃向空中。它冲得好高好高，仿佛那厚厚的土地给予了它无尽的力量，让它能够冲破一切阻碍。它的身姿在空中划过一道优美的弧线，那是一种对自由气息的渴望。周围的人们都被这突如其来的奇景震撼，一时间，惊叹声此起彼伏，打破了公园原本的气氛。

眼前的一幕令我震撼，这场景凝固成一幅超现实风格的画作，被我带回梦醒后的时空。

鲸鱼，是海洋最大的哺乳动物，它带着势不可挡的力量，冲破厚重湿黏的阻碍。哪怕层层禁锢，层层重压，也无法束缚它那想要破土而出、呼吸天地之气的渴望。

坚冰至极，一阳来复。

　　传说，鲸鱼从遥远地方而来，
　　是人类意识的守护者。
　　它们带来古老的智慧，
　　传递星球的历史和讯息。
　　它们歌唱爱的旋律，
　　把爱编织成网，浸入海洋。

鲸鱼很早很早，就进入了我的梦境，不只旅程同伴，也是神妙的梦境启迪者。我喜欢鲸鱼的声音，那从海洋深处发出的悠长哼鸣，如同大地母亲在述说古老的星球故事。

记不清是哪年了，梦中，有一头鲸鱼，恰似一场奇幻之旅的主角。

我躺在一叶扁舟之上，小船就像大海怀抱里的小小婴孩。天空澄澈，不见一丝云彩，仿若一块巨大的蓝绸布向无尽处延展。小船悠悠地在海上飘荡，被微风轻轻托举着，那摇晃的感觉，恰似躺在一个巨大而温柔的摇篮里，困意如潮水般慢慢将我淹没。天空是淡淡的黄色，那黄，如同黄水晶被阳光穿透后的透亮，纯净而迷人。

大海一望无际，像沉睡的巨人在轻柔地呼吸着。我就在这朦胧的困意里沉醉着。忽然，小船晃动了两下，轻微的眩晕让我撑起身子。揉开惺忪的睡眼，眼前的景象瞬间将我从迷糊中拉拽出来。

　　一头鲸鱼在不远处的海面破水而出，那庞大的身躯如同从海洋深处拔地而起的巍峨山峰，遮去了半边天空。它白色的腹部，宛如高山之巅终年不化的积雪，圣洁而永恒。看呀，它在空中仿佛静止了一般，那是力与美的完美展示。谁说没有翅膀就不能翱翔天际？这鲸鱼从深海跃起，向着天空献上深情一吻，它的身姿在空中划过一道美到极致的弧线，如同夜空中最璀璨的星。

　　梦醒，念转，我的思绪被带到一些书里的描述。

　　据说在遥远非洲的某个原始部落，他们居所附近的那至少700年前的岩洞石壁上，留存着令人惊叹的画面，那上面画着类似飞碟的飞行器，而在飞行器的旁边，有一些模样奇特的类似鲸鱼的"动物"。它们身姿矫健，像是要跃入水中，与部落的人们热切交流。那画面仿佛有声音，能听到人们的欢声笑语和鲸鱼独特的音鸣。除此之外，岩壁上还涂抹着星星，它们闪烁在自己的运行轨道上，像是在诉说着宇宙的奥秘。然而无独有偶，全世界很多地方都流传着鲸鱼带来文明的传说，这传说如同轻柔的风，在岁月里轻轻吹拂，让人心生遐想。

　　梦里的鲸鱼，自深海跃出，恰似浩瀚宇宙中猛然爆发的伟力。它于沉睡的海洋里肆意搅动，每一次呼吸，阳光都灿烂地勾勒出它的身形，晕染出一片璀璨金黄。那鲸鱼啊，宛如传递信息的使者，从孕育生命的水域翩然而至。它像是带着神秘的使命，可它究竟要告诉我什么呢？

　　深海无垠，星空浩瀚，在这漫漫生命旅途之中，我犹如那鲸鱼，不断开拓新的视野，推开一扇扇新世界的大门。而每一段冒险历程，就像一支支点亮前方的火把。我开始渐渐觉察内心的自己，如同那鲸鱼冲向天际，搅动着原本平静的海面。我知道，这是成长的力量，是探索未知的渴望，它在我的心底生根发芽，去追寻那无尽的可能。

　　想起某年初春去公园散步，那时的北京，刚连着下了两天的雪，雪后湛蓝无云的天把人映得干干净净，树枝上厚厚的雪融化成水，顺着树干流入泥土。公园里，人多如织，太阳晒得人身上暖暖的，我呼吸着清透入肺的空气，心情亦如蓝天般。看看树上，已经结了不少花苞，还有不少已经开放，一朵朵，一簇簇，粉粉嫩嫩，煞是好看。我走过正在聊天的陌生人，耳边飘来一句："你看昨天的雪下那么大，但这春天来了，花仍然会开。"

简简单单的话，竟听出了哲思。

突然来了倒春寒，人们担心花骨朵们会不会"还未绽放就已逝去"。而这时，雪水已经开始融化，花儿们仍然依着时节的韵律，竞相打开花瓣。再冷的天气，都会过去，再厚的积雪，当阳光照射气温升高，都会融化为流动的能量。

人类社会宛如四季更迭，当寒冬来临，那是一段难挨的时光，仿若全身的力量被悄然抽离。然而，如果我们把目光投向自然界，乐观就会像一朵悄然绽放的花朵，在心底缓缓盛开。看那鲸鱼，在深海中默默顺流而动，依着海的势态集聚力量，耐心地守望着。然后，它会猛然一跃，无畏那深海的黑暗与压力。这是一种多么震撼人心的力量啊。

在人类的世界里，有一种生命力，恰似明亮的火焰，热烈而张扬。还有一种生命力，如同海底的火山，低调又神秘。它那若有若无的热度，层层传递，直至波及整个海面，影响着星球的气候。平日里，它默默潜藏，犹如隐匿于人类无意识深处的精灵，偶尔会出现在梦的国度，幻化成那若隐若现的海洋生物。直到有一天，它如同火山爆发般、以极致的力量冲出海面，人们才惊觉它那无与伦比的强大威力，那或蛰伏，或爆发，始终散发着独特魅力的生命力。

我想起与鲸鱼的另一次梦中相遇。

在那悬崖之下，有一处海边的岩洞。岩洞湿漉漉的，墙壁坑洼不平，我轻轻抚摸着，仿若在触摸着岁月积存了不知几万年的痕迹。脚下的天然礁石，被时光与海水精心打磨，恰似人工修筑的休闲步道。此时，海水时不时调皮地拍打过来，溅到我的脚上，那声响，那感觉，就如同八音盒里随着音乐轻盈转动的芭蕾舞者，发出吧嗒、吧嗒的声音，美妙而又富有节奏。

咸湿的海风悠悠吹来，吹空了我的思绪，我静静望着远方的海平面。忽然，在那海平面上拱起了一座如小山丘般的深色轮廓，它急速朝着岩洞的方向前行，身后还拖着一条水做的"尾巴"。那尾巴在摆动间，撩起一片蒙蒙水雾。

它越来越近，那小山似的身躯竟缓缓"抬起"，如同即将起飞的飞机，引动着海水发出阵阵轰鸣。啊，那是鲸鱼！它乍现的身形让我瞬间确信。只见它昂起庞大的身体，仿若即将登陆的潜艇，可下一秒，它却又快速下潜，一下子没入水中，从我的身旁飞驰而过。水面晃了晃，不一会儿就恢复了平静，就好像刚才那惊心动魄的一幕从未发生过。我静静地站在那里，那鲸鱼的身影印刻在了我的心间。

梦呵，宛如那海中时隐时现的鲸，神秘且变幻无常。它会在不经意间，如鲸跃出海面般突然闯入心间，那梦的轮廓仿佛近在咫尺，清晰可见。可一旦当你试图仔细端详，它又潜入深海，悄然隐没，不见踪迹。

你是否也有这般体验？清晨，朦胧中感觉做了一场奇妙的梦，那梦的余韵似乎还在脑海徘徊，却无论如何也拼凑不出完整的模样。抑或是起床时还清晰记得，可短短几分钟，就像那转瞬即逝的流星，梦已全然消逝，只留下些许怅惘。梦的来去匆匆，真叫人难以捉摸，徒留我们在现实中回味那片刻的气息。

在梦中旅行的时间越长，我愈发感受到，人的潜意识恰似那层层叠叠的海水。每一次踏入梦乡，仿若披挂起潜水的装备，于潜意识的幽深海域缓缓沉降，再沉降。多数时刻，梦醒时分，仅能留存睁眼之前的最后一抹梦境，恰似那稍纵即逝的流星。然而，偶尔也能有幸将两三个梦珍藏于记忆的宝匣。

以前，我总以为梦是依序逐个铺展的画卷，一个接着一个，直至某一回从睡眠中苏醒，那是一种仿若从深海被径直提拉而出的奇妙之感。我仿佛穿透了数层梦境，宛如将数张照片叠放，穿孔，再以细线串联。我沿着那纤细的线缕，以极快的速度，瞥见每张照片里朦胧的景致，直至被拉升到最上层的首张照片，而后静止——此时，给了我更多的时间去铭记眼前的这最后一张画面。

也许，梦中那些各异的故事，本就是同时登台的戏剧。只不过，是我们搭乘着"电梯"，从一层行至另一层。那梦的世界，犹如神秘的花园，每一层都有独特的风景，每一个梦都是一朵待采撷的花，而我们在这梦的花园里穿梭，探索着无尽奥秘。

"成为命运的主人"，说起来容易，似易实难。那固有的生活习性、思维定式、心灵架构，宛如一道道坚实的墙，将人围困于命运之中。

我们就像扎根于大地的树木，根基已然确定，无法轻易挪移，又怎能照搬他人的生活轨迹呢？然而，我们可以选择楼层与视角，从低到高，四面八方，皆是不同的景致。这就如同潜能的发挥，是在寻觅属于自己的最佳方位。

那时隐时现的鲸鱼，恰似被遗忘在生命角落里的宝藏，它蕴含着的突破陈腐痼疾的力量，能够唤醒沉睡于生命深处的活力。也许现在的你会对当下感到困惑不解，但在未来的某一天，某一个瞬间，或者在一场奇幻的梦境里，你会忽然领悟这一切的奥秘，从深海一跃而出，身披光芒。

庞然大物，入梦出海，
涌动的浪花，卷起波澜。
画卷移动，影像相挨，
生命的密码，由你主宰。

2020 年 2 月下旬，巨大的海洋生物进入我的梦。

梦中，阳光被云彩遮挡，海水的颜色显得愈发深邃，在离海岸不远的轮船上，我看见几个人正在钓鱼，他们一个个踌躇满志的样子，自信能满载而归。

我慢悠悠地溜达，不知不觉走到他们身边，好奇的我顺着鱼线的方向往海里看——模模糊糊的，那颜色就像往水里滴了好些墨水，层层下沉。团团墨色似乎聚集在了一起，成了更暗的黑，似天上的乌云坠入深海，漂游移动，形状变得越来越大，想回到天上的家。

然而，刹那间，我心中一惊。哦，不！那墨色的黑影怎会是云朵呢？那可是鲸鱼中的王者啊！它从宁静的深海之中直直地朝着轮船游来。瞧啊，它那庞大而又充满力量的身躯，正朝着船体奋力地顶来。那身躯仿若移动的小山，带着一种一往无前的气势。它的眼睛里似乎透着一种坚定，也许它是在捍卫自己的领地，又或许是被轮船惊扰后的愤怒。这一场景，就像是大海之上一场突如其来的风暴。

还有时间！

"快把渔线剪断！"我对钓鱼的人说："你们碰到鲸王了！"

一阵从麻木中惊醒过来的慌乱，席卷了甲板上的人。和满载而归的期盼相比，他们更担心自己吃不了兜着走。

黑影慢慢变大，速度越来越快，我对旁边的人说，"我去把它引开。"

我跃入那片广阔无垠的海洋，周遭的世界渐渐安静下来。奇妙的是，此刻的我并未如往昔一般游动，反倒似飞鱼那般，在海面上欢快地弹跳前行。

我轻轻侧转身体，朝着斜后方望去，鲸王就在我的身旁。我加速，它也加速，我放缓速度，它亦悠悠慢行，巨大的尾巴偶尔露出海面。我们保持着距离，远离海岸。

梦醒，回味悠长。

海面下，丰盛与倾覆共存，未知中，机遇与风险同在。

那无意识的海洋，表面仿若镜面般平静，可平静之下，却似有一股股暗流在蠢蠢欲动。犹如墨色绸缎的巨鲸，在这片幽暗中潜游着，它就像一股隐藏着的神秘力量，让人既敬畏又好奇。而生命却如一位充满好奇的探索者，掷下丝线，向着那幽深的世界伸去，渴望与之连接，盼望着能收获丰盛。它小心翼翼地试探着，又耐心等待着。终于，"哗"的一声，那深不见底的无意识之海泛起了层层波澜。

此时，从梦境般的海洋中现身的巨鲸，它到底意味着什么呢？是会为生命带来充盈的给养，还是会变成撞翻生活之舟的元凶？御鲸骑士果敢地跳下鱼背，剪断了那牵引的绳索，与鲸并肩共游。他们一同寻找着适宜的海域，那里有着广阔的空间，足以让巨鲸自在呼吸。而后，他们欢快地共舞，尽情地享受着海洋所赐予的无尽宝藏。

你听过鲸鱼的歌声吗？

一浪一浪的海水，被风吹动着，风声之中，从海洋的幽深处传来长长的、带着回音般的哼鸣。如山谷间的悠悠呼唤，似乎在讲述古老的故事，那缓缓起伏的音律，顺着海水的波动，传送到地球的每个角落。鲸鱼就像使者，将大海深处的密语，传递给陆地和天空。

我曾在梦里，听见鲸鱼的歌声，它发生在 2022 年 5 月初。

梦里，我来到一个海湾。怎么形容呢？那海的四周，被一座座不高也不矮的山，围成辽阔的环形内海，山墨绿，海湛蓝，天无云。这里是一处度假胜地，可以乘坐邮轮欣赏海湾的风光。身在其中，置身事外，是两种不同的视角，你不仅可以乘坐邮轮，还能待在与海相伴的游客休息区，那栋两层的简洁木质建筑，拥有开阔的视野，将海湾全景尽收眼底。

我登上二层的观景台，啊！多么的惬意舒心！

咦？是什么东西顶着邮轮疾行？

我用力地揉了揉自己的双眼，刹那间，一幅奇妙的景象映入眼帘。呀，是鲸鱼呢！它们成群结队地游动着，那庞大而又优美的身躯，在海水中划过一道道弧线。瞧，它们就像一群热情的伙伴，推着载满乘客的船儿，在海湾里勇往直前。那船儿此时仿佛成了一辆小小的玩具车，被鲸鱼们轻松推着前行。船上的乘客们发出阵阵惊叹声，这"刺激之旅"实在是妙不可言，谁能想到船的动力竟来自海里的这些庞然大物呢？

在那嘈杂的人声之下，我还听到了另外一种声音。那是鲸群发出的声音，宛如祈福般的歌声，空灵而又神秘，在海面上悠悠飘荡，仿佛诉说着大海深处的故事。

鲸鱼，那是海洋的灵魂呀，它的歌声，宛如星子洒落在时光长河之中，悠悠唱响着星球的岁月。

曾经，山峰从浩渺的海洋中缓缓升起，陆地又被汹涌的大水无情吞没。日升日落间，无数的事物诞生又消逝；四季轮转时，文明更迭交替。这一切的一切，或出现，或消失，在鲸鱼那古老而神秘的歌声里，就如同海上的一朵朵小浪花，平常又自然。鲸鱼的歌声，像是一部浩瀚的史书，记录着沧海桑田的变迁，那歌声在海洋里飘荡，诉说着无尽的故事，也见证着世间万物的轮回。

　　大水汹涌席卷，似要吞噬一切；大梦醉生梦死，仿若无尽虚幻；电影引人入胜，宛如另一个世界。它们看似不同，实则本质无异。那渺小的个体啊，置身其中，仿若微尘。就像在滔天洪水中，人是那么的无助，瞬间就可能被大水淹没，连清醒的机会都没有。又似在那迷离大梦之中，晕头转向，找不到方向。

　　可我们就像冲浪选手，在这无常的世界里努力保持平衡。有时谨慎前行，每一步都小心翼翼；有时战战兢兢，害怕那未知的危险；有时手脚不协调，狼狈地应对着；有时满心恐惧，却也咬牙坚持；有时充满信心，向着希望进发。我们不知道是否会被无情的浪涛吞没，亦不知能否幸运地越过一浪又一浪，最终抵达宁静的海港。

　　生命如同一个圆。人们从起点出发，历经风雨，最后又回到起点。

　　看到眼前的船、画作里的船、电影中的船、梦境呈现的船、听到和船有关的音乐……你，又想到什么？

　　船啊，它岂止是交通工具？那是一段旅程的诗意象征。从那小小的一叶扁舟，到巍峨的大型油轮，在浩渺无垠的海洋面前，都似沧海一粟般渺小。船在历史的长河里不断蜕变，质量日益精良，船上的生活也愈发舒适，人们站在船的甲板上，仿佛成了海洋的主宰，满心都是自豪。然而，当登上观景台，视角转换，才惊觉无论何种船，都在沿着既定的路线前行，就像大自然的轨迹，难以更改。

　　船上的人们啊，共同开启一段旅程，他们乘着船儿畅快地前行，风鼓足了帆，那是希望的力量。船儿探索着行经地域的每一处角落，让人们尽情领略当地的风貌。那是一场视觉的盛宴，是心灵与自然的对话，它载着人们的梦想与希望，在时光的海洋里悠悠航行，留下一路的故事。

　　被海水孕育而出的鲸鱼，仿佛是从巨大的集体意识之海涌出的推力，它们应和着海洋的韵律，推动大船响应大海的召唤。

　　鲸鱼的歌声，恰似心灵奏响的美妙旋律，穿越层层海浪，从那仿若梦境之海的地方，悠悠飘至耳边。在梦中，听觉变得无比敏锐，那鲸鱼唱出的音律，宛如地球最为珍贵的宝物。梦里的歌声啊，简单却美妙至极，它们是那样的天然、悠长，宛如灵动的丝线，一下子就紧紧抓住了我的耳朵。虽然我无法知晓它们在诉说着何种故事，但我心中笃定，那定是纯粹而美好的祈祷。

透过梦境之海，我仿佛与自己的灵魂深处，乃至宇宙的本源紧紧相连。我仿佛置身于一个奇幻的世界，周围是无尽的蓝色，鲸鱼就在不远处游弋，那歌声如同波浪一般，一波一波地向我涌来，将我包裹在一片宁静而美好的氛围之中。我静静地聆听着，感受着这种来自深海的力量，它让我的内心充满了敬畏与感动，仿佛在这一刻，我与整个世界融为一体。

听，鲸鱼在唱歌。

男人国

冬至一过,虽然白日已经慢慢变长,黑夜开始缩短时间,但放眼四望,我们依然还需要与寒冷时日多相处一段日子。

夏天是流动的,茂盛的,它的色彩具有极高的饱和度,就像性格外向、热情洋溢的女子。而冬天,总带着一丝严谨和严肃。走在马路上,鼻头被冻得红红的,穿着厚厚的保暖衣物,收起跳跃的脚步,当踩在吱呀吱呀的雪后路面,我们谨慎、耐心,知道"欲速则不达",变得理性起来,这让我想起梦里那些男人来。

在之前的梦的旅途中,那些男性角色,他们有的是老师,传授并训练技能;有的是"问题解决专家",拨开面前的迷雾;有的则是冲突事件的参与者,画面充满张力。当然,我的梦里也出现现实生活里的人,比如爸爸、男性友人和有情感关系的男性。不过很有趣的是,我很少遇见散发着青春荷尔蒙的年轻男孩,但我想,每个人的梦都是自己的内在海洋,在你的梦里,没准曾与他们邂逅。

犹记某年,恰值四月初旬,梦之羽翼携我登上一列风驰电掣的列车,那车身闪烁着银色的幽微光芒。我在一名男子的引领下,踏入车厢。举目四望,车厢内空空荡荡,不见其他旅客的身影,亦无座椅的踪迹,那形如银梭的厢体之中,只有他和我。他身着一件深色的长外套,面容不清,但年纪似近中年,是中等偏瘦的身材,浑身散发着一股斯文气质。

我心底隐约有个声音在说,这趟旅程定意义非凡。瞧那男子,步伐轻盈敏捷迅速,而他的神情庄重严肃,似肩负着重要任务。我满心好奇,又有些许忐忑,不知这列车将驶向何方,也不知等待我的将是何种奇遇,只在这空荡的车厢里,随着列车高速前行,仿佛驶向一个未知的世界。

列车如追风逐电般飞驰,哦不,更确切地说——这是超光速列车,正在宇宙的隧道里赶超时空！男子朝着列车车头的方向，健步如飞，他一边行走，一边沉着熟练地接连按下车厢两旁、不同颜色的按钮。

他在做什么呢？没来得及问出口，我的大脑开始飞速运转。然而，直觉先于逻辑，将答案递送到眼前——这是一辆宇宙超光速列车，那名男子正在赶超时间，按下某些事情的暂停键。

快一些，再快一些！接二连三的麻烦涌入人间，按下那些按钮、熄灭灾难的火苗！

梦中男子的人物设定，恰似那最为我们熟知的迷人角色——超级英雄。在那娓娓道来的故事里，被光环笼罩的主角们仿若星辰般闪耀。他们或是生来便天赋异禀，具备超常的力量；或是怀揣特殊的才华，恰似那熠熠生辉的明珠。他们总是在危急时刻救人于水火之中，那至纯至善的人间美德如同盛开的繁花，散发着芬芳。

可是啊，我们的目光总是被那些光芒万丈的精彩瞬间所吸引。我们看到超级英雄高高飞起，看到他们力挽狂澜，却常常忘了，在成为超级英雄之前，他们也曾走过漫长而又艰辛的道路。那道路上或许布满荆棘，或许充满迷茫。

在故事的开篇之处，他们常常被刻画成平凡之极的模样，出身于普通人家，仿若被亲人和朋友遗落在角落的微尘，毫不起眼。他们同我们一般，心间满是喜怒哀乐，会开怀大笑，会忧愁满面，亦会满心恐惧。

成长的旅途漫漫，他们邂逅良师，与伙伴相逢，在那不断涌现的障碍前，他们在一次次跌倒中积攒经验，于重重困难里重新站立起来。他们的意志被反复磨砺，历经无数九死一生的严峻考验，这才蜕变成他人眼中的"超级英雄"。而在故事的尾声，主角们常常又悄然回归平淡的日常，静静等待下一次使命的召唤。

这些故事为何惹人喜爱？那是因为在故事的角色深处，我们瞧见了自己潜藏的热望，于人物的经历间，目睹了生命的隐喻。

人啊，生来平凡，却都怀揣着对自己的期许，对生活满溢着渴望。我们心怀理想，逐步提升自我，挑战与障碍横亘在前，提携与陪伴也不离不弃。故事中的主角能拯救世界，而我们，在现实生活的长河里泛舟，不时调整航向，应对生活的考验，攀登那梦想之峰。而当一段旅程告终，待精力恢复后，又踏上新的征程。梦中之人无畏艰难，明亮若骄阳，但谁说平凡生活中的我们不是英雄？

2022 年 11 月末的一天，我进入了梦境。

在梦的旅途上，那些新朋友、似曾相识的老友、现实生活的人，他们是旅途上的伙伴，增添了梦的奇趣。而在这次的故事里，我尝试了平地飞行——

如光滑木棍般的飞行器上，我跟一位同事肩并肩坐着，就像秋千可以载着人悬空前行。我们不需要自己驾驶它，也不用刻意保持平衡，它驮着我们，以夜色为衣，时不时变幻速度、乘风飞行，吸引我们在茂密的树林里穿行。午夜的风有些凉，树叶沙沙作响，是唯一的伴奏。不知道过了多久，前方出现一个人影，奇妙的飞行器开始自动减速。随着越来越接近人影，那身体轮廓也变得高大了些，待我们停在影子前，只见一位矍铄老者站在这里。他披着厚厚的深色斗篷，看不清面庞，似乎等我们很久了。他嘱咐了我的同伴几句话，然后伸出手，向前指了指方向。

第一段梦，停在了这里。

梦里的男性老者，仿若将我拉回往昔，那古老部落中的长老浮现眼前。他们是智慧的汇聚，是经验的宝藏，是权威的象征，宛如时间悄然化身为人。老者脸上的皱纹，似岁月的刻痕，深邃而悠长；那双眼眸，炯炯有神，满溢着阅历与智慧的光芒。他在黑暗中指明前进的方向，是站在路口的引导人与解惑人。

如果说，女性长者宛如悟得生命之源的心灵之像，她们好似静谧的深湖，蕴含着无尽的智慧与安宁。而男性长者呢，他们谙熟世间法则、知晓达成目标的路径，如同巍峨的高山，坚实而充满力量。

或许每个人的身边，都有一位令自己敬佩的男性长辈，他可能是家中祖父、学校老师，也可能是工作上的前辈、生活里帮助你的人。你把他们看作自己前行的动力、心里的榜样，而慢慢地，随着年纪增长，你变得和他相似，他身上的光芒成为自己的一部分。再后来，你也开始成为别人的前辈、榜样和他们尊敬的人，延续着这份力量。

生命那蓬勃的活力，在岁月的磨砺下，宛如沙中的金粒，慢慢沉淀，终成璀璨的结晶。你开始懂得，世间因果宛如"种瓜得瓜，种豆得豆"的质朴真理。灵感与天赋，不再是缥缈云雾，而是需要在磨砺的砧板上，锻造成通往山峰的阶梯。看那跑道上的运动健儿，他们似离弦之箭。然而，这爆发力的背后，是无数个日夜的训练，是用汗水浇灌的自律之花。每一滴落下的汗水，都是向桂冠迈进的脚步。

看到他们，你知道自己终将达成使命，登上山峰。

> 林间长者，慷慨指路，
> 耐心打磨，花开结果。
> 那是生命的积累，
> 也是岁月的馈赠。

梦，又来了。我坐在会议室里，周围是一群穿白色衣服的人，他们围坐在椭圆形的长桌旁，手里拿着资料，他们的注意力集中在一位中年男子身上，他是这里的专家，正和旁边人讨论资料上的问题。我低头看看自己，也穿了同样的白色衣服。"给，这是资料"，旁边人碰碰我，我伸手接过同样的文件。"我是来实习的。"听了我说的话，旁边的人脸色诧异："那你为什么坐在这里？"没人理会疑问，尤其是那位中年男子。"看看这里。"他把显微镜推到我面前，只见载物台上有一片小小的东西，"上面有一层暗膜。"他说。

我把眼睛对准目镜，仔细观察一块如软胶似的薄片。只见中年男子用一根细柄式的工具，工具的头柄上有一个小小的金属圆环，他用圆环轻轻拨弄软胶薄片，慢慢地，剥离出一层圆形的软体，它就像有凝胶质感的蓝水晶，清澈、透亮、轻柔，是你能想象到的最美海岛蓝。

那海岛蓝，将我带出梦境。

一个晚上，能做几个梦呢？好奇。因为能留下记忆的，往往只有其中一个，模糊的片段在醒来的瞬间，叠在一起，融化了，就像冬雪被太阳一晒、化了水，流入土壤不见，只留下挂在枝头的水滴。树林里的长者、会议室里的中年男子，他们分别是那晚两个故事的主人公。那位中年男子，他手持小小的工具，宛如一位技艺高超的工匠，在目标物上轻轻拨弄着，每一个动作都充满了谨慎。他认真地分辨着，那是一场无声的较量，智慧与耐心在指尖跳跃。精准判断，果断行动，终于，一片圆圆的湛蓝出现了，它似晶冻般剔透。那是天空的蓝，是海洋的蓝，纯净得如同新生儿的眼眸，让人忍不住想要捧在手心。

那是他努力的成果，是他创造出的一抹动人色彩。

梦画画，心跳舞，
左转右转，亦动亦静。
梦是生活的倒影，
生活是梦的呈现。

2022年6月上旬，在某天的午间小憩中，我梦见自己原本站在一片平地上，忽然，一个男人出现，他就像武侠小说里的高手，身材结实精壮，我还没反应过来，便一把被他拎起，直直向天上冲去。"这是怎么回事？要带我去哪里？"事情发生得太快，堵住了想问问题的嘴。我只觉得自己像支火箭，被嗖嗖嗖地推上天。飞天的感觉真奇妙！穿过层层的云朵，这让我想起有很多层酥皮夹层的拿破仑蛋糕。天空是分层的吗？"哇，好好玩！"我从惊讶中收回注意力，看看四下，推动我们升空的，是五颜六色、噼里啪啦的彩蛋，如同被魔法变出的朵朵灿烂烟花。

可这梦境还没停留许久，我便醒了。从如千层蛋糕般的天空回到床上，抬头看看时间，只过去了十分钟而已。故事里常常描写"天上一日，人间千年"，而我的午睡一瞬，竟生出类似的感觉。时间，它是刻度，宛如直尺上精准的标记。它是规范，是数字，是度量万物的标准。可有时，它又成了心里的微妙感受。

我们会在煎熬时，度日如年；又会在欢乐间，感觉时光如梭。生命的色彩与质地，和我们对时间的感受交融。就像颜料混入水中，难解难分，共同绘制出我们对生活独特的认知画卷。

一跃冲天，迅猛如箭。如果说我梦里的女性角色，大都充满了灵感、平和、智慧与包容的色调，那么梦里的男性角色们，恰似那声声号角，激励着我告别舒适的小窝，向着眼前巍峨的高山奋勇攀登。

提及温暖的家，那妈妈的怀抱便如暖阳般自然浮现于脑海。而独立面对世界，去开拓一片专属天地时，父亲的形象又会悄然矗立。然而，现代家庭的模样已悄然改变，或许是妈妈在外面的世界披荆斩棘，爸爸则精心打理家中的衣食冷暖。从父母身上，我们开始勾勒男性与女性亲人的模样。一方如同坚实的基石，默默打造着应对外界挑战的生活根基；另一方恰似宁静的港湾，为我们的心灵注入无尽的温暖。他们就像琴瑟和鸣，相互映衬，携手同行，缺了谁，这生活的旋律都会失色。

他说，来吧，看看外面的世界！

他说，来吧，去获得成功！

他，恰似一阵呼啸而过的狂风，充满了动的力量。他犹如战场上冲锋陷阵的勇士，带着攻的锋芒，永远主动地去探索世界。他是那冷静的判断者，在复杂的局势中做出抉择；他是战争中的指挥者，用智慧和谋略书写传奇；他是机械化的精密运转，每一个零件都彰显着理性的光辉；他是智力的化身，用思考的力量破解谜题。

生命仿若一支熊熊燃烧的火把，那炽热的火焰点燃了我们内心深处的热情；目标和意志力，恰似登山的绳索与手杖，引领着我们向着高处奋力攀登；梦想在前方发出熠熠光辉，那是内心热情发出的召唤。而从那"理想男性角色"身上汲取营养，就如同踏上了通往梦想成真的坚实阶梯，每一步都充满希望与力量。

你可曾目睹山羊爬山的景象？那窄小的蹄子，恰似精准的榫卯，稳稳地嵌在陡峭的岩壁之上。山羊啊，为了寻觅平地上稀缺的养分，毅然向着高耸的山岩进发。那山体，或狭窄得仅容一蹄，或险要得令人胆寒，可山羊却镇定自若，每一步都踏出坚定，直至屹立山巅。

忽然想起海山羊，那是很多故事里常提到的虚构形象，它拥有山羊的身姿和弯曲的鱼尾，带着信念与创造力，承载着力量与韧性，直至登上山巅。而鱼尾和海洋也让人想到，它需要时常回到海洋里，回到不被外界打扰的环境中，如同我们在忙碌一天后让自己静下来、回到属于自己的节奏和韵律里，休息片刻，恢复体力和精力，找到自洽的状态和内心的充盈，待黎明到来，又是新的一天。

令我至今难忘的一幕是，2011 年去兰屿旅行，那天正值太阳西下，我看向不远处的山，上面有一些移动的身影。定睛望望，原是来一小群山羊正在攀登山岩，它们凝视着夕阳，时间在那一刻，似乎停止了。

在那陡峭山岩之上攀爬，绝不是一场轻松的嬉戏。若你体验过攀岩，便会知晓山羊是何等厉害。

我骑行于阳朔的山野田间时，路过几处攀岩基地。只见那长满植被、高达百米的喀斯特锥形山丘上，有身影在训练。他们的身姿，如同灵动的音符在山壁上跳跃。攀岩者啊，力量是他们的根基，技巧是他们的魔法，爆发力与耐力是他们的羽翼。他们要在山壁上寻找最有效的路径，如同探险家在未知中探寻宝藏。每一个坚实的落脚处，都是他们向巅峰进发的基石。他们以矫健身姿，稳稳攀升，向着终点不断前行，那是勇者的征程，是对自我的挑战。

心里有座山，那是自我设定的高峰。立于山巅之上，看阳光满身，五彩缤纷。

来吧，踏上冒险之旅。
来吧，迈出稳健之步。
向上，向上，穿过云霄。
看呐，看呐，日照心乡。

太空畅想

To：亲爱的朋友：

　　我们总是觉得星星遥远，其实宇宙大爆炸时形成的原子和我们身体的原子一样。星星并不远，我们就是星星本身。

　　这是我以前在"中国天眼"科普基地的公众号上读到的文字。相比东方"天人合一""as above，so below"（如在其上，如在其下）的古老智慧，"星星并不远，我们就是星星本身"有种别样浪漫。2021 年除夕当天，我来到 Fast 天眼脚下的天文小镇。公园里的行星步道、星座景观、星体雕塑，令人兴奋，金色硬核的天文体验馆、像星际飞船的商业区、被叫作星际家园的民宿区，甚至每条道路的名字都和天文有关。天文小镇就像地球人的社群基地，是对宇宙星空充满向往的人的共同家园。

> 九天之际，安放安属？
>
> 隔隈多有，谁知其树？
>
> 天何所沓？十二焉分？
>
> 日月安属？列星安陈？
>
> ——屈原《天问》

　　进入天文体验馆，映入眼帘的是站在星体上的屈原雕塑，他手指天空，头顶是螺旋发光的九天银河，后面的墙壁上，是人类探索宇宙的历史进程浮雕。无论你处在年纪、是否想过地球之外的星空，在这里，都能体验到宇宙的浩瀚和人类的渺小。

　　人类对星星的好奇与探索，构成天文馆里的丰富内容。从日晷使用、浑天仪的发明、甘德占星对天文学的贡献，到地心说、日心说、天文望远镜的发展、人们对外星人的猜想……我们的祖先和当代科学家们，为了解宇宙付出了很多努力，而他们的想象力，是人类"飞得更高"的翅膀。

把所有的电子设备寄存起来，坐上前往天眼的摆渡大巴，也正因为没了手机和手表，也对时间没了概念。你只能关注当下，专注眼前。登上 800 多级台阶，经过一个个星座雕塑，然后，豁然开朗——Fast 天眼就在眼前。望着山体环抱中的巨型射电望远镜，那份人类想和宇宙亲近的愿望，是如此令人着迷。

听到不远处有人轻声喊："外星人，你在哪里呀！"转头，是一位五十多岁模样的女士。不管多大年纪，大概每个人都会有对地外文明的想象吧。

在天文小镇，所有的一切，都指向人类对宇宙的探索热情。

星星遥远吗？不，我们就是它。

向外寻，向内找，都是旅程。

2022 年 1 月上旬的时光里，我坠入了一场梦境。我跨越那重重山海，踏上了异国之旅。车上的同伴啊，皆是女孩子，细细点数，连我在内恰是七位。

车辆缓缓行驶于寂静的公路上，夜色宛如一袭柔软的黑纱，轻轻披拂而来，带来无尽惬意。海风与青草的气息在空气中交融、弥漫，我慵懒地靠着椅背，那车灯恰似灵动的精灵，跳跃着、移动着。

沿着环岛公路前行，车子驶入一座山体隧道。刹那间，仿若电影开场前的黑暗，灯光熄灭。但很快，眼前又渐渐明亮起来。原来，隧道的另一边出口，竟化作半圆形的巨大投屏天幕。那荧幕之上，先是闪烁着星星点点，宛如撒落的碎钻，不多时，便变幻成多彩的星际运动。光亮不断变大，行星的模样逐渐清晰，它们在天空这巨大的幕布下，舞动得流畅而清晰。

这个梦啊，莫不是星空在悄悄对我诉说着什么呢？

在艺术的地里，星空宛如一座神秘的宝藏，被赋予了无尽意涵。可当它面对平凡人的日常，是否还能给我们以灯塔般的借鉴呢？

古人说，天空蕴含着智慧，人类的智慧就源自那浩瀚星空。瞧，那星星在天幕中缓缓移动，恰似灵动的舞者。刹那间，思绪飘飞，人类文明发展的轨迹不就像星星的旅程吗？每一个个体的生命之旅，也如同星星一般循环运转。在那独特的节奏与韵律中，生命的画卷徐徐展开。我们啊，就如同宇宙星辰散落的微小粒子，在生活的舞台上闪烁着独特的光芒。

星空虽远在天际，却又仿佛近在咫尺。

自你呱呱坠地，便踏上了这地球之旅，那第一声啼哭，宛如奏响生命的序曲。你看，星空之上，繁星点点，恰似无数璀璨的宝石在闪烁。

梦中的景象如同电影镜头一般推进，从浩瀚星空聚焦到每一颗独特的星。它们好似灵动的舞者，各自展现着迷人的舞姿，散发着独有的色彩。而在每个人的心底，都藏着对太空的向往，那遥远而广阔的宇宙啊，充满了无尽的神秘，让我们不禁畅想那缤纷多彩的星际文明。

我沉浸在憧憬之中，在梦的海洋里，仿佛看到地外空间溅起的朵朵水花。我乘着梦的飞船，向着那浩瀚星空进发——

我钻进那仿若漂浮舱的飞船，椭圆的舱体宛如一间静谧的休息室，那舱门又狭又小，我只能压低身子，匍匐而入。

几道门后，终于置身舱内，我挺直身躯，长舒一口气息。舱体设计极简，灰白色调弥漫四周。透过身旁的窗户，外面的世界映入眼帘，那是一片空寂，唯有眯着眼仔细瞧，才能辨出黑暗中层层光线。飞船无声地在虚空中游弋，缓缓靠近一座悬浮岛屿。那岛，似黑色的水晶山，簇簇晶体构筑成线条凌厉的哥特式岩体。当飞船靠近浮岛，它以船身边缘的弧线轻轻触碰那黑色晶体，而后光滑掠过。啊，我惊喜发现，它在吸取动力，那浮岛竟是宇宙中的能量站。在这寂静的宇宙之旅中，我仿佛是一个探秘者，见证着这神奇的一幕。

那岛，是一座宝藏。

这个梦，发生在2019年的3月初，梦醒之后，我的关注点放在那黑色之上，它常带着人们对它的别样注解。

在日常生活里，垃圾袋常被制作为黑色。我不禁陷入沉思，这黑色背后，隐匿着怎样的秘密呢？每一种惯例的背后必然有其根源，或许从颜色的象征意义上可以窥探一二。

灰尘如同顽皮的淘气鬼，厨余散发难闻的气息，过期腐坏的食物宛如被时间遗忘的弃儿……那些影响环境卫生的杂物、破损无用的东西，它们都被扫进垃圾袋时，就像把杂乱的音符关进了一个黑色的盒子。随后，当把这个装满废弃的黑色垃圾袋丢进更大的公共垃圾箱，周围的世界瞬间又变得一尘不染。

再看看，内在世界又何尝不是如此呢？人们常常把那些不开心的情绪、痛苦的回忆以及心灵的创伤，看作是内心深处的黑暗角落。坠入黑洞般的体验，就像乌云遮住了阳光，让人身心俱疲。

可是，当我进入一场梦中奇妙的际遇，遇见那黑色水晶山，它宛如一座神秘的转化之岛，似乎在默默诉说着，黑色并非仅仅代表着废弃与黑暗，它也可以是一种转化的象征，就像垃圾袋里的垃圾被清理，心灵的垃圾也能被转化为成长的力量。

在这个梦发生的一个月后，我看到一本书，是霍金的《十问：霍金沉思录》，他这样形容黑洞——"这就像把越来越多的书籍堆进图书馆。最终，书架就会垮掉，图书馆就会坍缩成黑洞。"我莫名喜欢这个比喻，因为听起来，黑洞就像个秘密宝藏，让人遐想无限。他还说，宇宙里可能存在着非常小的迷你黑洞，它们有一座山的质量，人类可以利用它们发电，但这并不容易实现。

迷你黑洞？一座山的质量？利用黑洞发电？我想起梦中的悬浮飞艇和黑色水晶山。

2019 年 4 月，世界迎来了首张黑洞照片的诞生，宛如宇宙捧出了它的神秘宝藏。全球的科学家们，用拼贴的奇妙大法，绘制出那如同火焰指环般的黑洞影像。看啊，那真实的黑暗，恰似宇宙深邃的眼眸，静静凝视着世间万物。

科学家们专注于探究黑洞内部的奥秘，而我，思绪却飘向了梦与现实交织的神秘之处。我并非自诩有什么神奇的功能，能预见生活的轨迹或者重大事件的发生，因为对宇宙奥秘的探索，并非专属某个人或者某项技术，而这种感知力，其实隐藏在每一个人的体内。它轻声诉说，你呀，就是一根纤细的弦，与万物一同奏响共鸣的乐章。

　　梦，让我触摸到皮肤下流淌的银河。那些被称作"振动"的秘语，正重新构建我们对存在的认知。候鸟振动翅膀，唤醒地球磁场的涟漪，海中生物产卵，应和着潮汐引力的节奏。宇宙，早已将琴弦植入万物褶皱。从个人生活的小角落，到集体环境的大舞台，再到地球的万千变化，直至浩瀚宇宙的神秘韵律，若用振动的视角去看，或许就能触摸到"弦"的奇妙世界。宛若琴弦振动发出美妙的声音，那些不同形态和振动频率的"弦"，构建起了万物。宇宙就像一个宏大的交响乐团，而我们，既是沉醉其中的听众，更是热情投入的表演者，感受着那从微小之处蔓延至广袤天地间的能量。

　　地球的资源，宛如有限的宝藏，束缚着人类的脚步，而太空探索宛如一把神奇的钥匙，打破了这资源的枷锁，开拓出崭新的空间。文明的车轮滚滚向前，科技的力量蓬勃发展。曾经，童话故事里的"千里眼"和"顺风耳"，那是人们口中神秘的奇人异事，可如今，这些幻想已成为触手可及的现实。

　　古人啊，怀着无尽的畅想，他们抬眸仰望那浩瀚星空，双眸里满是对未知的热切渴望，仿若星子落入了眼底，点燃了心中探索的火焰。而我们，怎会在畅想的道路上落后呢？我们脑海里的奇思妙想闪烁不停。瞧啊，那梦中的水晶之山，散发着神秘光晕，还有那神秘的能量补给，像是宇宙悄悄泄露的秘密。这一切，不正是宇宙深处巨大宝藏的隐喻吗？

　　极致的黑，是希望之白的前奏，如同那夜晚的黑，是梦中灵感的铺垫。

　　伸手不见五指处，是星光诞生的源头。

　　2019年3月下旬，模模糊糊的梦里，我似乎站在一条宽宽的河畔，那河面似镜，几条乌篷船就那样静静泊于岸边，睡着了一般。我暗自思忖："这船，想必能载我渡河吧？"当我缓缓走近，船夫却告知我，需有通行的芯片方可上船。

　　如今回想起这个梦，看似平常无奇。可你瞧，在我们的生活里，"芯片通行制"早已成为现实。信息像是被施了魔法，尽数数据化；管理也如同被精确的数字编排，数字化了；生活呢，更是被一张无形的网所笼罩，网络化了。

　　人梦中的马车、毛笔，可能变成了现代人梦里的小轿车和手机，现代人看古人的解梦大全之所以有局限，也与时代变迁催生的符号更新有很大关系。

不同时代的人啊，他们的梦中会出现不同的形象。这些形象就像是时代的使者，虽传达着相似的意涵，却因时代的更迭而变幻模样。古人梦中的马车，可能是哒哒马蹄下的远行象征；毛笔，或许是挥毫泼墨间的文化印记。而到了现代，小轿车在梦中呼啸而过，手机也在梦境里闪烁着科技的微光。现代人去看古人的解梦大全，总会觉得有所局限，这很大程度上是时代变迁带来的符号更新所致。

梦境，就像是一个神秘的信使，用我们能理解的语境传递着信息。我们得透过那些符号去探寻，才会有所收获。我想啊，几百年前的古人，其中的大部分人会被自己生活的时代所限，很难梦到芯片这般现代的科技产物。若有一位古人做了与我意涵相似的梦，那芯片于他们的梦境之中会是什么呢？

是腰牌吗？

也许吧。说不定，你还能想到其他更为有趣的答案呢。

天幕拉开，星光点点。

遥看银河，心越千帆。

千里眼，顺风耳，技艺撑船。

向前看，向回望，不羡神仙。

你曾在梦里有过高空飞行的经历吗？

2017 年 7 月上旬的梦啊，宛如一阵轻柔的风，携我踏上一场轻松愉悦的出行之旅。

学生时代的春游与秋游，是快乐的时光。学业的烦恼，如同恼人的阴霾，在那一刻被远远抛开；上下课的铃声，仿若紧箍咒般的束缚，也得以暂时挣脱。书包被零食塞得满满当当，像是一个装满宝藏的神奇口袋。我们穿上色彩鲜艳的衣裳，如同欢快的小鸟，叽叽喳喳，欢欢闹闹。

我和同学们坐在那宽敞的飞机舱体之中，心中满是对出游的殷切期待。

瞧呀，这架飞机甚是特别，舱内的空间像是经过了特殊的改造。目光移向座位的右扶手，那里有一个红色的小按钮，宛如一颗神秘的红宝石。轻轻按下，整个座位就像被调皮的弹簧猛地弹起，缓缓升高，而后还能在原地肆意旋转。飞机起飞了，大家的座位如同欢快的舞者，转来转去，欢声笑语在机舱里回荡。

似乎只是转瞬之间，飞机便降落在一座城市的机场，开始了等候中转。在等待再次起飞的间隙，我走出候机楼，远远地，一片金色沙滩映入眼帘，那是无比宁静的夕阳。

美好的梦境，带我回到现实。

看见鸟儿飞翔，人类开始畅想，内心憧憬着——我懂得大地的美好，感谢大自然的丰盛，但我还想像鸟儿一样翱翔，去更高更远的天空看看，它们如此自由，如果我是它们该有多好！物质的身体犹如樊笼，将我们困住。既然如此，人类便在外物上寻觅突破的路径。瞧，那形形色色的飞行器诞生了，它们宛如人类新生的翅膀。

飞行器不断地进化，它们载着我们，从地球的这一端飞向那一端。而后，我们抬起头，目光穿过云层，望向那浩瀚宇宙，宇宙飞行器便承载着伟大而高远的梦想启航了。它们带着人类冲破云层的枷锁，向着那神秘莫测的星空奋勇前行。

看那鸟儿啊，它们挥动着翅膀，配上那向合拢的双翅，恰似心脏的模样。那是一颗渴望飞翔的心，心中燃烧着火焰，是对远方无尽的探索热情，也是对冲破限制的强烈渴望。那仿若火焰化身的鸟儿，挥动着巨大而有力的翅膀，向着天空振翅高飞。它飞过之处，像是被神奇的画笔涂抹过，一片明丽绚烂。天空被它的热情点燃，大地被它的勇气震撼，这飞翔的鸟儿，是人类梦想的化身，它永远向着未知，向着那无限的可能飞去，带着人类对飞翔的憧憬，永不疲倦。

飞翔之梦，金色沙滩，让我想到在世界不同的远古文明里，都有把鸟和太阳联系在一起的现象，比如中国古老神话里的三足金乌，比如阿兹特克人对蜂鸟的崇拜。那小小的蜂鸟啊，似是神圣的太阳神化身，它虽身躯微小，却蕴含着无尽的力量，每秒挥动翅膀五十到七十次，恰似用生命在燃烧。在传说中，黑暗笼罩居住之所时，蜂鸟宛如光明的使者，它像英勇的战士，将灵魂带回地球，把火种带到人间。这一切，如同金色沙滩上的宝藏，在飞翔之梦的海洋里闪耀着神秘而迷人的光辉。

有人说，蜂鸟啊，它们的生命仿佛就在飞翔里。不是正在飞，便是在飞往天际的途中。那是一种本能的向上，恰似对光明的苦苦追寻。当倦意袭来，它们会暂作休憩。寒夜之中，仅仅蛰伏一个小时，就能重新积攒起满满的力量。然后呢，就如同听到冲锋号角的战士，身披那五彩斑斓的铠甲，再度出发，成为探寻光明的信使。蜂鸟是如此渺小，可它们从不放弃振翅高飞，在它们小小的心中，仿佛有着大大的翅膀。它们朝着天空，向着太阳，奋力振翅。

梦，亦是想象的翅膀，它如飞翔的鸟儿，带我领略天地的另一面。

2022年9月中旬的梦啊，似一幅奇幻的画卷。我与同伴身负任务，踏上那非凡的旅程。一架航天器，载着我们向着目的地疾驰。

它的线条简洁流畅，似灵动的游鱼，在宇宙的浩瀚中穿梭。舱内空间虽狭小，却并不让人觉得局促，充满十足的高科技感。我坐在舱内，心中忽起一丝担忧，像小虫子在心底悄悄蠕动。要是速度达到极致，远超那光速，我的身体会不会在加速瞬间，如脆弱的纸张被撕裂？然而，这忧虑只是一闪而过。整个飞行过程，身体没有丝毫不适，就像在母亲的怀抱中那般安然，那是一场无比奇妙的超光速之旅。

咦？现在的我站在哪里？

我环望四周，这儿仿若一个天然的洞穴，黑暗将一切吞噬，唯有尽头那狭窄的通道像是黑暗中的一线生机。我低下头，瞧见双腿的膝盖之下浸在暗河之中。那河水虽不深，可若要前行，却非得游过去不可。幸运的是，我身着的衣物有着极佳的防水与保暖性能，于是我一头扎进水里。游了好一段路程，上岸之时，竟发觉全身上下没有一处被水沾湿，就连发丝也是干干爽爽的，仿佛那暗河的水未曾触碰过我。

就在这时，几个单人飞行器出现在眼前。它们那透明的圆球形的模样，恰似透亮的水晶球，闪烁着奇异的光芒。我轻轻坐进其中一个，舱门便悄然自动关闭。飞行器启动的刹那，它如同一个自由旋转的陀螺，沿着预设好的路线，带着我如飞舞的蝴蝶一般穿过洞穴和狭窄的通道。不多时，便又停在了一个山洞的洞口。

我缓缓走下飞行器，看到陆续到达的同伴们。大家目光交汇，默契地保持着安静，谁也不敢发出半点声响，只是互相使着眼色，仿佛在无声地交流着穿过洞口的决心。

梦境到这里就结束了，颇有些"欲知后事如何，且听下回分解"的味道。最后的画面，停留在即将进入洞口的时刻，我只记得洞里黑黝黝的，我和同伴们拿着火把。

在宇宙的浩渺之中，距离，仿若一道难以逾越的天堑。星际旅行充满梦幻与挑战，类地行星如同遥远星空中的点点微光，吸引着人类前去探索，可那漫长的旅途，要耗费多少岁月呢？有时候，梦境中会出现超光速行驶的奇妙景象，身体毫无撕裂之感，就那样顺滑地穿梭于星辰之间，这会不会是一种暗示呢？是不是存在着另一条路径，让人类可以轻松地完成长距离的空间转移呢？

夜空里，繁星闪烁，而我，沉醉在无尽的遐想中。

倘若地外文明能够跨越星际距离莅临地球，倘若人类并非宇宙里独一无二的智慧生灵，那么，其他星系的文明与科技会是何种模样呢？也许，它们所运用的是截然不同的理论与技术体系，就像夜空中的繁星，每一颗都有着独一无二的星位坐标。

打开脑洞，是有意思的事。

抬头仰望，那浩瀚无垠的星空就像一块巨大的蓝色绸缎，上面镶嵌着无数闪烁的钻石。我幻想着，有一天一艘来自遥远星系的飞船降临在我面前，从里面走出一群模样奇特的外星人，它们带着人们冲破时空的限制，去探索宇宙的奥秘。那将是一段多么奇妙的旅程啊，在旅程中我会看到各种各样前所未见的景象，那是属于宇宙的独特魅力。

人类总是怀揣着美好的幻想，在浩渺的宇宙间寻觅着自己的同伴。那无垠的宇宙深处，是否有如同我们一般的智慧生命呢？我们为独一无二的自己而深感自豪，可那也是如影随形的孤独感，挥之不去，并不让人心生愉悦。

在这世间，人与人之间的互动是多么的奇妙。那些充满悲欢离合的故事，那些交织着爱恨情仇的情感，每一个瞬间都是无比珍贵的体验。于是，我们抬起头，望向那茫茫的星空，我们对星空里可能存在的伙伴充满了憧憬，那是一种对未知的渴望。

在梦里，憧憬成为生动的体验，2021 年 11 月上旬，我，遇见了外星人。

我置身于一场盛大而欢腾的宴会之中，那是青春与活力的汇聚之所。各国的年轻人如同繁星闪烁，满溢着蓬勃的朝气，席间热闹非凡，大家仿若置身于欢乐的海洋，结交新朋友的热情似火燃烧。瞧，那三三两两的人儿，热切地交谈着，爽朗的笑声似银铃在空气中回荡。看那几位金发碧眼的外国女孩，恰似盛开的花朵，娇艳而充满活力，那朝气仿佛能将周围的一切都点亮。

宴会上，人潮如涌，一张张新鲜的面孔如灵动的鱼儿穿梭其中。忽然，一个神秘的身影闯入眼帘。那是一个外星人，面罩遮住了它的脸庞，只在双眼处留着两条细细的缝隙，宛如深不见底的幽潭。正惊愕于它的出现时，两道光从那缝隙中如闪电般射出，恰似相机的闪光灯骤然亮起。刹那间，那有着一头金色蓬松长卷发、眼睛又大又亮、弯弯长睫毛忽闪忽闪，身着宫廷风格衣裙的外国女孩，在强光的笼罩下，于原地消失不见。

场景变换，我和聚会中的三个女孩来到一座异国小城。

古老的城镇，小巷枝枝蔓蔓，沿着石块拼成的路面，我们走在不同的建筑之间。这是一座建在岛屿上的小城，有缓和的上坡和下坡，时而吹来的微风推着我们顺着风的方向，走上一条窄窄的斜坡。山坡的尽头，是一座孤零零的教堂，回头俯瞰一片民居，这里，是小城的最高点。

面前的教堂小小的，刷着清新的淡绿色，大门被厚厚的灰尘覆盖，似乎很久没人来过了。

一阵风刮过，教堂的门"吱呀"一声，被吹开了，我看见那位消失女孩的影子，正正地站在面前，似乎等我们很久了。身边同行的人说，宴会上要不是这位姑娘让她快点离开现场，估计连她也一并消失。

梦，停留在这里。

在幽蓝深邃的梦境里，那戴着面罩的身影悄然浮现。外星人，一个神秘莫测的存在。他们的眼睛，仿若幽冷的星辰，只那么一闪，地球人便消失不见。这场景，透着丝丝恐怖，一点点诡异。

梦中的我，笃定来者是外星人。那背后的直觉答案，如同迷雾中的一丝线索，难以捉摸。是因为那奇特的面罩？还是超乎寻常的能力？我思索着。

他的打扮异于常人，似是来自遥远之地。他的面罩如同神秘的帷幕，将脸部表情严严实实地遮住，那双眼仿若激光，闪烁着神秘而强大的威力。他浑身散发的冷科技感，宛如无声的宣告，标识着他独一无二的身份。那面罩之上，不见丝毫神情的痕迹，透着一种与人类族群截然不同的气息。而那位美丽的女子，就像丰饶大地的化身，她被外来族群袭击，只留下影子传声。

且慢，此间似有诸多细节尚未明晰。那女孩的种种遭遇，与外星人究竟有无瓜葛？梦中画面的转换衔接，使我笃定外星人便是那凶手，可这果真为事实？那梦，看似将两者紧紧相连，可这牵连是真实的羁绊，还是虚幻的错觉？真相仿佛在这疑惑的深渊里，等待着被挖掘。

我不知道。

故事的演进，宛如碎片的无序剪辑与拼贴。梦境如同一位导演，运用蒙太奇手法，悄然拉开了一场惊心动魄的剧幕。那是一个外星人加害无辜人类少女的剧情，少女是完美的受害者形象，而外星人呢，面无表情，恰似冰冷的机器，恰似人们心中冷血杀手的模样。

定式思维如同一条幽径，惯性逻辑宛如一阵无形的风，它们轻易地将我引向果断的判断。在没有当事人发声的情况下，我心中已然勾勒出事情的大概，仿佛那就是确凿无疑的真相。可这仅仅是梦啊，在现实里，我们是否也会如此轻易地被思维定式和惯性逻辑左右，而模糊了事情的来龙去脉呢？

人们总习惯说"眼见为实"，可是啊，眼睛看到的是实实在在的存在，却不一定为真。实与真，就像一对孪生兄弟，很容易被混淆。有时候，表象如同狡猾的魔术师，轻轻一挥手中的魔术棒，就将我们带入幻象的迷宫。那看似真切的现实，也许只是伪装起来的假象。如同，平静的海面下可能隐藏着汹涌的暗流。

还原对梦境的体验，也是珍贵的自我反思的契机。

人们啊，一想到发达的地外文明，就仿佛陷入了一个预设的泥沼。那是一种对未知的恐惧，很容易将外星人判定为加害者。在那看不见的宇宙深处，外星人的形象因我们的视角而不断变化。在弱肉强食的丛林观念下，我们想象着它们如残酷的掠夺者，外星人那独特的异族气息，加固了我们的刻板印象。

不过，我也的确遇见过令人汗毛竖起的外星人。

2022 年 8 月的末尾，梦轻轻牵引着我，降临于一座充满现代气息的都市。我静静地站在马路之畔，缓缓招手，一辆出租车轻巧地在我面前停驻。司机那平静的面容，听到我说出目的地名字时，微微点头。他轻踩油门，刹那间，路边的景物如同起跑般，迅速向身后奔去。我将视线投向窗外，思绪如同那飘荡的云。

车平稳地行驶了一段路程，却突然靠向路边。我满心纳闷，疑惑地对司机说："还没到目的地呢，怎么停下了呀？"司机缓缓转过头来，目光中带着一丝难以捉摸的神情，沉默不语。他就那样若有所思地停顿了几秒，然后重新踩下油门，车又继续向着前方行驶。

画面陡然一转，我和出租车司机置身于一间会议室里。那是怎样的一间会议室啊，光线昏沉暗淡，长长的会议桌冰冷地横亘其中，几把椅子零落地散放着，像是被遗忘的孤独者。我们似乎已经在这儿等待了些许时候，静谧的氛围中，忽然，会议室的门被推开，一个黑影闪了进来，紧接着，门又被关上了，"咯哒"，门锁闭合的声音在寂静中格外清晰。

那黑影站到了投影仪洒下的光晕中，一个外星人的模样赫然显现。它具体长什么样子么，恰似我们平日里的一贯想象。有着银色身躯，在幽微的光线里闪烁着冰冷的光泽，那一双大眼睛不合比例地大，没有眼白，深邃的黑色犹如无尽的黑洞，透着一种让人胆寒的神秘。

一种阴冷和恶意如丝丝缕缕的寒风，悄然在空气中蔓延开来，我能清晰地感觉到来者不善。会议室的门被锁得死死的，紧张的气氛如同紧绷的弓弦，仿佛下一秒就会有什么惊心动魄的事情发生。就在这一触即发的时刻，身旁的出租车司机却提早有了动作，只见他的手猛地一抖，袖口处瞬间飞出一片巴掌大小的圆盘。那圆盘如同一只矫健的飞鸟，锋利的边缘闪烁着寒光，急速旋转着向那外星人袭去，然后"唰"的一下，精准地卡进了对方的喉咙。外星人的喉咙被割开了，大量的液体从里面涌了出来，它就像一棵被伐倒的树，向前摔倒，趴卧在地上。

恰在此时，会议室的门不知为何竟悄然打开了，我和司机毫不犹豫，顺势快步离开，只留下那间弥漫着神秘气息的会议室和倒在地上的外星人。

紧张、刺激、诡异又血腥，这个梦将我拉入灰暗的异度空间。出租车司机是我的保护者，他用他的方式，提醒我前路有险，但看我没有改变想法的意思，便一路同行，最后解了围，舒了难，转危为安。

和外星人的两次邂逅，都未曾氤氲着友好的气息。

那第一次的相遇，我被"眼见为实"的观念蒙蔽，误将所见到的当作真实，仿若踏入了自己精心布置的陷阱，从而得出了负面判断。那是一种怎样的感觉呢？就像在迷雾中摸索前行，却不小心掉进了隐藏的坑洞。而刚刚那场梦里的经历，更是惊心动魄。这恰如我之前同你讲述的那般，面对"非我族群"，心中那警惕的本能，依然无法忽视。

当我们把"外星人"当作一个独特的符号，去细细拆解它所蕴含的意义时，就仿佛打开了一扇大门。"外星人"，那是代表着一群我们从未熟知、从未有过接触，并且与我们不存在共享地域与文化背景的族群啊。他们宛如神秘的"外来者"，如同遥远天际飘来的不速之客，又似来自未知之境的"他者"。他们的出现，就像平静湖面上突然投下的巨石，旧有的秩序开始摇晃起来。在那一片混沌之中，新的秩序正悄然孕育着希望的萌芽。

当这样陌生的族群现身时，人们的心中就像打翻了五味瓶。那是一种混合着探索新事物的兴奋，如同孩子发现了新奇的玩具一般；同时，又有着对未知的惶恐，好似在黑暗中迷失了方向。这种感觉，深深扎根在我们集体意识的最深处，是对陌生事物那种警惕与好奇相互交织的本能反应，如同藤蔓缠绕着大树，难解难分。

如果从这个独特的角度去理解"外星人"，或许你的思绪会像我一样肆意奔腾起来，脑海中仿佛开启了一扇神秘大门，各种奇思妙想不断涌出，怎么也停不下来，像是陷入了一个无尽的奇妙漩涡。

在岁月的长河中，"外星人"的定义悄然随波流转。古老的村落里，静谧的氛围中，外村人的到来仿若一阵奇异的风。他们口音奇特，像鸟儿唱出陌生的歌，习俗也与本村大相径庭，犹如来自另一个神秘的世界，那时他们就是"外星人"。随着时光的脚步，地域的范围不断扩展，外地人进入本地时，他们的生活方式与本地格格不入，他们带着远方的故事和气息，就像闯入本地生活的"外星人"。再后来，国界的限制渐渐被打破，外国人出现了，彼此的文化观念如同高耸的城墙，阻挡着互相理解的目光，在人们眼中也成了"外星人"。

如今，科技的力量带我们飞向宇宙。地外文明的智慧生命成为新的"外星人"，他们超越我们认知的边界，是无尽未知与神秘的象征。

在当今的世界，技术的浪潮如同汹涌的大海之水，浩浩荡荡地席卷而来，科技的光辉如同璀璨的星光，照亮了人类生活的每一个角落。我们已经能够乘坐火箭飞向那浩瀚的太空，就像勇敢的鸟儿挣脱大地的束缚，去探寻那未知的天际。我们也能够凭借着先进的仪器，窥探到宇宙那神秘的奥秘，仿佛在黑暗中点亮了一盏盏明灯。然而，在我们的集体意识深处，那本能的结构就像一座古老且坚不可摧的灯塔，稳稳地伫立在那里。

在我们心灵的最深处，始终有一个声音在回荡。我们会困惑地追问：谁才是"我们"，谁又是"他们"？谁是与我们并肩的"同类"，谁又是被区别开来的"异类"呢？这关于"外星人"的定义与重新定义，就像是一段没有终点的旅程，它不仅仅是我们对外面那个神秘世界的勇敢探索，更是我们对自己内心深处的认知进行的一次又一次反思与超越。

来了，来了，来者何人？
近了，近了，心里慌神。
异装，异形，非我族类，
是敌，是友，管他是谁。

　　梦境，如同一扇神秘的门扉，轻轻推开，便将我带离了地球的怀抱，进入了无垠的太空。如果说，在此之前，我只是透过电影的银幕窥见过星际战争的壮丽与残酷，而在现实中，人类对太空战争的战略设想才刚刚萌芽，那么，梦的手指却以一种不可思议的方式，将我提前放置到了那片未知的战场。

　　说是战场，却并非硝烟弥漫、火光冲天的景象。2021 年 4 月下旬的一个夜晚，我梦见了一艘宇宙飞船——或许更准确地称之为宇宙舰艇。在星际的战场上，飞机、潜艇、坦克的界限变得模糊，它们的形态与功能似乎融为一体，突破了地球上的局限。我坐在舱体内，感受到舰艇正朝着某个目标自动行驶，周围的一切显得安静而有序。身边的几个人，神情松弛，没有紧绷的焦虑，仿佛这场航行不过是日常的一部分。

　　在这片缺少蓝天、绿草、清风、鲜花与阳光的寂静太空，人的情感似乎也被剥离了多余的色彩，变得理智而清冷。没有了生动的自然环绕，漫漫星河也失去了想象中的浪漫。我低头看了看手中的设备，轻声说道："这些液态氧要保管好，它们可以做武器用。"这句话在寂静的舱体中回荡，带着一种冰冷的现实感。

　　梦醒之后，残留的只是些碎片化的记忆，只言片语，却依然生动。太空战场的情势、宇宙战争的武器、保卫与进攻——这些概念在梦中交织，形成了一幅模糊却引人深思的画面。当战场从地球延伸到宇宙，武器、装备、技术、战术，想必会发生翻天覆地的变化。我没有去深究液态氧是否真的能成为太空战争的武器，也没有去探讨在无重力的环境中，什么样的武器才能发挥最大的威力。这些问题的答案，或许可以留给科幻作家去想象，去构建。

　　而我，只想尽可能地记录下这场梦中的旅行，与你分享。它让我看到，当人类的脚步踏入宇宙，当战争的舞台从地球扩展到星际，我们所面对的，不仅是技术的挑战，更是对人性、对文明本质的深刻反思。这场梦，或许只是冰山一角，但它提醒我们：在探索未知的路上，我们既要仰望星空，也要凝视内心。

　　阅读太空题材的科幻小说，仿佛乘坐一艘无形的飞船，穿梭于星辰之间，沉醉于那些迷人的宇宙图景。我们惊叹于作者脑洞大开的星际穿越，震撼于超前的航空技术与科技战争的宏大场面。在字里行间，我们为太空战争的紧张局势屏息凝神，为星际旅行的壮丽景象心驰神往。然而，在这些绚丽的想象背后，最打动我们的，往往是作者对人类本性的深刻描写——在浩瀚的宇宙观之下，人性的光辉与阴影依然清晰可见。

在科幻畅想中，人类早已挣脱了地球的束缚，移居到遥远的星球，实现了曾经只存在于梦中的星际飞行。我们拥有了截然不同的能量来源，享受着更长久的生命，甚至与地外智慧生命相遇，与高阶人工智能共事。科技的进步，似乎让一切变得可能，让未来充满了无限的光明。

然而，无论科技如何发达，无论人类在哪个星球上生活，无论衣食住行发生了多么翻天覆地的变化，我们始终无法摆脱人性中那些永恒的主题。爱与恨、希望与恐惧、合作与冲突——这些情感与矛盾，如同宇宙中的引力场，无形却强大地牵绊着我们。而战争，作为人性中最复杂、最矛盾的表现之一，即使在挣脱了地心引力的太空梦境中，依然如影随形。

宇宙观的构建，是太空科幻作品的基石，而想象力的天马行空，是从理论源头奔流而下的河流。你的梦中出现过完全陌生的理论学术字眼吗？

2020 年 8 月中旬的一个夜晚，梦境将我带入了一个沙龙的现场。台下坐满了听众，他们的目光时而聚焦在台上的分享人身上，时而低头奋笔疾书，仿佛在捕捉每一个重要的字句。而我，忽然站在了台上，手中握着一支笔，偶尔在白板上写下几个字。是的，我是这场分享的主角，而台下的听众们，身份竟是保险销售员。

我站在白板前，开口说道："熵，是中介。"这句话如同一把钥匙，打开了整个分享的主题。在接下来的时间里，"熵"这个字眼多次从我的口中跳出，仿佛它是连接一切的核心概念。然而，梦境的逻辑总是模糊而跳跃的，尽管我在梦中长篇大论，滔滔不绝，但醒来后，那些具体的观点和论述却如同晨雾般消散，只留下零星的碎片。

想要清晰完整、一字不落地记录梦境，实在不是一件容易的事。小时候背诵语文课文，依赖的是反复的阅读和语言自身的逻辑，而在梦里，那些闪现的画面、偶然发声的语言、不依照现实时空逻辑叙述的场景，对记忆力是一种极强的考验。除了"熵"这个字眼，我在梦中的"长篇大论"究竟发表了哪些看法？梦醒后，脑袋里空空如也，只剩下一个空洞的回声。

想来也是有点丧气。梦境的魅力，或许正在于它的不可捉摸与转瞬即逝。它像一场即兴的演出，没有剧本，没有彩排，只有当下的灵感与直觉。而当我们试图用清醒的头脑去捕捉它时，它却早已悄然溜走，只留下些许的痕迹，供我们回味与猜测。

"熵"是什么？我对它没有任何概念，只知道大概和物理学有关系。在网上查询注解，我发现，解释里的每个字我都认识，但连成一句话时竟然完全看不懂。

"熵，热力学中表征物质状态的参量之一，用符号 S 表示，其物理意义是体系混乱程度的度量。"

"熵最初是根据热力学第二定律引出的一个反映自发过程不可逆性的物质状态参量。热力学第二定律是根据大量观察结果总结出来的规律：在孤立系统中，体系与环境没有能量交换，体系总是自发地向混乱度增大的方向变化，总使整个系统的熵值增大，此即熵增原理。摩擦使一部分机械能不可逆地转变为热，使熵增加，所以说整个宇宙可以看作一个孤立系统，是朝着熵增加的方向演变的。"

什么意思？这超出了我的理解范围。

胡乱的思绪，和梦中振振有词的我判若两人。梦里的我是谁？现实的我又是谁？如此生疏晦涩的学术概念，为什么出现在我的梦里？

匪夷所思。

我在梦里说，熵作为中介，是很重要的存在。

中介是什么呢？我想到桥。桥，它连接相隔的两岸，它不仅连接被山海隔开的两地，也连接土地上的人，它让人们彼此了解，熟悉对方的语言、吃穿住行的习惯，也慢慢了解彼此的相同与不同之处。通过桥，我们看到不一样的环境、新鲜的想法、结识新的朋友，一切的一切，可能让我们产生新的灵感，度过令人兴奋的一天。

梦中的灵光一现，也如桥般存在。它有时成为艺术家的素材，有时激活科学家的大脑。现实里的"天降苹果",启发了艾萨克·牛顿,而我也想起从梦中获得灵感的尼古拉·特斯拉。不可思议的现实巧合与戏剧化的梦境,很可能是宝贵的机遇,梦是潜意识的宝藏,跳脱常规的画面,脑洞大开。

宇宙最难以跨越的,是距离,文学作品里的星际飞船、时空穿梭机、任意门……勾起人们的无限遐想。长距离宇宙航行的激活器是什么?茫茫星海,还有哪些我们不知道的秘密?

梦,为我编织了一段奇妙的故事,它发生在 2021 年 1 月下旬的一个夜晚。在梦中,我置身于一场明星演唱会的后台,工作人员各自忙碌着,他们静静地等待着导演的指令,仿佛那指令就是开启一场盛大狂欢的钥匙。舞台上的华彩光鲜与后台的忙碌形成了鲜明的对比。灯光璀璨,乐声隐约可闻,工作人员各司其职,等待着导演的指令。这是一场拼盘演唱会,歌手们的演出环节被巧妙地衔接在一起,每一个细节,无论是舞台的布置,还是灯光的切换,抑或是歌手的出场顺序,都经过了精心设计和准备。

在舞台后方的一个角落里,有一个看似不起眼的地方,被大家称为"准备位"。那是出场歌手默默等待的小角落,他们站在上面,宛如即将踏上战场的勇士。时间就像一位无声的指挥家,当指针走到那预定的时刻,平台便会降下。而在我的梦中,那出场通道可不是普通的升降台,而是一扇充满奇幻色彩的"任意门"。它像是拥有神奇的魔法,几乎没有时间差,眨眼之间,就将歌手从后台带到了台前。那一瞬间,就像是一颗流星划过夜空,歌手从幕后的宁静瞬间置身于舞台的喧嚣与光芒之中,开启他们的精彩演唱。

作为演唱会的工作人员,我陪伴在一位即将登台的歌手身边,她站在一个圆形标识上,静静地等待着"任意门"将她送上舞台。耳机里传来指令的声音,她瞬间从我的眼前消失——想必此刻已经在台上亮相了吧?然而,似乎某个环节出现了问题,总导演急匆匆地暂停了彩排进程,赶到后台。她皱着眉头说,歌手的登台时间出现了延迟,需要查明原因。

一边是编舞导演重新排练动作,一边是我们努力寻找问题的症结。后台的气氛变得紧张而忙碌,每个人都试图从自己的角度找到答案。

忽然,我灵光一闪,发现了一个惊人的秘密——时空的秘密。那扇"任意门"内的通道似乎被改动了！我立刻将我的猜测告诉了导演，她点了点头，说："那我们再试一次。"

我走到"任意门"前，低头看了看下方。那是一条深邃的黑色通道，为了舞台效果，里面没有一丝光亮，仿佛通向无尽的虚空。工作人员递来一个如高尔夫球大小的圆球，我轻轻将它放入通道口。只听舞台地板上传来"嘭"的一声，小球从另一端蹦了出来。导演低头看了看手中的秒表，疑惑地问道："为什么延迟了四十秒？"现场一片寂静，所有人都陷入了沉思。

我顿了顿，豁然开朗："是虫洞和时空弯曲出现了问题！"

众人面面相觑，眼中充满了惊讶与疑惑。导演点了点头，决定再尝试一次。梦中的故事，就在这紧张而神秘的氛围中继续展开，仿佛在提醒我们，时空的奥秘远比我们想象的更加深邃。

时空弯曲？虫洞？延迟？醒来之后的我，完全摸不到头绪。

时间啊，宛如一根无形且神奇的丝线，它轻柔地穿梭着，精心编织出空间的经纬。那广阔无垠的空间呢，恰似一块巨大的画布，被时间的刻度如细密的针脚般，一寸一寸地丈量。倘若能跳出时空的维度，这会不会成为跨越宇宙浩瀚星河那无尽距离的神奇钥匙呢？

爱因斯坦的广义相对论，恰似一首满含宇宙奥秘的深邃诗篇。在这诗篇里，时空不再是平坦的舞台，而是会因星体的存在而弯曲变形，就像在平滑的薄膜上放置一颗有质量的球体，薄膜会缓缓凹陷。引力随之而来，小质量的星体如同灵动的舞者，在这凹陷之处，沿着大质量星体的引力场旋转、舞动。还有那奇妙的虫洞啊，它宛如宇宙中一条隐秘的小径，连接起宇宙遥远两端的奇妙存在，吸引着我们去探寻宇宙的无尽奥秘。

脚踩大地，仰望星空，从古老的嫦娥奔月、屈原问天，到现代的航天业发展、文艺作品中的宇宙畅想，人类一直在打破自我限制的旅途上努力着。由古至今的渴望，就像平静之海对来袭的风的渴望，给生命之海不断注入动力的风，那不可预测与掌控的力量，虽然危险，也唤醒了人们对超越平凡的追求。那搅动的风和起伏的浪，不断和文明碰撞。

太空之旅的光是冷的，凌厉得让人清醒。清醒之中，是理性与智慧，充

满了开拓者的先锋能量。虽然人的本性之中，担心改变，但也深知固守现状
会剥夺生命的活力。对人类集体来说，太空畅想就像掀起波浪的疾风，如同
驾船而上，与风同游。

你从源头而来，
内在七彩，生而为光。
星星的孩子啊！
为心插上鸟儿的翅膀，
去往你要到达的地方。

生命旅程

在那黝黑的土壤深处，一颗种子静静沉睡着，它像是被大地母亲温柔拥抱着的婴孩，封存着无尽的梦想。终于，一股力量在它体内苏醒，它开始破土而出。那是一种怎样顽强的力量啊，如同勇士冲破重重枷锁，它破土、发芽，然后开始生长。它像是一个不知疲倦的行者，越长越高，越来越壮，贪婪地吸收着大地给予的养分，向着太阳的方向努力成长。

时光流转，它慢慢变得枝繁叶茂。那茂密的枝叶像是一把巨大的绿伞，稳稳地扎根在土地上，成为土地的稳定支撑。在炎炎烈日下，它为旁人辟出一片清凉的阴凉。然而，它的目光却望向了天际。那里，传说中有一棵神树，那神树从土里萌芽时就充满了神奇的力量，它不断长粗长高，像一位无畏的巨人，蜕掉旧的树皮，冲破层层阻碍，毅然钻入云霄。这颗种子长成的大树心中也涌起了无限的渴望，它渴望像神树一样冲破束缚。于是，它开始了自己的冒险之旅。它努力向着天空伸展，终于，它仿佛冲破了某种无形的界限，飞向了太空。可是，太空里是茫茫的虚空，周围黑暗一片，寂静得让人害怕。在这浩瀚的宇宙面前，它突然发现自己是如此的渺小，就像一颗微不足道的尘埃。在这一刻，它的思绪飘远。它仿佛看到了还在母亲子宫中的自己，那是一个多么温暖而又安全的地方啊。再往前追溯，它想到了那颗刚刚形成的受精卵，那是生命最初的模样。它沿着生命的轨迹走到了最远处，却恍然发现，原来那里也是生命的来处。

它不禁感叹，生命啊，就是这样充满希望，每一次的成长都是希望的积累；可又充满失望，当面对浩瀚宇宙时，自己的渺小带来的是一种无力感。这时，它大概也会像人们常说的那样，轻轻吐出一句：人生如梦。它开始在梦境与清醒间穿梭，在那如同无边之海的宇宙和自己这有限之地间往返。它不禁疑惑，这人生的旅程，意义究竟为何呢？

2019 年 3 月中旬，我在梦里进行了一场旅行。

那是一场独属于我的旅途，我背着行囊，踏入了一座陌生的城市。

抵达民宿后，我稍作休憩。当我习惯性地掏出手机，却发现屏幕上没有一丝网络信号的踪迹，这才恍然想起，提前租好的移动网络设备被遗落在了远方。"既来之，则安之"，心底有个声音这样说道。是啊，既已出发，那便继续探索这未知的世界吧。

民宿是一栋精致的三四层独栋洋房，散发着独特的韵味。我悠悠地四下转转，不知不觉间走到了餐厅。菜单上的餐食如同一件件精美的艺术品，精致又诱人。其中一个名为"十全十美"的套餐，仿若一颗璀璨的明珠，吸引了我的目光。那标价却让我不禁吐了吐舌头，真有些昂贵呢。热情的老板似乎看出了我的好奇，看我初来乍到，慷慨地给我拨了一些"十全十美"品尝。那清新的味道在舌尖散开，是清香的芒果味，如同清晨的微风拂过心田。

视线穿过餐厅，外面是露天阳台。各国旅人就像一群欢快的鸟儿，叽叽喳喳地聊得天南海北，热闹非凡。我看着手中的纸质地图，仿佛握着通往神秘世界的钥匙。我骑上自行车，我向着城外出发，去探寻那未知的风景。

生命的旅程，正如梦中一般，即便我们像谨慎的舵手，在启航前精心准备，可这旅途啊，依旧充满了不可预知的波澜。哪怕我们明确了前行的目标，犹如在黑暗中锁定了远方那闪烁的灯塔，且尽己所能地部署了周全的计划，然而，那些突如其来的状况，依旧冷不丁地从角落里蹦跶出来。

当踏入一个全然陌生的世界，那是一片崭新天地，我们试着去认识它，依据不同的时间、地点、形势，努力去适应，去学习。那菜肴中的"十全十美"啊，散发着诱人的光芒，令人心驰神往。它是如此的美妙，每一处细节都散发着迷人的魅力，可它又是那么的遥不可及，让我们只能远远仰望。人们似乎总是难以接受缺陷，就像不能容忍洁白的画布上出现一点污渍，精细、精密、精准如同三把高悬的现代利剑，指引着人们。于是，我们一不小心就坠入对"十全十美"的执着中。

在一段又一段的人生旅途中，我们邂逅许多人。有时，我们如同久别重逢的老友，谈天说地，分享着彼此的故事；有时，我们相伴同行，去探寻这旅途上如诗如画的风景。那些结识的不同人啊，就像打开一扇扇通往不同世界的门，在相处里，我们从最初的陌生人，到渐渐熟悉，再到心灵的契合，最后可能又形同陌路。

然而，当旅途日落的余晖洒下，我们回到住宿的房间，孤独感再次袭来，仿佛又回到了清晨出发时的模样。可是，这看似头尾相同的一天，却有着微妙的不同。我们欣赏了那动人心弦的风景，遇见了那些令人难忘的人，我们了解了脚下这片土地，懂得了入乡随俗的智慧。

两个月后，我踏上另一段旅程。

梦里的我，在酒店房间醒来，柔和的阳光透过窗帘斜斜地洒在床上，像一层薄薄的金纱，轻轻覆盖着这个宁静的清晨。空气中弥漫着一种慵懒的温暖，仿佛时间在这一刻也变得柔软起来。

走出酒店，漫步在刚刚苏醒的城市街道上，清晨的空气中带着一丝凉意，却又无比清新，仿佛被过滤了一般纯净。我呼吸着这份清新，整个人轻盈得像一只欢快的鸟儿，心中充满了愉悦与自由。从早餐店返回酒店的路上，脚步轻快，仿佛每一步都踩在幸福的节拍上。

然而，当我走进酒店的楼道，眼前的景象却让我陷入了短暂的困惑。左右两排房门一模一样，仿佛镜像般对称，阳光从楼道的窗户洒进来，光影交错，让眼前的景象变得模糊而迷离。我站在楼道中间，心中泛起一丝茫然："我的房间究竟是哪一个？"

"既然忘了住哪里，"我心里嘀咕着，"算了，凭感觉吧。"

我从口袋里掏出钥匙，放弃了逐一分辨每扇门的念头。闭上眼睛，回想着早晨出门时的画面，循着记忆中的直觉，我走到一扇门前。钥匙轻轻插入锁孔，"咯哒"一声，门开了。那一刻，心中涌起一种莫名的安心，仿佛在迷途中找到了归途。

"咯哒"一响，我也从梦中醒来。

尽管生命的旅途充满了迷惑与波折，你依然会被一种无形的力量指引着，回到属于自己的归宿。即便梦境再魔幻离奇，最终也会在晨曦中消散，带你回到现实的怀抱。生命，就像一场漫长的旅行，途中或许有迷雾笼罩，或许有障碍阻挡，甚至偶尔会忘记回家的路，但你总会在某个时刻，重新找到方向，回到那个最初的起点。

那个起点，是你的家，也是你重新出发的地方。它不仅是物理意义上的居所，更是心灵的港湾。当你看着阳光透过轻柔的纱帘洒在地板上，光影交错，忽明忽暗，仿佛在诉说着时间的流逝与生命的律动，这一刻，你安静下来，感受着内心的平静，享受着片刻的安宁。

然而，这份宁静并非终点，而是新的起点。在短暂的休憩之后，你又会开始期待接下来的旅途风景。生命的奇妙之处，正是在于它既给予你安定的归宿，又不断召唤你去探索未知的远方。在这循环往复的旅程中，你不断追寻，最终在每一次回归与出发之间，找到属于自己的方向。

2020 年 4 月下旬，一段异国之旅的梦境，悄然降临，带给我别样的启示与思索。

梦中的我，坐在城际轻轨上，窗外的风景如流水般不断向后掠去，仿佛一幅流动的画卷。那连绵的景致带着一种催眠般的魔力，让我渐渐感到困倦，眼皮沉重，意识在摇晃的车厢中逐渐模糊。车上的睡眠总是摇摇晃晃，仿佛置身于一片温柔的波浪中。当我从昏沉中醒来，心中突然涌起一丝不安——我是否坐过了站？在这陌生的国度，语言不通，人生地不熟，若是错过了目的地，恐怕会给旅途增添许多麻烦。我急忙抬头看向车厢内的指示灯，心中松了一口气：好险，马上到站了！幸亏醒得及时，仿佛冥冥中有一种力量在指引着我。

下了车，辗转几程，终于与朋友们汇合。时间已过午夜，夜色深沉，我们行走在安静的街巷中。起初，四周一片漆黑，但随着眼睛逐渐适应了黑暗，路边的景象也变得清晰起来。我看见一片池水，在夜色中泛着奶白的蓝绿色光芒，仿佛一块镶嵌在黑暗中的宝石，我不禁想象，白天的它一定更加美丽动人。随着越来越多的人汇聚在一起，寒暄声渐渐打破了夜的寂静，大家聚在一起，连夜色都显得不那么浓重了，仿佛被温暖的人气驱散了几分。

人员到齐后，我们一行人浩浩荡荡地前往预订好的酒店。那间酒店规模宏大，外墙上密密麻麻的窗户像无数双眼睛，注视着来往的住客。显然，这里容纳了不少人。你知道的，人多的场合总是难以安静，大家叽叽喳喳，声音此起彼伏，场面十分嘈杂。组织者不得不拿起喇叭，高声宣布："每天晚上我们会组织各种活动，白天的时间，大家自由安排。"话音落下，人群中响起一阵欢呼。

酒店的正对面，是一座游乐园。梦中的我，远远望见那高耸的摩天轮和闪烁的灯光，心中不禁涌起一丝期待与好奇。然而，梦境在此戛然而止，我醒了过来。

梦里，夜色如墨，缓缓流淌，人群在黑暗中汇聚，像一条无声的河，蜿蜒着穿过城市的缝隙。你站在这河流中，感受着它的温度，它的脉动。寒冷被驱散，不是因为火焰，而是因为那些与你并肩而立的身影，他们的呼吸与你交织，像风拂过树梢，轻柔而绵长。你在这人群中，既是独立的个体，又是这河流的一部分。你感受到自己的存在，也感受到他人的存在，像一片叶子在风中摇曳，既与风共舞，又保持着属于自己的姿态。

你走进一座高楼，住进一间属于自己的房间。房间虽小，却是你的世界，你的避风港。你站在窗前，望着外面的夜色，灯光如星，点缀着这座巨大的建筑。每一扇窗户后，都有一个故事，一个生命。你忽然意识到，这座楼像极了人类的世界——每个人都有自己的角落，却又彼此相连。你站在自己的房间里，却能感受到整座楼的呼吸，那是一种隐秘的共鸣，像心跳般微弱却坚定。

当离开地球，进入浩瀚星空，你发现自己与某种更大的存在相连。那是一种无形的纽带，将你与无数人连接在一起。你开始感受到他们的情绪，像细微的电流穿过你的身体；你感受到他们的喜悦，像阳光洒在皮肤上；你感受到他们的悲伤，像雨水滴落在心头。你不再只是你自己，你是他们的一部分，他们的情绪在你的血液中流淌，他们的渴望在你的梦境中回响。你透过物质世界的表象，看到了一种更深层的连接——那是一种无形的海洋，包容着所有的情感与意识。你在这海洋中漂浮，既不被束缚，也不被定义，像一滴水融入了大海，既保持着自身的纯净，又与整个海洋融为一体。

你越往深处走，越发现个体的边界变得模糊。你不再只是"你"，你是无数个"你"的集合。你的私欲、执着、孤独，都在这种连接中逐渐消散，像雪花落入温暖的掌心，化作一滴水，融入更大的存在。你开始感受到一种超越个体的力量，那是一种渴望——渴望拥抱，渴望理解，渴望消除所有的隔阂与苦难。你发现，人类的孤独并非无法消解，而是因为我们忘记了彼此相连的本质。

你站在宇宙中，回望那颗蓝色的星球。它像一颗宝石，悬浮在无尽的黑暗中，但你同样感受到了一种温暖，一种连接。你意识到，全人类就像住在一栋巨大的楼里，每个人都有自己的房间，却共享着同一片天空，同一片土地。我们呼吸着同样的空气，感受着同样的日月星辰。我们的孤独，是因为我们忘记了抬头看看彼此；我们的温暖，是因为我们终于意识到，我们从未真正分离。

在这集体的呼吸中，你找到了自己，也找到了他人。你像一片叶子，随风起舞；你像一滴水，融入海洋。你既是你自己，又是所有人。你在这流动中，找到了归属，也找到了自由。

咣当，咣当，火车呜呜，
咔嗒，咔嗒，盏盏光舞。
怦怦，怦怦，空气震动，
一闪，一闪，照亮天穹。

当探索现实的脚步被束缚，心灵便悄然转向内在的追寻。而梦，打开了内在世界的钥匙，带领我们穿越边界，进入一个充满奇幻与可能性的领域。现在，我迫不及待地想与你分享一个发生在 2020 年 7 月上旬的梦境——那是一场色彩斑斓的心灵之旅。

啊！我正在乘风飞翔！身下是一片五彩斑斓的海洋，那海水泛着马卡龙甜点般的浪漫色彩，仿佛调色盘上最清新的颜色都被倾倒其中。淡黄色的阳光洒满海面，浪花卷起时，像棉花糖一样柔软而调皮，粉色、淡蓝色、柠檬绿……这些温柔的色彩交织在一起，构成了一幅令人心醉的画面。你能想象吗？那海水仿佛包裹了世间所有的美好与温柔，让人忍不住想要伸手触摸。

如海鸥般飞吧，飞吧！我好奇，大海在海鸥的眼中是什么颜色呢？它们乘着海风，嗅着海水的咸味，心中又涌动着怎样的情感？如果能与它们对话，听听它们眼中的地球，该是多么令人兴奋的事情啊！它们或许会告诉我，这片海洋不仅是蓝色的，它还承载着无数生命的呼吸与梦想。

时间在梦境中变得模糊，美好的景致让人心旷神怡，忘却了疲倦。不知过了多久，我的航程似乎结束了，而后来到了一间极富艺术气息的餐厅。这里的装修风格充满了海洋般的流线型设计，仿佛置身于深海之中。周围没有水族馆式的玻璃橱窗，但你能感受到空间里的色彩流动——那是变幻的时空，以不同的几何造型在身旁运转。这里是餐厅、艺术馆，还是奇幻的时空博物馆？我忍不住伸手拨动周围的"展品"，看着它们灵动的变幻，心中充满了惊奇与喜悦。

真是梦幻又美妙的梦啊！梦是广阔无边的变幻之海，是神秘的魔术师，而我，驶入梦的海洋，就像戴着 VR 眼镜，进入了一场沉浸式的全景体验。那是心灵之海的色彩吗？那片没有边际的变幻之海，它没有固定的形状，是自由的、灵动的，让人体验到飞翔的感受。我飞越大海，被阳光亲吻，感受着辽阔与自由，看见意识之海的活力与生机，那是一幅令人惊叹的美景。

在梦中，我感到胸腔和腹部有一股暖暖的涌动，就像梦里那鹅黄色的阳光驻进了身体，温柔且充满力量。生命是多彩的，是变化的，在梦的世界里，我看见时空不断变形。那些"展品"似乎在轻声告诉我：不要被眼前的表象困住，它们就像水的波纹，你用手指轻轻触碰，它们就会改变。时空的韵律，不是单音节的敲击，而是一首乐曲——在呼吸中唱出美妙的旋律。

闭上眼睛，去感受那片属于自己的内在海洋吧。梦，不仅是夜晚的礼物，更是心灵的探测器和指南针，指引我们走向更深层的自我。

离"飞跃梦幻海"的梦境还未满一个月，梦的潮水又一次轻轻拍打着心灵的岸边，将我带到一片充满异国风情的海岸。

那些色彩鲜艳浓郁的建筑，沿着海岸线蜿蜒伸展，像一条五彩的丝带，将海的活力与陆地的沉稳巧妙地连接在一起。每一座建筑都仿佛有自己的灵魂，摇曳着异国的风情，点亮了海的波光。我拿着相机，漫步在海边的小路上，脚下的石板路随着步伐发出轻微的声响，仿佛在与我对话。我沿着小路，走过一座座造型各异的建筑，迂回曲折，兜兜转转，仿佛在穿越一个充满艺术气息的迷宫。

忽然，前方转角处的一抹色彩吸引了我的目光。我走上前去，发现这里竟暗藏玄机——一座欧罗巴式的精致人物浮雕，从窄巷的墙面"探身"出来，仿佛在向我招手。这位"引路者"的姿态优雅而神秘，仿佛在指引我走向更深的巷道。顺着他的目光，我发现了一条布满雕塑的小路，那些雕塑栩栩如生，仿佛随时会从石座上走下来，与我交谈。我忍不住举起相机，寻找最佳的角度，想要将这瞬间的美妙定格。

就在这时，一位陌生的年长男人悄然走近。他的面容温和，轻声对我说："角度可以调一下，镜头里的画面会很不一样。"我按照他的建议，微微调整了相机的角度，按下快门。照片中的画面果然更加立体，仿佛那些雕塑真的活了过来。我回头想要向他道谢，却发现他已经消失在街头的转角处，只留下一缕淡淡的风，仿佛他从未出现过。

这发生在 2020 年 8 月上旬的梦境，让我意识到切换思考视角的重要性。梦境中的那位陌生男人，或许正是我潜意识中的智者，提醒我在生活中不要固守单一的角度，而是要学会从不同的侧面去看待问题。调整镜头的角度，平面的画面便变得立体；调整心灵的视角，平凡的生活也会焕发出新的光彩。

在梦中，那位年长男人的建议让我意识到，转换视角这一奇妙之事，就如同神奇的魔法棒，轻轻一挥，改变的不仅仅是一张照片呈现出的效果。那亦真亦幻的梦里，一尊尊雕塑静静伫立，当我从一个角度去凝视时，它们像是沉默的卫士；换个角度再看，又似沉思的智者。原本平平无奇的墙面，随着我视线角度的改变，仿佛有了生命，变得立体鲜活起来。

不瞒你说，在我记录梦境的时候，很少去思考它在说什么。但那些"后劲"十足的梦，却随着时间和视角的变换，愈加鲜活。它们像是一幅幅未完成的画作，随着时间的推移，逐渐展现出更深层的意义。调整镜头的角度，平面就变得立体；调整心灵的视角，梦境便与现实交织。梦境与现实，看似是两个截然不同的世界，然而人们常常忽略，梦境是现实的延伸，现实是梦境的映照。

在梦中，我们可以自由地飞翔，可以穿越时空，可以与陌生的人物相遇，可以体验到现实中无法触及的情感与景象。每一个梦，都是一次心灵的冒险，一次对自我与世界的重新发现。当从梦中醒来，带着梦境的启示回到现实时会发现，现实中的许多问题，其实并没有想象中那么复杂，只要愿意转换视角，愿意从不同的角度去思考，许多问题都会迎刃而解。

在梦中，我学习以调整镜头角度的方式，去捕捉美的瞬间；在现实中，或许需要不断学习去调整心灵的视角，从不同角度理解生活的意义。我们在现实与梦境之间找到平衡，在白天与黑夜之间找到连接，也让每一次视角的转换，重新认识自我与世界。

如果在白天与黑夜、现实与梦境之间画一条清晰的线，然后想象自己站得远一点，有距离地观看你的梦，你觉得它像什么？

很像在看电影。

电影，像一位魔术师，用光影编织出现实的幻觉。银幕上的每一帧画面，都是流动的诗篇，光影交错间，唤醒了观众内心深处的情感与记忆。那些跳跃的色彩、流淌的音乐、细腻的台词，像一条无形的纽带，将观众与故事紧紧相连。电影用流动的音画创造出奇妙的视听氛围，让人在观影过程中，仿佛置身于另一个世界，体验着角色的喜怒哀乐，感受着故事的起伏跌宕。

艺术的创作，源于生活，却又超越了生活。创作者们像探险家一样，深入现实底层，挖掘那些隐藏在表象之下的生命宝藏。他们将日常的琐碎升华为艺术的灵感，将平凡的情感转化为深刻的表达。通过光影与声音，他们将那些难以言说的情感与思想传递给观众，让观众在银幕前找到共鸣，找到属于自己的那一份感动。

每天晚上睡觉前，我都像是准备进场观看电影的观众，只不过，我既是观众，又是创作者。梦境是我的私人影院，而我则是这场电影的导演、编剧和主演。在梦中，我自由地编织故事，体验到现实中无法触及的情感与景象。每一个梦，都是一次心灵的旅程。

·梦语

　　2021 年 11 月下旬的一个夜晚，我梦见自己正在为一次长途骑行做准备。梦中的场景既琐碎又充实，充满了细节与期待。整理行囊时，我不仅准备了骑行所需的必备物品，还特别关注了用来记录旅途的设备。毕竟，旅途中的风景与心境，都值得被珍藏。

　　于是，我前往租赁处，那里像极了小时候常见的小卖部，窗台延伸出来的木板上摆着一个打开的本子，上面密密麻麻记录着客户的信息，仿佛每一行字都在诉说着一段独特的故事。我挑选了一台数码摄像机，机器的外观有七八成新，虽然不算崭新，但功能齐全。我仔细检查了机器的各项性能，确认无误后，老板轻松地说："到终点后，把机器还了就行。"这句话让我感到一种莫名的安心，仿佛旅途的终点早已注定，而我只需专注于沿途的风景与感受。

　　你有记录旅途的习惯吗？无论是相机、手机还是摄像机，这些设备不仅是工具，更是我们心灵的延伸。它们储存的不仅是沿途的风景，还有那一刻的心境。电子设备和互联网的便捷，让我们更容易记录生活，也更容易表达自己。

　　每个人的视角、态度和内心世界，都通过镜头呈现出来。即使面对同样的景色，不同的人也会拍出截然不同的照片。哪怕这些照片经过后期处理，与原图有些差异，你也知道，这就是拍摄者眼中的世界。我并不介意照片是否"失真"，反而觉得这很有趣，因为通过这些影像，你能窥见不同人的内心色彩。对焦的过程是关注的选择，调光的细节是情绪的映射，一张照片里，呈现的不仅是景物，更是拍摄者的情感与思考。

　　况且，相机的差异、拍摄参数的不同，自然界的光影变化与季节交替，都会影响最终的影像。每一张照片都是瞬间的定格，是光影与情感的碰撞。它们或许无法完全还原现实，但却能捕捉到那一刻的真实感受。正如梦境中的骑行，虽然是一场虚幻的旅程，但它却让我感受到真切的期待。

　　一边表达，一边记录。翻看内存里的影像，仿佛在翻阅一本时光的相册。每一张照片、每一段视频，都是时光的线条，勾勒出自己来时的路。它们不仅是旅途的记录，更是心灵的印记。通过这些影像，我看到了那些曾经被忽略的细节与感动，以及，自己的变化。梦境中的骑行，或许也正是对现实的隐喻——我们每个人都在人生旅途中，一边前行，一边记录，一边寻找属于自己的真实与意义。

飞越彩色的海洋，
触碰变幻的时光。
光影吻上脸庞，
乐音浮在心上。
梦花，梦海，梦一场。
世间，世外，莫彷徨。

2020 年 6 月下旬的一个夜晚，我做了一个温暖而意味深长的梦。梦里，我开着一辆又矮又小的车，那辆车的样子，像是卡丁车和甲壳虫的结合体，车漆是清新的嫩绿色，仿佛春天的第一抹新芽，充满了生机与活力。车子行驶在一条笔直的马路上，路面不宽也不窄，偶尔出现的弯道并没有给我带来任何困扰，反而让这段旅程多了几分趣味。

然而，开着开着，前方的路突然变得像收口的麻袋一样，原本宽阔的路面骤然缩成一条窄窄的缝隙，甚至连我这辆灵活小巧的车都无法通行。我被堵在了"瓶口"处，动弹不得，心里不由得生出一丝焦虑。我走下车，环顾四周，试图寻找一条可以绕行的岔路，但周围却没有任何其他选择。前方的路被堵死了，后方的路也无法回头，我站在那儿，一时不知该如何是好。

就在我陷入困境、一筹莫展的时候，一位老朋友开着一辆越野吉普车出现了。他的车停在一条瞬间出现的宽阔大路旁，仿佛那条路是为他而生的。他轻松地将我的小车装进了后备厢，然后招呼我上车。我跟着他上了车，发现车里还坐着几个人，气氛轻松而愉快。坐在我身旁的女孩子微笑着对我说："看，每当你遇见困难，他都会来帮你。"这句话让我心头一暖，仿佛所有的焦虑都在这一刻烟消云散。

我坐在靠左窗的位置，透过车窗望出去，眼前是一片平静温柔的海。海面在阳光下泛着微微的波光，像是无数颗星星洒落在水面上，闪烁着宁静与安详。车子行驶在这条比刚才宽阔得多的路上，一路向前，仿佛没有任何阻碍能够阻挡我们前进的步伐。

我从温暖的梦里醒来。

生命在很多时候，并不像我们想象得那样清晰可见。它不是一条亮亮堂堂的笔直大路，充满了未知与变数。有时，我们会遇到险情，甚至绝望地以为自己无法通关，但就在最黑暗的时刻，柳暗花明，阳光重现，希望的曙光再次照亮前路。就像在这场梦里，我感受到了一种无形的力量，那是一种无论在任何情况下，即便无路可走，都会有一只看不见的手将你带出困境的力量。这只隐形的手，以朋友的形象出现，那种感觉，就像身后站着一位生命的守护者，默默地注视着你，保护着你。你知道自己是被关切的，不会孤立无援，也不会步入绝境。你是安全的，也是被爱着的。它让我意识到，生命中的困境并不可怕，因为总有一种力量在默默支持着我们，它可能来自朋友、家人，也可能来自内心深处的那份信念与坚持。无论它以何种形式出现，它都会在我们最需要的时候，打开一扇新的门，带领我们走向更宽阔的道路。

在梦里，我不停歇地展开一段又一段旅行，它们奇妙无比，带给我丰厚滋养。

2022年3月末的一个夜晚，我梦见自己飞到了黄果树瀑布的上方。现实中，我曾于2017年去过那里旅行。虽然当时并不是丰水期，瀑布的水量并不算最大，但它依然气势磅礴，令人震撼。梦境中的黄果树瀑布却更加壮丽，仿佛被赋予了某种神秘的力量。水流从高处倾泻而下，发出震耳欲聋的轰鸣声，水雾弥漫在空气中，形成了一道绚丽的彩虹。我悬浮在空中，俯瞰着这壮观的景象，心中充满了敬畏与感动。

都说潜意识的深海里一片黑暗，但梦境却像一盏探照灯，在深海中旋转、照射，将那些曾经经历过的画面重新带回我们的眼前。无论是我们见过的风景、听过的话语，还是那些只有一面之缘的人，都会在潜意识中留下印记。梦境从我们的生活中提取素材，从潜意识中挖掘符号，像一位巧妙的厨师，将这些元素烹饪成一桌丰盛的饭菜，供我们享用。

　　然而，梦里的我并没有在瀑布前停留太久，那壮丽的景象虽然令人震撼，但梦境似乎并不想让我沉溺于单一的风景。紧接着，我的身体轻盈地飞舞起来，仿佛被一股无形的力量托起，飞向了海洋的上方。我飞啊，飞啊，感受着风的轻抚与云的拥抱，仿佛在空中跳起了华尔兹，我的身体随着气流的起伏旋转、舞动，仿佛与天地融为一体。忽然间，我体会到了星球自转的韵律，那种均匀而坚定的节奏，像是宇宙的心跳，传递到我的身体里。

　　我闭上眼睛，想象着星球们在宇宙星河中翩翩起舞的样子，它们彼此牵引，彼此环绕，仿佛在演绎一场无声的宇宙之舞。那一刻，我心中涌起一种难以言喻的宁静与喜悦，仿佛自己也成了这浩瀚宇宙中的一颗星辰，与万物共鸣，与时光共舞。

　　生命，或许也是如此吧。在这大千世界的茫茫人海中，我们每个人都在循着四季的旋律，跳出属于自己的生活舞步。春天的轻盈、夏日的热烈、秋天的沉静、冬日的肃穆，四季的变幻像是一首永恒的乐章，而我们则是其中的舞者。有时，我们的舞步轻盈如风，仿佛一切都在掌控之中；有时，我们的脚步沉重如铅，仿佛每一步都需要付出巨大的努力。但无论如何，我们都在向前迈进，寻找属于自己的节奏与方向。

　　宛若梦境中的飞行，生活里也充满了不确定，我们不知道下一秒会遇到什么，是顺风还是逆风，是平坦还是崎岖。但正是这种未知，让生命充满了可能性。我们或许无法掌控外界的变幻，但我们可以调整自己的姿态，学会在风中旋转，在云中舞动，找到属于自己的平衡与韵律。

　　在生命的飞翔里，我们时而俯瞰大地，感受它的辽阔与厚重；时而仰望星空，追寻它的深邃与神秘。我们逐渐明白，生命的真谛在于沿途的风景，每一次飞翔，都是对自我的超越，每一次旋转，都是对世界的重新认识。

　　飞过瀑布、飞过海洋，梦境并没有就此结束。它像一位顽皮的导演，总能在最意想不到的时刻切换场景，带我进入全新的冒险。下一秒，我被"放置"到了一条雪地车的比赛轨道上。这条赛道蜿蜒曲折，像一条银色的丝带，铺展在白雪覆盖的大地上。赛道的两旁是高耸的雪山，阳光洒在雪地上，反射出耀眼的光芒，仿佛整个世界都被镀上了一层银色的光辉。

　　我驾驶着雪地车，感受着引擎的轰鸣与雪地的震颤。赛道时而陡峭，时而平缓，每一个拐弯都需要精准的技巧与冷静地判断。我紧握方向盘，身体随着车辆的颠簸而微微倾斜，仿佛与雪地车融为一体。偶尔，车辆在高速行驶中腾空而起，那一刻，我的心跳仿佛停滞，汗毛竖起，紧张与兴奋交织在一起，让我精神高度集中。整个世界仿佛都消失了，只剩下我与这条赛道，以及耳边呼啸的风声。

　　从天空到大地，从俯瞰全景到聚焦细节，梦境充满了丰富的变化。在天空中，我感受到的是自由与辽阔；而在赛道上，我感受到的是挑战与专注。两种截然不同的体验，奇妙交织，它仿佛在告诉我，生命的意义不仅在于飞翔，也在于脚踏实地地面对每一个挑战。

　　扎根于土地，放眼于天空。梦想与现实、宏观与微观、广阔与聚焦、灵感与技术……这些看似对立的元素，在梦境中却奇妙地和谐共存，仿佛一幅精心编织的画卷，将矛盾与统一完美地融合在一起。梦，如一位智慧的启迪者，它不急于给出答案，而是通过一连串强烈的对比画面，呈现了生活中那些双双对对之间的平衡之道。它说，生命并非非黑即白，而是充满了丰富的灰色地带与无限的可能性，那灰色地带并不是模糊不清的混沌，而是充满可能性的空间。在那里，我们可以自由地探索、尝试、失败、再尝试，直到找到属于自己的平衡点。

　　然而，梦境并没有就此结束，它像一位永不疲倦的向导，继续引领我走向新的场景。紧接着，我来到了一座充满奇幻色彩的主题公园，这里灯火辉煌，欢声笑语不绝于耳，仿佛是一个与现实完全隔绝的童话世界。爸爸、妈妈和我一起购买了门票，踏入这片充满惊喜的乐园。一路上，我们还遇见了不少相熟的同学和朋友，他们的笑容让这个梦境更加温暖而真实。

　　我们顺着熙熙攘攘的人群向前走，直到遇见一个分流的岔口。一条路向左，一条路向右，仿佛在诉说着不同的故事，但最终它们会重新汇合于一处。我站在岔路口，选择了左边，而爸爸妈妈则选择了右边。这是一条暂时的分别之路，仿佛在告诉我，小鸟终会离开巢穴，飞向属于自己的太阳。分别的那一刻，我感受到一种淡淡的惆怅，但更多的是对未来的期待。我知道，这只是短暂的分离，无论我们选择哪条路，最终都会在各自的旅程过后，重新汇聚，合二为一。

这条分别之路，像是在从另外的视角描绘生命的成长。

我们会在某个时刻离开熟悉的环境，走向未知的远方。然而，分别并不意味着永别，而是为了在更广阔的天地中成长与蜕变。无论我们走得多远，家人的爱与牵挂始终如一，它们像一条无形的纽带，将我们紧紧相连。无论我们走得多远，最终都会回到与家人、朋友重新相聚，分享彼此的收获与感悟。这种分别与重逢的循环，正是生命的常态，也是它的动人之处。

主题公园的场景，曾多次出现在我的梦里，像是熟悉的陌生人。虽然它与我的现实生活并没有紧密的关联，但我想，梦境的奇妙之处，恰恰在于它懂得如何运用这些看似无关的符号，编织出隐喻，让我在醒来后依然能够回味其中的深意。主题公园并不是简单的游乐场，它是一个充满故事与象征的世界。它运用不同的故事场景作为模板，将现实与幻想巧妙地融合在一起，而每一个游乐项目，都像是一个独立的故事，等待着人们去探索与体验。

在这里，汹涌的人群像潮水般涌入，每个人都有自己的偏好与选择。有人直奔惊险刺激的过山车，享受速度与高度的极致体验；有人则偏爱宁静的旋转木马，在悠扬的音乐中寻找童年的回忆。他们沉浸其中，淋漓尽致地体验着每一个瞬间，仿佛在短暂的时间里，找到了属于自己的小小世界。主题公园就像一面镜子，映照出人们内心深处的渴望与追求。

梦，通过简单的场景与符号述说着，生命就像一座主题公园，它充满了不同的场景与选择，而我们每个人，都是这趟旅程的主角。

从梦中醒来，又是新的一天。

春生、夏长、秋收、冬藏，来到四季的尾巴。当进入冬天的严寒，我们穿着厚厚的衣服，裹上围巾，戴上保暖的绒帽，看着自己略显笨拙的步伐，不禁回味起秋天的丰盛与多彩。啊！如果能一直保持轻盈和喜悦，该有多好啊！秋日之际，大自然收获果实，是成熟的标志，但我们也看见落叶纷纷，不免有些失落。但同时我们也知道，四季的循环不会停止，等到来年，依然会有嫩芽从土中冒出，眼中将充满植物的新绿。大自然是我们的老师，通过观察它，我们获得启迪。春风，夏阳，秋叶，冬雪，它们彼此衔接，彼此平衡。

四季的变化，如同一首动人的乐曲，起，承，转，合，美妙无比。这正是自然界给予我们的礼物。从泥泞中一跃而起的鲸鱼，是宝贵的向上之力，它是对生命活力的鼓舞，是太阳升起的象征，它推动着我们唱出大自然的歌谣，回应四季的音律。

走在路上，忽遇北风吹过，拉起衣领将身体缩了一缩，这样感觉温暖了许多。一想到家中的温暖、食物充盈的冰箱，不禁嘴角上扬，心里开心起来。你不急不躁、慢慢筑基，你积累经验、稳步前行，心里慢慢写出新的四季乐曲。

听见时钟"嘀嗒""嘀嗒""嘀嗒"，看见指针有条不紊地转动，你知道，时间是最好的见证者。树木的年轮，一圈又一圈，你呢，也完成了工作和生活里的一个接一个任务，打磨出坚毅的力量。那是岁月的馈赠，是时间的馈赠，你登上一座座高山，它们回应着你的内在渴望，是你的旅途脚印。

那，高山之上是什么？天空之外又是什么？

在古老的神话里，在口口相传的民间故事中，在枕边童话的细节里，充满了对人们对星空的想象与渴望。在梦里，奇妙的黑水晶浮岛、飞速旋转的航天器，它们从宇宙星河的荧幕里生动闪过，而那外星人啊，呼应了我对宇宙生命的想象，也是内在世界的呈现，它们既拥有截然不同的族群样貌，也拥有跟我们相似的喜怒哀乐。

宇宙里，最难以跨越的是距离，但在梦中，那璀璨星辰，触手可及。当仰望星空，会发现自己正慢慢接近出发的地方，奏响出生的序曲。生命之轮不断转动着，风景不断变化着，那流光溢彩的光，那温柔又坚定的守护，让我们展开如鸟儿一般的翅膀，勇敢飞向前方。

四季之轮，循环往复，又是一春。

新年到了——"应该叫你，传信者"

　　那是 2022 年 11 月末的一个夜晚，梦里，我手里拎着两套服装，匆匆走进后台。那是一个忙碌而有序的下午，空气中弥漫着紧张却又充满活力的气息。每个人都在为即将到来的晚会做最后的准备，虽然时间紧迫，但大家的脸上都洋溢着专注与热情。我是这场晚会的主持人之一，正赶去彩排。后台的空间很大，被几条通道分割成几块区域，化妆间、道具间、休息区井然有序地分布着。我经过化妆间时，化妆师叫住了我，她微笑着为我化了一个日常淡妆，轻声说道："今天不用厚重的舞台妆。"这句话让我感到一丝轻松，仿佛这场晚会与以往有所不同，少了一些刻板，多了一些自然与真实。

　　以往的新年庆典，总是以传统的晚会形式呈现。专业的主持人、华丽的舞台妆、精心设计的台词，一切都显得庄重而正式。但这一次，却是一次别具一格的全新尝试。主持人并非专业出身，而是普普通通的普通人，晚会的内容也不再是千篇一律的歌舞表演，而是以对话的形式开启新年。这种改变让我感到新奇，也让我对这场晚会充满了期待。

　　来到排练场，那是一间宽敞的教室，临时被改造成了彩排场地。工作人员和主持人们已经准备就绪，而最让我感到意外的是，一位"坐镇全局"的老人家正坐在教室一角。她是我中学时的校长，岁月似乎并未在她身上留下太多痕迹。她的眼睛依然明亮，闪烁着穿越时光的智慧与威严，但同时又透着一股让人心安的慈祥。她微笑着看着我们，仿佛一位智者，静静地注视着这场即将展开的对话。

彩排开始了，大家的节奏如流水般顺畅，语言简洁而有力，每个问题都直击人心。话题很快抛到了我这里，开启了关于"偶像与粉丝"的讨论。我思索片刻，开口说道："人们已经把对偶像的狂热，转移到了关心家人和周围的人身上。"

"这是一个不同寻常的梦。我对自己说。梦中的场景如此真实，这场晚会，不再是一场单纯的表演，而是一次心灵的对话。它让我意识到，生活中许多看似固化的形式，其实都可以尝试用新的方式去表达、去连接、去创造。而梦里提到的偶像与粉丝的关系，或许只是表象，真正的核心在于人与人之间的连接与理解。当我们把对偶像的关注转移到身边的人身上时，我们会发现，生活中处处都有值得珍惜的美好，并且，每个人都在寻找属于自己的舞台，但真正的舞台并不一定是灯光璀璨的地方，而是那些能够让我们与他人产生共鸣的瞬间。无论是家人、朋友，还是陌生人，他们的存在都让我们的生活变得更加丰富与有意义。

梦醒后，我依然沉浸在这场梦的氛围中。它让我明白，生命的美丽在于，人们可以用不同的方式去表达自己，去连接他人，去创造属于自己的故事。而梦中的新年晚会，或许正是对这种生活的向往，那是一个人与人连接更紧密的未来，是心与心的贴近。

当生活变得越来越便利，科技越来越发达，我们似乎拥有了更多的时间。那些曾经被琐事占据的时光，如今被释放出来，给了我们更多机会走进内心世界，激活心灵的想象力，去挖掘意识之海的珍珠。

科技的进步让我们能够轻松地获取信息、连接世界，但与此同时，我们也逐渐意识到，虚拟世界虽然精彩纷呈，却也充满了虚幻与泡沫。我们在现实生活与虚拟世界的交织中穿梭，看清了虚拟世界的虚与实，也给予了悟了现实生活的实与虚。这种交织与对比，让我们忽然发现，虚拟世界与梦境竟有着惊人的相似之处——它们都是现实的映射，却又超越了现实的界限。

同时，我们亦更明白，生活不仅仅是现实的堆砌，它还包括了那些看不见的、却同样重要的部分——我们的情感、我们的想象、我们的内在世界。虚拟世界与梦境，虽然看似虚幻，但它们却是我们内心世界的延伸，是我们对现实的另一种解读。它们让我们在现实与幻想之间找到平衡，在喧嚣与宁静之间找到属于自己的节奏。

活在当下，是好好生活、创造生活的时刻。而梦，同样是一条创造的路径，它像一扇隐秘的门，带领我们走近自己，与内在世界对话。梦中的火花，与现实中的灵感碰撞，激发出新年的光亮。而新年，不仅仅是一个时间节点，它更是一个象征，象征着新的开始、新的希望。我们每个人都是那盏灯泡中的电流，带着自己的能量与光芒，融入新年的光亮中。

花开花落，入梦出梦，我在奇幻之旅的旅途上，体验万千。

2022年10月上旬，梦给了我一个特别的礼物，像一封来自心灵深处的信，悄然降临。

梦里，我身处学校的宿舍，房间里堆满了需要收拾的物品。这些物品陪伴我度过了漫长的学习时光，每一本书、每一件衣服、每一张笔记，都承载着回忆与情感。它们曾是我生活中的一部分，如今却要结束使命，被整理进行李箱中。我一件件地拾起，仔细折叠，放入箱子。箱子渐渐被填满，仿佛装进了我在这里的点点滴滴。时间也在不知不觉中流逝，离我参加送别聚会的时间越来越近。

聚会上，许多朋友都来了。他们中的大多数人还要继续在学校学习，但今天却专程赶来为我庆祝毕业。我们围坐在一起，分享着美食与笑声，回忆着过去，而我，也顺利找到了接替我工作的人，心中多了一份踏实与安心。终于，我可以迈向新的旅程。

聚餐结束时，已是深夜。朋友们说要送我出校门，于是我们一行人伴着行李箱轮子滑过地面的声音，有说有笑地走向门口。夜晚的校园格外宁静，路灯洒下柔和的光，照亮了我们前行的路。虽然心中有些不舍，但更多的是对未来的期待。

走到校门口时，一位中年女性悄然出现在我身边，她的面容温和，眼神中透着一股智慧与慈爱。她看着我，用清晰的声音对我说："现在应该叫你，传信者。"

梦醒后，那位中年女性的形象依然清晰地印在我的脑海中。传信者，它意味着什么？或许，它象征着一种传递与连接。

我们每个人都在生活中扮演着这样的角色，生命中的每个阶段，也都是一次传递与连接。我们带着过去的收获，走向未来的未知；我们用自己的故事，影响着他人的生活。无论是学习、工作，还是与朋友的相处，我们都在不知不觉中成为"传信者"，将爱与智慧传递给更多的人。

站在校门口的那一刻，我感受到了一种新的开始。虽然离开了熟悉的校园，但我知道，前方的路依然充满了无限的可能。结束并不是终点，而是新的起点。

尾 声

翻看字体的演变过程，甲骨文里的"梦"，是一个人睁着大大的眼睛，倚床而睡；到了篆文，字形简化了许多，却又多了一个"夕"，代表夜晚。这些古老的符号，像一幅幅小小的画，记录着祖先们对世界的观察与思考。象形文字，难道只是把所见如实画出来吗？如果是这样，为什么睡觉时的眼睛是睁开的呢？这个问题让我不禁莞尔，也让我陷入了更深的思考。或许，这些文字不仅仅是简单的描绘，而是蕴含着深刻的哲思。祖先们通过观察自然、描绘人事，将天地之气与宇宙韵律的流转，融入日常生活的点点滴滴。文字，不仅是记录工具，更承载着古人对世界的理解与感悟。

夜晚的梦境中，人的感受与白天一样真实，梦中的喜怒哀乐，梦中的飞翔与坠落，都如此真切，仿佛另一个世界在向我们敞开。如果没有梦，白天与黑夜将全然割裂的，彼此隔绝。白天，我是清醒的、忙碌的，专注于现实中的种种事务；黑夜，我是沉睡的、安静的，沉浸于无意识的海洋。白天与黑夜擦肩而过，偶尔，我会在镜子中瞥见那个"你"，匆匆几眼，以为那是别人误闯进了我的世界。其实，那是因为我从未停下忙碌的脚步，从未给自己留出哪怕几秒钟的时间，认真地看看镜子里的那个"别人"——那个在梦境中出现的自己。

我曾经认为，现实的一切无比真实，那是离我最近的、可以触摸的坚实存在。直到慢慢地，当时钟的指针走了一圈又一圈，坚冰化为春水，硬石被水滴穿，天上的月亮圆了又缺，地上的树木绿了又黄，我才发现，没有什么是永恒存在的，也没有什么永远沉睡。现实与梦境，就像白天与黑夜，彼此交织，彼此映照，它们像一条流动的河，时而平静，时而湍急，却始终相连。没有白天的忙碌，黑夜的宁静便失去了意义；没有黑夜的梦境，白天的现实也会变得单调乏味。我们每个人都在现实与梦境之间穿梭，寻找属于自己的平衡与节奏。梦境让我们在现实的喧嚣中找到宁静，而现实，让我们在梦境的虚幻中找到踏实。

翻看字体的演变过程，我仿佛看到了祖先们对世界的深刻理解。他们用简单的符号，记录了哲思，他们把对生命的观察告诉我们。

人在做梦的时候，就像醒着，而人在醒着的时候，也可能正在睡着。

我试着让自己不要走得那么快，不要走得那么急，在镜子前停一停，看看自己的世界。就这样，我穿过镜子，进入梦的世界。那里是浩瀚无边的混沌之海，海水很深，水流复杂，我小心迈开脚步，眼睛在适应的过程中逐渐看到周围的情况，那是我熟悉却又不怎么熟悉的世界。

梦里的我，正漫步在一条熟悉的马路上，走到一个十字路口时，脚下忽然出现了一个四四方方的水井，井口不大，却深不见底。井边还架着一架铁制的梯子，锈迹斑斑，却显得格外结实。我低头看了看，心中没有一丝恐惧，反而涌起一股好奇与探索的欲望。于是，我自然而然地顺着梯子，一步一步往井下走去。

没走两步，冰凉的井水便淹没了我的膝盖，接着是腰部，然后是胸部。水渐渐漫过我的身体，但我却没有感到任何不适，反而有一种奇妙的平静感。这时，我举起右手，发现手中不知何时多了一张小小的方形纸片，我将它轻轻贴在两眉之间，仿佛按下了一个隐形的"按钮"。

就在这一瞬间，我的头没入水中，却发现自己能够自如地呼吸，仿佛水中的世界与陆地上并无二致。

周围的车水马龙消失了，取而代之的是一片深邃的宁静。现在的我，已经置身于路面下的深水之中，进入了一个全新的世界。这里没有喧嚣，没有匆忙，只有无尽的蓝色深海，像一块巨大的蓝宝石，散发着神秘而温柔的光芒。低头看，我的脚上不知何时多了一双脚蹼，它们让我在水中行动自如，仿佛与这片水域融为一体。

　　我尝试着直立行走，竟发现与在地面上一样轻松，甚至更加自由、舒展和迅速。水的浮力让我感到轻盈，仿佛摆脱了地心引力的束缚。深不见底的海沟就在我的脚下，它们像绵延的山脉一样，起伏不断，延伸向远方。我在这片深海中游走，感受着水的流动与生命的韵律，心中充满了宁静与喜悦。

　　这个梦境，是心灵的潜水，那张小小的纸片，仿佛是梦境赋予我的魔法，让我能够在水下呼吸自如，探索这片神秘的深海。而脚上的脚蹼，则让我在这片水域中如鱼得水，自由自在地游走。

　　从大地进入深海，就像从现实走进梦境，一步之间，便跨越了两个世界的边界。贴在眉心的那张小小纸片，仿佛是一个神奇的开关，轻轻一按，便打开了连接理性与感性、心智与创造、现实与梦境、真实与虚幻的通道。它像一把钥匙，解开了潜意识的锁，让我得以进入那片深邃而神秘的领域。

　　两眉之间，那个被纸片轻轻覆盖的地方，仿佛成了连接陆地与深海的门户。它像神话中描述的第三只眼睛，与双眼构成了一个稳定的三角形，成为平衡跷跷板的支点，它像一座桥梁，将白天与黑夜、清醒与沉睡、理性与感性紧密相连。而梦，正是这只"第三只眼"的延伸，它的光，既不是日光的炽烈，也不是月光的清冷，而是一种独特的光芒，柔和却深邃，仿佛能穿透表象，照亮内心深处最隐秘的角落。

　　文字是符号，梦里的画面也是符号，对梦的探索，逐渐展开。不知是我不经意地闯入梦的世界，还是梦浸入了我的世界。那是和现实平行的另一片天地，是意识之下的潜意识深海。起初，我像是一个懵懂无知的梦境幼童，小心翼翼地踏入这片未知的领域，对每一个细节都充满好奇与惊叹。梦境中的景象变幻莫测，时而如童话般美好，时而如谜题般复杂，让我忍不住啧啧称奇。随着时间的推移，我逐渐熟悉了梦境的"魔术"手法，开始能够看懂它的一些规律与隐喻。虽然我不再像最初那样对每一个梦境都感到无比惊讶，但我依然对梦境之海的浩瀚与神秘，抱持着敬畏之心。它像一位智慧的导师，让我在每一次梦境中都能有所收获。

近些年，梦境推动着我，有意无意地走向内在世界。它像一条隐秘的河流，缓缓流淌在我的心灵深处，引导我去探索那些被日常琐事掩盖的情感与思想。活跃的心灵，总有它的安放之处，当我安静下来才发现，内在世界竟是如此丰富、绚烂。它像一座宝藏，蕴藏着无数的可能性与惊喜。

在梦的世界里，我经历了春生、夏长、秋收、冬藏，接着又是新的春天。我记录了一路的见闻，开心体验并尽情感受心灵之海的广阔，开启了我从未想象过的精彩之旅。我终于开始明白了，为什么梦有如此迷人的魅力，为什么祖先们老早就被梦吸引，开始关注人在睡觉时发生了什么。

睡梦中的旅程，远超过现实里的空间宽度和时间长度，它用魔法带我超越被限制的白日时空，上天入地，盘山入海。在梦的世界，有高山河流，有平原沟壑，有眼见的美景，也有不可见的深渊；在那里，有风和日丽，有狂风暴雨，有晴空万里，也有迷雾暗夜。你永远无法预知它会带你去到哪里，也永远无法预判它将在今晚给你上演什么剧情，每每入睡之前，我都充满期待，因为，我将又一次深入自己的潜意识之海，与自己在梦中对话。

我想，即便作为心灵的主宰者，我们也只能领略梦境之海的有限角落，不过没关系，在经历了那么多梦中旅程后我知道，你看见的，你记得的，就是需要你知道的。而那些暂时与你无关的部分，就让它随着海水的变化、从身旁流走吧。

在通往内在世界的旅程中，梦境投下了无数光影，就像向导手中的电筒，在茫茫黑夜标注一个个脚印。它带我进入天真纯然的动物乐园，那里有灵动的小鸟、黏人的海豚、健硕的黑豹、威风凛凛的雄狮，每种动物的出现，都唤醒了我心中一块特别的角落，它们就像我性格里的不同侧面，通过梦之手，与我相连。火热的夏天，热情的夏天，它们让我看见这世界丰富多彩的样貌，我和它们玩耍，帮助它们逃离险境，甚至成为它们体内的一部分，奔跑、追逐、飞越。我体会到庄周梦蝶的奇妙，我在此刻，感受到万物有灵，体验到万物之美。我如豹子般奔跑、如鸟儿般飞翔、如鱼儿般在海里自由穿梭，也惊讶地发现了变成人的小橘猫、长颈鹿和猫头鹰。不同的物种、多样的动物，包括人，在梦的世界里彼此通感，互相变化，在梦的世界里，这是一个个象征着不同性格色彩的"符号"，是心灵色彩的折射、碰撞与融合，是梦的生花妙笔。

古人笔下的"梦"，于黑夜中睁开眼睛。这是祖先在和我们开玩笑吗？伸手不见五指的黑，能看见什么？

想起曾去某个异国岛屿，白天的岛屿美丽又浪漫，我沉浸在比天空还蓝的海水颜色中不能自拔，当夜晚到来，海水涨潮吼着奔到高高支起的茅草房脚下，我举起双手在眼前晃动，看不见一丝一毫，除了无边黑暗和海水吼叫的声音，世界别无他物。

还想起在贵州的旅行，荔波金狮洞是让我印象深刻的体验。没有经过任何人工装饰、打造艳丽灯光和编故事，我戴着头灯，进入最原始的溶洞，那里只有一条简单步道给人指明方向。关掉头灯，伸手不见五指的黑，耳边偶尔传来嘀嗒水声，还是有汗毛竖起的。整个溶洞只有头灯发出的光亮，灯随头转，岩壁上的奇形异石任人想象。

睁眼面对黑暗时，我看见自己不受控的思绪、一个被黑暗抹去线条的世界，我看见了无形，也看见对失去掌控力的恐惧。外部世界消失后，独留了心跳声。黑暗，变成面对自己的契机，而梦境变幻为洞穴里的奇形异石，让我想象和辨识。它有时化成裹住我的蟒蛇，看我在感到窒息时如何应对；它有时变成僵尸一群、游魂野鬼，引我进入冥府的领地看心神飘散和人世执着；它让我经历死亡转盘的游戏、恶魔之眼的诱惑，也上演人性复杂的叛杀剧情和神秘的电梯之旅。

在黑暗的世界，我看见地表之下、不为人所知的一切，看见梦境之海的隐秘旋涡。

黑暗中的双眼，也是黑暗中的光亮，你看向自己的同时，也点亮了心灵之眼。我遇见救我于困境之中的异族婆婆，也被部落女孩引领着、走近早期高等文明的艺术馆，我见识过某位中年女性教大家在地震中保持平衡。梦里不只有女性，还有男性，他们是鼓励我面对恐惧的明星，盯着我练习体能、在我的额头画下无限符号的老头，是拽着我直升云霄的罗汉，他们让我看到迅速的行动，也给我展示了专业的技术技能。女性与男性，就像在黑夜里闪亮的右眼和左眼，它们让心灵平衡、完整。

目光如炬，点亮了黑夜，那炯炯有神的心灵之眼，在梦的深海中显现。无意识的海洋包裹着我，我在这未知的水域中，飘飘又荡荡。我不得不放弃在白天时的力量，依着梦境的流向，看它带我去向何方。

是的，是的，它时刻让我感受水的流动，水的智慧，感受水的变与不变。它实在是很惊人，用水与冰刻写的太极图，告诉我它想让我知道的事。睁开双眼，那是梦中的觉醒之力。梦急切地把我带到忙碌的高三生活，对我说，即便是采风和获取灵感，你也要好好看看这所地球学校考验的是什么。

是的，是的，我看见了火的威力与柔软，看见了水的韧性和刀锋，我看见夏日动物的热情和纯真，也看见秋冬的遍地落叶与死亡威胁。我知道四季是没有停止的，它们会一直循环下去。

梦中之眼，成为渡口之船。

或许，这世上还有太多我们不了解的部分，就像在茫茫夜空，只能看见为数不多的闪烁。

聊到这儿，我还想跟你分享一个令人难忘的画面。那是某天梦里，我仰起头，望向无垠的夜空，看见无数星星在头顶闪烁。有的星星明亮如钻石，有的则朦胧如薄纱，它们共同编织出一幅浩瀚的星图，像一块巨大的天幕在我眼前缓缓铺展开来。星光点点，仿佛每一颗星星都在诉说着自己的故事。

就在这时，天幕中渐渐聚拢了一些稀薄的云雾，它们像轻纱般飘浮，缓缓凝聚成形。忽然，那云雾之气显化出了一条银白色的中华龙，它的身躯若隐若现，仿佛从另一个地方穿越而来。龙的身影在星空中游动，时而清晰，时而模糊，像是从远古的神话中走出，又像是从未来的时空中降临。它优雅而神秘，仿佛带着某种古老的力量与智慧，穿进眼前的星空，与星辰共舞。那一刻，我感受到了一种超越现实的美与震撼，仿佛梦境与宇宙在此刻融为一体。

神龙入梦。

月升，日降，

花落，花开。

声起小溪水，响动天穹外。

烟火迷人眼，云雾起尘烟。

鸣春，舞夏，

织秋，跃冬。

鱼游入泉眼，循环自然界。

梦醒晨曦处，三餐四季间。

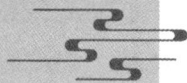

醒 梦

金乌出浴，莺啼榻前。
徐徐而寤，悠香似檀。
梦兮醒兮，桌前笔边。
步履脚下，汩汩心泉。

向外探索，向内旅行，都是寻找自我的过程。愿你在旅途中被阳光照拂，被月光拥抱，被四季眷顾，终达安心之地。